KB259793

사람 다치지 않았느냐

사람 다치지 않았느냐

윤현주 기자의 논어로 세상읽기

초판 1쇄 발행 2012년 10월 31일
초판 2쇄 발행 2012년 12월 24일

지은이 윤현주
펴낸이 강수걸
펴낸곳 산지니
편집 손수경 권경옥 양아름 윤은미
디자인 권문경
등록 2005년 2월 7일 제14-49호
주소 부산광역시 연제구 거제1동 1498-2 위너스빌딩 203호
전화 051-504-7070 | 팩스 051-507-7543
홈페이지 www.sanzinibook.com
전자우편 sanzini@sanzinibook.com
블로그 http://sanzinibook.tistory.com

ISBN 978-89-6545-201-0 03810

*책값은 뒤표지에 있습니다.
*파본은 구입하신 서점에서 바꾸어 드립니다.
*이 도서의 국립중앙도서관 출판시도서목록(CIP)은 e-CIP 홈페이지
 (http://www.nl.go.kr/ecip)에서 이용하실 수 있습니다.
 (CIP 제어번호: CIP 2012004726)

윤현주 기자의
논어로 세상읽기

사람 다치지 않았느냐

산지니

당신은 지금 행복한가?

OECD 34개 국 중 32위, 세계 151개 국 중 63위. 대한민국의 국민 행복 순위다. 이 땅에선 하루에 43명꼴로 자살한다. 34분에 1명꼴이다. 8년째 OECD 자살률 1위의 불명예를 안고 있다. 지금 이 순간에도 누군가 목숨을 끊을 준비를 하고 있는지 모른다.

10~30대의 사망원인 1위가 자살이다. 꽃다운 젊은이들이 꽃을 채 피우기도 전에 뚝뚝 떨어져 내리고 있는 현실. 죽지 못해 사는, 삶과 죽음의 경계선에서 서성이고 있는 사람들은 이보다 훨씬 더 많을 터이다.

세계 11위 경제대국, 1인당 국민소득 2만 2천 달러, 세계 아홉 번째 1조 달러 수출 달성……. 먹을거리는 넘쳐나고 마천루 빌딩과 고급 아파트가 도시를 가득 채웠다. 자가용 승용차 없는 집이 별로 없다. 대통령이 당당하게 선진국 진입을 선언한 나라. 그런데 그 국민들은 왜 별로 행복하지 않은 걸까?

과도한 경쟁이 원인이다. 신자유주의는 '자유'라는 허울 아래 무한 경쟁을 독려했다. 그 결과 '만인의 만인에 대한 투쟁'이 일상화된, '정글 사회'가 되어버렸다.

사람들은 경쟁에서 지지 않기 위해 쉬지 않고 달렸지만 결과는 늘

패배였다. 승자는 극소수에 불과하고 나머지는 경쟁의 들러리로 전락했다. 과실은 고스란히 승자들의 몫이었다.

승자는 쉽게 부(富)를 늘려갔고 편법·불법으로 대물림했다. 승자들은 황소개구리처럼 탐욕스러워졌고 보통사람들은 상대적 빈곤과 박탈감에 허탈해했다.

경쟁 과정에 정의는 사라졌다. 특권과 반칙이 횡행했다. 이기는 것이 정의요, 강한 것이 정의가 되었다. 예의와 염치도 사라졌다.

경쟁의 태풍이 휘몰아친 뒤에 사람들 사이에 '섬'이 생겨났다. 섬과 섬 사이엔 건널 수 없는 소통부재의 '너울'이 일었다. 그래서 모두가 고독해졌다.

하지만 정치는 무기력했다. 부자들을 제어하지 않았고 가난한 자를 돌보지 못했다. 여야 할 것 없이 편 가르기에 열중하고 국민은 안중에 없었다. 선거는 엘리트들의 '밥그릇 교체'의 주기적 행사로 전락했다.

어떻게 해야 국민들이 행복해질 수 있을까?

나는 『논어』에서 그 해법을 찾아보기로 했다. 『논어』는 읽을수록 묘한 매력이 있다. 때로는 냉수처럼 밍밍하고 때로는 소나기처럼 서늘하고 때로는 눈처럼 포근하다. 공자의 목소리는 나지막하지만 자세는 언제나 당당하다. 결코 뜬구름 같은 황당한 얘기를 하지 않는다. 논어를 읽다 보면 2500년 전 말씀이라고는 믿기지 않을 정도로 현실감이 있다. 아마도 공자가 살던 춘추시대와 요즘 대한민국의 현실이 여러모로 닮았기 때문일 것이다.

공자는 무엇보다 정치의 본질이 변해야 한다고 말한다. 정치가 백성 위에 군림할 것이 아니라 백성을 하늘처럼 떠받들어야 한다는 것이다.

공자는 이렇게 말했다. "정치는 위정자가 먼저 인격을 수양한 뒤 남을 편안하게 하고(修己安人), 나아가 백성들을 편안하게 하는 것이다(修己安百姓). 또 "정치는 가까이 있는 사람들을 기쁘게 하고(近者說) 멀리 있는 사람들이 오게 하는 것이다(遠者來)." 그러려면 인정(仁政)을 베풀어야 한다. 仁이란 '자기를 극복하고 예로 돌아가는 것(克己復禮)'이다.

공자의 정치는 사람을 귀하게 여기는 것이다. 마구간에 불이 났을 때 공자는 "사람이 다쳤느냐(傷人乎)"고만 묻고, 말에 대해서는 묻지 않았다(不問馬). 공자의 인본주의 사상을 단적으로 보여주는 장면이다. 세상에서 사람보다 더 귀한 것은 없다. 어떤 경우라도 사람이 수단으로 전락해선 안 된다.

또 정치는 사회적 약자들을 우선 돌보는 것이라는 게 공자의 생각이다. "정치에 종사하는 자는 가난한 것을 걱정하지 않고 고르지 못한 것을 걱정한다(不患貧而患不均)."

공자는 또 선비들이 달라질 것을 주문하고 있다. 선비들의 비판정신과 의로움이 살아 있어야 한다. 선비들은 이익을 보면 먼저 의로운지 생각하고 위험을 보면 목숨을 버릴 각오를 해야 한다(見利思義 見危授命). 그렇기에 "선비의 임무는 무겁고 갈 길은 멀다(任重道遠)"고 한 것이다. 지식인들이 새겨들어야 할 말이다.

무엇보다 자신의 처지에 자족할 수 있을 때에야 행복에 이를 수 있음을 공자는 강조하고 있다. '일단사 일표음(一簞食 一瓢飮)'으로 즐거워하는 안회를 "어질다"고 칭찬한 이유를 곰곰이 새겨봐야 할 것이다. 또 부지런히 배워야 한다. 공자는 칠십 평생 배우고 가르치는 데 진력했다. 행복은 저절로 찾아오는 게 아니다. 배우고 익히는 데서 즐거움을 찾고(學而時習之 不亦說乎), 끊임없이 자신의 내면을 갈고닦을 때, 흔들림 없는 삶의 의미를 찾을 수 있다.

세상엔 『논어』 고수들이 즐비하다. 나는 『논어』에 정통한 학자가 아니다. 20여 년 현장을 누비고 후배들을 가르친 중견기자이며 『논어』 애독자일 뿐이다. 그럼에도 책을 내기로 결심한 것은 '기자적' 시각으로 『논어』를 해석하고 이를 현실에 적용하고 싶었기 때문이다.

따라서 이 책은 『논어』 이야기가 아니라 '세상' 이야기이다. 『논어』 해설서가 아니라 '세상' 해설서이다. 이 책은 현실을 바라보는 기자의 시각이 『논어』라는 고전을 만났을 때 어떤 화학적 반응을 나타내는지를 보여주는 실험적 작업이다. 시사칼럼이란 메인요리를 먹으면서 『논어』라는 에피타이저와 디저트를 함께 먹을 수 있다는 게 이 책의 미덕이라고 하겠다.

책 구석구석에 해석상의 오류와 견강부회(牽强附會) 내지 단장취의(斷章取義)의 허물이 보일 것이다. '무식한' 기자의 무모한 도전으로 여기고 너그러이 용서해주시길 바란다.

글 쓰는 내내 도움과 격려를 아끼지 않은 후강 금지수 선생께 감사드린다. '이문회우(以文會友)'의 즐거움을 나눈 남원, 석헌, 서련, 인숙께도 고마움을 전한다. 기자 남편을 만나 호강은 못 해도 기자 아내임을 늘 자랑스럽게 생각하는 반려자 양희숙께 이 책을 바친다.

사랑하는 두 아들 호정, 호준과도 기쁨을 나누고 싶다. 산지니 관계
자들의 노고도 잊지 않겠다.

2012년 10월 해운대에서 允中 윤현주

03 의로운 사회

04 예악과 염치

05 험한 세상의 오아시스, 가정

06 아름다운 관계

07 자족하는 삶

일러두기

1. 원문 해석과 내용 해설은 『논어 한글역주』(도올 김용옥), 『논어강설』(이기
   동), 『강의-나의 동양고전 독법』(신영복), 『논어-사람을 사랑하는 기술』(이
   남곡) 등을 두루 참고했으며 후강 금지수 선생의 감수를 거쳤다

2. 본문에 쓰인 『논어』 내용은 원문을 그대로 실으려 노력했으나, 원문이 긴
   경우 주석으로 처리해 책 뒷부분에 전문을 수록했다.

배움의 즐거움

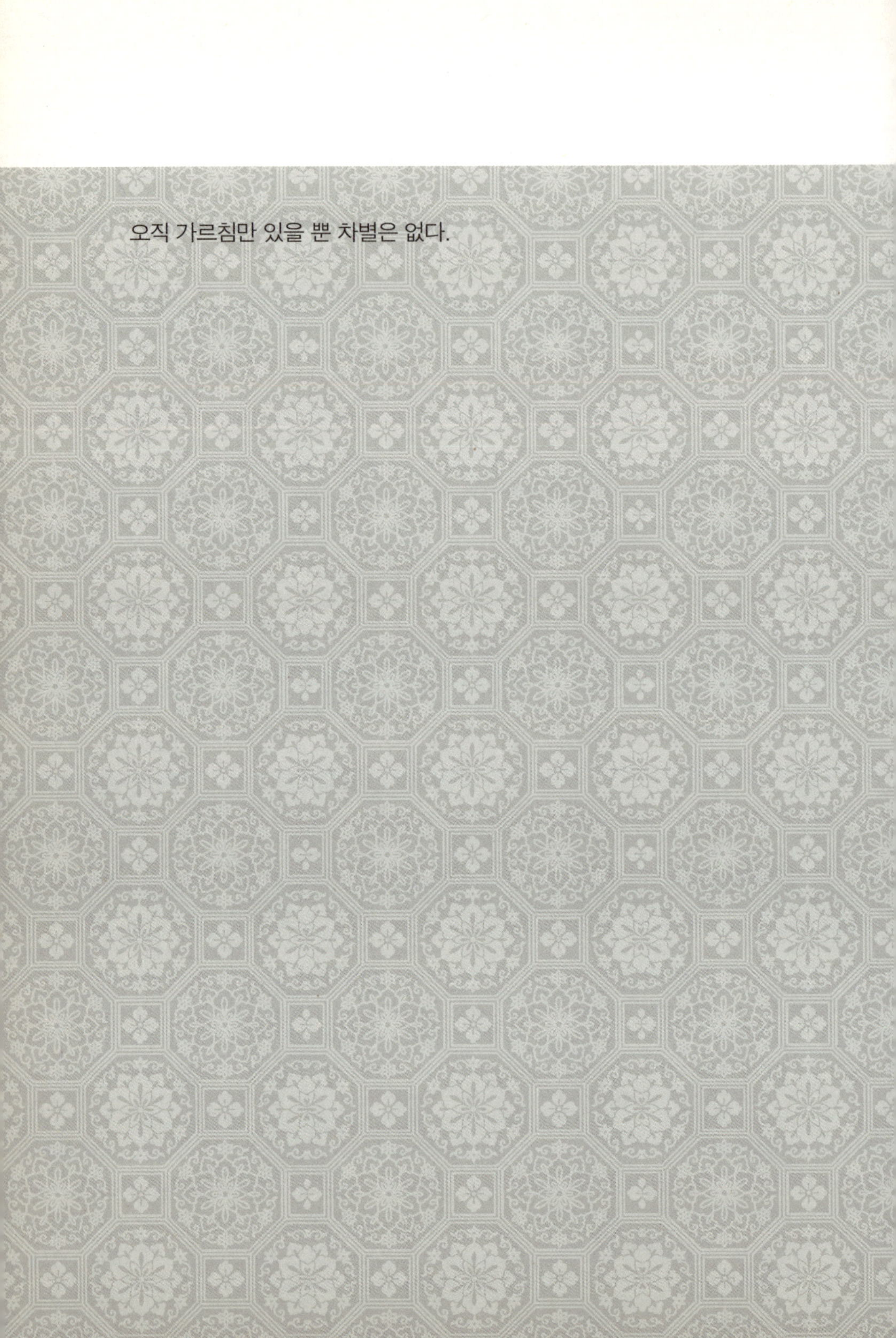
오직 가르침만 있을 뿐 차별은 없다.

인생은 짧고 배움은 길다

　　　　해마다 졸업시즌이 되면 나이 지긋한 할머니 만학도들의 감동적 스토리가 신문에 소개되곤 한다. 뒤늦게 배움의 한을 푼 할머니들의 졸업장은 그 어떤 훈장보다 더 빛이 난다.

　수십 년 전만 해도 남존여비 사상이 강해 여자들의 '가방끈'이 상대적으로 짧을 수밖에 없었다. 벌써 20년 전인 1992년에 방영된 MBC 주말드라마 「아들과 딸」에서 아들 귀남이(최수종 역)와 달리 어머니(정혜선 역)의 혹독한 차별대우를 받으며 공부를 포기하고 직업전선에 뛰어든 쌍둥이 여동생 후남이(김희애 역)의 애잔한 모습은 과거 우리 어머니들의 자화상이었다. 그래서 그런지 대부분의 만학도는 할머니들이다. 할아버지는 거의 없다. 만학도들의 얘기를 들어보면 한결같이 배우지 못한 서러움이 그렇게 클 수가 없었다고 한다.

　배우지 못한 서러움은 지구촌 어디서든 마찬가진가 보다. 2012년 5월 개봉한 영화 「퍼스트 그레이더」는 아프리카 케냐의 '마루게'라는 할아버지의 만학에 관한 휴먼 스토리를 다루고 있다. 84세에 초등학교에 입학해 '최고령 초딩'으로 기네스북에 오른 마루게 할아버지의 실화를 바탕으로 만들어진 영화이다. 영국 식민 지배를 받았던 역사와 열악한 교육환경 등 케냐의 아픈 과거사도 함께 버무려져 더욱 감동을 자아냈다. 마루게의 대사 중에 생생하게 기억나는 게 있다.

"배움에는 끝이 없다."

그렇다. 지구의 종말은 있을지언정 배움에는 끝이 있을 수 없다. 남녀노소가 따로 없고 지역과 국경이 따로 없다.

공자께서 말했다. "오직 가르침만 있을 뿐 차별은 없다."(子曰 有敎無類-위령공편 제38장)

교육 앞에서는 모든 인간이 다 평등함을 천명한 위대한 말씀이다.

국가든 개인이든 배워야 힘과 지혜를 기를 수 있다. 우리나라가 전쟁의 폐허를 딛고 일어선 지 불과 60년도 되지 않아 산업화와 절차적 민주화를 완성하고 세계 10대 경제대국으로 우뚝 설 수 있었던 것도 우리 국민들의 배움에 대한 열망 덕분이었다.

더욱이 정보·기술(IT) 시대인 현대는 배움의 중요성이 갈수록 커지고 있다. 하루가 다르게 새로운 지식과 기술과 정보가 쏟아져나오고 있어 국가적 차원에서 발 빠르게 교육제도를 개선해야 한다. 우물쭈물하다간 세계적 교육의 추세에 동승할 수 없다.

특히 엄청난 속도로 변화하고 있는 사회에 개인이 적응해나가기 위해서는 잠시라도 배움을 소홀히 해서는 안 된다. 그래서 현대를 '평생학습(life-long education)'의 시대라고들 한다. 국가나 지방자치단체에서도 평생교육의 중요성을 인식하고 복지관 등을 통해 다양한 교육프로그램을 제공하고 있고, 대부분의 대학들도 평생교육원을 운영하고 있다. 요즘엔 지역사회 곳곳에 공공도서관도 들어서 접근성이 좋아졌다. 자기가 맘만 먹으면 죽을 때까지 배우는 데 별다른 지장이 없는 사회적 시스템은 갖춰져 있는 셈이다.

하지만 기실 평생학습을 실천하는 사람들은 그렇게 많지 않다. 우

   사람 다치지 않았느냐

리나라 국민들은 고등학교나 대학을 졸업하고 나면 공부와 담을 쌓는 게 일종의 관행으로 굳어져 있다. 지하철을 타보라. 손에 책을 들고 있는 시민을 보기가 하늘의 별 따기다. 이웃 일본과는 너무나 대조적이다. 국민 1인당 연간 독서량을 보면 우리나라는 OECD국가 중 꼴찌 수준이다. 10명 중 3.2명은 1년에 책을 한 권도 읽지 않는다는 통계가 나와 있다. 해가 갈수록 독서량이 줄고 있는 추세이다. 이래서는 대한민국이 선진국 대열에 들어설 수 없다.

공자는 이미 2500여 년 전에 평생학습의 중요성을 역설했다.『논어』제1편의 제1장은 잘 알려져 있다시피 이렇게 시작한다.

공자께서 말했다. "배우고 때에 맞춰 익히니 또한 기쁘지 아니한가."(子曰 學而時習之不亦說乎-학이편 제1장)[1]

그럼 무엇을 배워야 기쁘다는 말인가? 다양한 의견이 있을 수 있겠지만, 필자는『논어』의 마지막인「요왈(堯曰)」편 제3장에 그 해답이 나와 있다고 생각한다.

공자께서 말했다. "천명을 알지 못하면 군자가 될 수 없고 예(禮)를 알지 못하면 세상에 혼자 설 수 없고 말(言)을 알지 못하면 사람을 알지 못하느니라."(孔子曰 不知命 無以爲君子也 不知禮 無以立也 不知言 無以知人也-요왈편 제3장)

즉, 배움의 목적은 천명과 예와 말을 알기 위해서임을 유추해볼 수 있다. 그렇지 않은가. 배우지 않고 무슨 도리로 천명과 예와 말을 알 수 있겠는가. 천명과 예와 말을 알지 못하고 어떻게 삶을 제대로 살았다고 할 수 있겠는가!

지구상의 어디에도 배움(學)으로 시작해 앎(知)으로 끝나는 책은『논어』외에는 없다.『논어』는 한마디로 '배움과 앎'에 관한 책이라고 해도 과언이 아니다. 그 자체만으로도 이미 지혜와 지식의 보고(寶庫)이지만, 평생학습의 중요성을 절절하게 웅변하고 있다는 측면에서 『논어』는 삶을 의미 있게 살아가고자 하는 사람이 반드시 읽어보아야 할 책이라고 생각한다.

공자는 말년에 이렇게 말한 적이 있다.

"나에게 몇 년을 더 살게 하시어 주역을 배우게 하신다면 큰 허물이 없을 수 있으리라."(加我數年 五十而學易 可以無大過矣-술이편 제16장)

이미 학문의 완성 단계에 들어가 있던 성인 공자께서 아직도 배움에 대한 아쉬움을 토로하는 대목을 접하면 무지몽매한 나는 부끄러움과 무한한 공경심을 동시에 갖지 않을 도리가 없다. 인생은 유한하지만 배움은 무한함을 죽비처럼 일깨우고 있다.

위기지학(爲己之學), 위인지학(爲人之學)

지금 중장년에 접어든 분들이라면 어린 시절 부모로부터 귀가 따갑도록 들은 말 중의 하나가 "배워서 남 주나"일 것이다. 배워서 남 주는 것 아니니까, 열심히 공부하라는 채근이었던 것이다. 요즘 부모들은 무슨 말로 자식들을 독려하고 있을까? 배워야 부자 된다? 배워야 출세한다?

아무튼 "배워서 남 주나"라는 말은 여간 의미심장한 게 아니다. "배워서 출세하라"는 뜻도 물론 포함돼 있겠지만, 우선 "배워서 훌륭한 인격을 소유한 인간이 되어라"라는 교훈적 의미를 부지불식간에 내포하고 있기 때문이다. 과거 부모들이 공부보다 우선 사람이 되어야 한다고 자녀들에게 누누이 강조한 것을 보면 "배워서 남 주나"라는 말의 의미는 더욱 명료해진다.

이 말은 공자가 일찍이 그토록 강조한 '위기지학(爲己之學)'과 의미가 일맥상통해 놀랍다. '위기지학'이란 '자신을 위한 학문'이란 뜻이다. '위인지학(爲人之學)', 즉 '남을 위한 학문'과는 반대의 개념이다.

공자께서 말했다. "옛날의 학자들은 자기를 위해서 학문을 했으나 요즘 학자들은 다른 사람들을 위해 학문을 한다."(子曰 古之學者 爲己 今之學者 爲人-헌문편 제25장)

자기를 위해서 학문을 한다? 이 말은 자칫 오해의 소지가 있다. 공자처럼 위대한 분이라면 당연히 "남을 위해 학문을 해야 하느니라"라고 말해야 옳지 않겠는가? '위기지학', '위인지학'의 의미를 제대로 이해하기 위해서는 학문에 대한 공자의 기본철학을 이해할 필요가 있다.

공자가 평생 추구한 학문의 목적은 무엇보다 자신의 참다운 삶을 사는 것이었다. 예(禮)를 배워 실천하고 도(道)를 터득하며, 덕(德)을 확충하는 한편 천명(天命)을 인식함으로써 삶과 죽음의 문제를 해결하는 과정이 학문이었다. 학문을 완성하고 나면 참다운 삶의 모습을 다른 사람들에게 제시할 수 있는 능력이 저절로 생기므로, 구태여 '남을 위해 학문을 한다'고 말할 필요가 없는 셈이다.

공자가 "요즘 학자들은 남을 위한 학문을 한다"고 한 뜻은 학문을 남에게 잘 보여 벼슬이나 출세를 하기 위한 도구로 삼은 세태를 꼬집은 것이다. 2500여 년 전의 세태나 21세기 한국사회의 세태나 다를 바가 없다.

요즘 학생들은 너나 할 것 없이 좋은 대학에 들어가기 위한 수단으로 공부를 하고 있다. 말로는 "과학자가 돼 인류평화에 이바지하겠다"거나 "의사가 돼 불쌍한 사람들을 구제하겠다"거나 "판검사가 돼 사회 정의를 구현하겠다"고들 한다. 하지만 속내는 "남들을 제치고 좋은 대학 인기 학과에 들어가 돈 많이 벌어 잘 먹고 잘살겠다"고 다짐하고 있는 것이 아닐까? 학생들을 탓할 생각은 없다. 기성사회가 그렇게 만든 것이므로. 중등교육의 현실을 보라. 참다운 삶의 길을 가르치기보다는 '국영수' 성적 올리기에 급급한 실정이 아닌가?

진정한 학문이란 자기 자신을 위한 것이어야 한다.

   사람 다치지 않았느냐

학이편 제1장에 "남이 나를 알아주지 않아도 노여워하지 않으면 또한 군자가 아닌가(人不知而不慍 不亦君子乎)"라는 공자의 말씀은 이런 뜻이다. 학문이란 모름지기 자기 자신의 성장과 진보를 위한 것인데, 남이 알아주든 알아주지 않든 무슨 상관이 있으랴!

작금의 우리 사회는 학문을 '위기지학'이 아닌 '위인지학'으로 삼은 데서 온 병폐가 심각하다. 자기완성 내지 수양이 안 된 상태에서 학교공부만 열심히 한 정치인, 법조인, 의사, 교수·교사, 언론인 등 사회 지도층들이 제 역할을 하지 못하다 보니 정의가 서지 않고 비리와 부조리가 판을 치고 있는 것이다.

사회 지도층은 지식만 많다고 되는 것이 아니다. 반드시 예(禮)와 의(義) 같은 바탕을 닦은 연후라야 그 지식을 선(善)하게 사용할 수 있다.

공자께서 말했다. "군자는 글을 널리 배우되 그것을 반드시 예로서 집약시켜야 한다. 그러면 도에 어긋남이 없을 것이다."(子曰 君子 博學於文 約之以禮 亦可以弗畔矣夫-옹야편 제25장)

군자(위정자나 지도층)가 글만 많이 배우고 예로써 자신을 절제하지 않으면 도에 어긋날 수 있음을 경고한 말한다. 박학다식(博學多識)은 군자가 갖춰야 할 기본적인 자세다. 알지 못하면 어떻게 군자가 될 수 있겠는가?

그러나 지식만 많다고 좋은 것은 아니다. 예로써 집약하라는 것은 사람다운 도리를 하라는 말이다. 사람의 도리를 지키며 박학한 사람이라야 세상에 쓸모가 있지, 만일 사람의 도리를 저버린 악한 자가 박학하다면 큰일이 난다. 그가 가진 지식이 세상을 어지럽히고 사람을 해치는 흉기가 될 수 있기 때문이다. IT 핵심기술 유출, 컴퓨터 해

킹이나 바이러스 유포, 문화재 도굴, 주가조작 등과 같은 고급 범죄 행위는 '위기지학'이 제대로 되지 않아 생긴 부작용들이다.

우리사회가 한 단계 업그레이드하려면 우선 정치지도자나 사회 지도층의 의식이 변하지 않으면 안 된다. '노블리스 오블리주(noblesse oblige. 사회 고위층에게 요구되는 높은 수준의 도덕적 의무)'가 사회 전반에 들불처럼 번져나가야 한다. 위가 변해야 아래가 변할 것 아닌가.

그러자면 학문에 대한 근본적인 태도 변화가 선행되어야 한다. 학문이 남을 이기고 잘 먹고 잘살기 위한, 또는 남에게 잘 보이기 위한 방편으로서의 '위인지학'이 아닌 자기 자신의 내면부터 갈고 닦는 '위기지학'으로 탈바꿈할 때, 비로소 사회의 질적 변화가 시작될 것이다.

 사람 다치지 않았느냐

'요주신동'과 카이스트 자살 사건

　　　　한국 최고의 영재들이 모이는 곳인 카이스트에서 교수와 학생이 연이어 자살한 사건을 놓고 사이버 공간에선 과잉경쟁을 촉발하는 제도 탓이냐 학생 개개인의 기질적 문제냐를 두고 논란이 벌어진 적이 있다.

　자살의 원인을 정확하게 파악하는 건 매우 어려운 문제이다. 아마도 복합적인 원인이 작용했을 것이다. 다만 이들 학생들이 대학 공부에 큰 즐거움을 느끼지 못했거나 공부에 대한 압박감이 상당했을 것이라고 추측해볼 수는 있다.

　카이스트에 입학할 정도의 실력이라면 '엄친아'들임에 틀림이 없을 것이다. 초중고 12년 내내 상위 등수를 놓치지 않았고, 초등학교 때부터 과학영재 교육을 받으며 모범생의 길을 착실하게 걸어온 경우가 대부분일 것이다. 타고난 두뇌에 부모의 열정이 결합해야만 카이스트의 문에 들어설 수 있는 게 오늘날의 교육현실이다.

　이처럼 뛰어나고 성실한 인재들이 목숨을 끊은 것은 매우 안타깝다. 대한민국 과학의 미래에도 큰 손실이지만, 그토록 애지중지 키운 자식을 떠나보낸 부모들의 참척의 아픔이야 필설로 어찌 다 표현할 수가 있겠는가.

　제자 자장(子張)이 '덕을 높이고 미혹됨을 분별하는 것'에 대해 묻자 공자는 이렇게 대답했다. "사랑하면 그것이 살기를 바라고(愛之 欲其生) 미워하면 그것이 죽기를 바라는(惡之 欲其死) 법인데, 이미 그것이 살기를 바라면서 또 죽기를 바라는 것이 미혹된 것이다(旣欲 其生 又欲其死 是惑也).[2]

부모는 물론 주변의 누구도 뛰어난 재능을 가진 이들이 극단적 선택을 할 것이라곤 상상을 못했을 것이다. 하지만 결과적으로 이들은 꽃다운 젊음을 버리고 말았다. "열심히 공부해서 멋진 삶을 살아라"라고 한 기성세대의 독려가 외려 주검이 되어 돌아왔으니, 공자가 말한 미혹됨이 아니고 무엇이겠는가. 이 땅과 교육과 기성세대의 미혹됨이다.

이 기회에 카이스트의 교육제도에 맹점은 없는 것인지 따져봐야겠지만, 근본적으로 우리나라 영재교육의 실태를 냉정하게 되돌아볼 때가 되었다. 우수한 자질을 갖고 태어난 아이가 '엄친아' 과정을 거쳐 카이스트나 포항공대, 서울대 등 소위 일류대학에 진학했다 하더라도 교육시스템이 대학에서 배움에 대한 열정을 불태우지 못하고 좌절하게끔 구성되어 있다면 이는 개인은 물론 사회적으로도 큰 손실이 아닐 수 없다.

혹시 우리 사회가 '요주신동(饒州神童)' 만들기 열병에 걸려 허우적대고 있는 건 아닐까.

중국 송나라 때 요주라는 고을에 주천석이라는 신동이 있었다. 대여섯의 나이에 사서삼경을 줄줄 외우자 조정에서 '신동과거'라는 제도를 두어 주천석을 발탁해 분에 넘치는 벼슬을 주었다. 그러자 요주 땅의 부모들은 아이들이 대여섯 살만 되면 죽롱 속에 새처럼 가둔 채 사서삼경 외우기를 강요했다. 그런데 얼마 후 신동과거는 폐지되고 만다. 강요된 공부를 감당하지 못해 죽는 아이가 속출한 데다 신동과거 출신들이 공직 일선에서 창의적인 일처리를 못했기 때문이다. 달달 외운 지식의 한계 탓이었다.

학문의 꽃은 대학이나 대학원에서 활짝 피어나야 한다. 그런데 '요주신동'으로 큰 아이들은 공부에 대한 에너지를 너무 일찍 고갈하는 바람에 중도에 탈락하거나, 설령 일류대학에 진학하더라도 공부에 대한 흥미를 지속하기가 쉽지 않다. 사회에 진출해서는 대인관계에서 어려움을 겪는 경우도 적잖게 볼 수 있다.

대부분의 선진국은 초등학교에서 대학원으로, 상급학교로 올라갈수록 열심히 공부해야 하는 시스템이다. 반대로 우리나라 학생들은 초중고 때 '요주신동'이 되기 위해 공부에 대한 에너지를 고갈시키고 그 과정에서 스트레스가 쌓이다 보니 정작 열정을 불살라야 할 대학과 대학원 때는 공부에 대한 흥미를 잃고 방황하거나 포기하는 경우가 흔하다.

우리나라가 선진국 대열에 들어서기 위해서는 0.1% 영재들의 뛰어난 학문적 성과가 바탕이 되어야 한다. 하지만 지금처럼 자발성이 아닌 강제에 의한 '요주신동' 만들기식 교육제도로는 한계가 있을 수밖에 없다. 배우는 것이 즐거운 일임을 자각할 때, 성과는 저절로 따라오기 마련이다.

섭공이 공자의 사람 됨됨이를 자로에게 물었다. 자로는 대답하지 못하였다. 이에 공자께서 말했다. "너는 왜 말하지 않았느냐, 그 사람의 됨됨이는 (공부에) 마음을 내면 먹는 것도 잊고, (공부에) 즐거움을 느끼면 세상 근심을 다 잊어버린다고. 그래서 늙음이 다가오는 것도 알아차리지 못할 뿐이라고."(葉公 問孔子於子路 子路不對 子曰 女奚不

曰 其爲人也 發憤忘食 樂而忘憂 不知老之將至云爾-술이편 제18장)

공자는 조실부모(早失父母)하고 젊어서 비천한 삶을 살아야 했다. 정해진 스승도 없었다. 하지만 스스로 배움에 대해 발심(發心)하고 평생 학문에 정진하다 보니 위대한 인류의 스승이 될 수 있었다. 공자가 어려서부터 공부를 강요받았다면 과연 평생학습을 할 수 있었을까?

물론 공자 시대와 치열한 경쟁 체제인 지금의 한국사회를 단순비교 하기에는 무리가 있다. 하지만 학문의 본질에는 변함이 없다. 학문을 하는 사람은 모름지기 스스로 즐거워야 오래 지속하고 크게 성과를 낼 수 있다는 사실 말이다.

사람 다치지 않았느냐

모르는 것이 아는 것이다

중·고등학교에서 성적이 뛰어난 학생들에겐 한 가지 공통점이 있다. '오답노트'를 만들어 신줏단지처럼 모신다는 점이다. 오답노트는 자신이 어떤 문제를 모르고 있는지를 알려주는 귀중한 자료이다. 반면 성적이 좋지 않은 학생들은 오답노트 정리에 익숙하지 않은 경우가 많다.

성적이 우수한 학생들에겐 또 한 가지 공통점이 있다. 무슨 시험이든 시험을 치고 나면 대체로 어렵다는 반응을 보인다는 점이다. 반면 성적이 나쁜 학생들은 시험을 치고 난 뒤 기세등등한 경우가 적지 않다. 그러나 결과는 정반대로 나온다.

왜 이런 경향이 있을까? 우등생은 자신이 아는 문제보다 모르는 문제에 관심의 초점을 두고 있는 반면 열등생은 자신이 아는 문제에만 마음을 두기 때문이다. 관심을 어디에 두느냐에 따라 결과가 180도 달라짐을 알 수 있다. 우등생에겐 '모르는 것이 힘'이고 열등생에겐 '아는 것이 병'인 셈이다.

24년간 기자생활을 하면서 이와 같은 경향을 일반사회에서도 많이 봐왔다. 공무원, 법조인, 의사, 교수, 사업가, 회사원 등등 수많은 취재원들의 경우를 보면 겸손하게 배움의 길을 간 사람들은 대부분 인격적으로 성장하거나 승진했지만 자신의 현학을 과시하며 배움을 외면한 사람들은 더 이상 앞으로 나아가지 못하는 경우가 많았다. 설령 운이 좋아 승진의 기회를 잡았다 하더라도 그 말로가 순탄치 못한 경우도 적지 않았다.

일반적으로 사람들은 자신의 박식함을 과시하기를 좋아한다. 조금 아는 것을 많이 아는 체하고 모르는 것도 아는 체하는 경향이 있다. 자신의 생각이 무조건 옳다고 우기는 사람들은 또 얼마나 많은가! 소위 사이비 식자층일수록 아는 체하는 경향성은 더욱 두드러진다.

안다는 것은 과연 무엇일까? 무엇을 어느 정도 알아야 안다고 할 수 있을까? 공자는 이런 질문에 대해 인식론적·논리적으로 명쾌하게 답을 내려주는 대신, 매우 우회적으로 앎에 대한 인식의 태도를 드러내보이고 있다. 한마디로 '아는 것을 안다고 하고, 모르는 것을 모른다'고 하는 것이 진짜 '안다'는 것이다.

공자께서 말했다. "유(자로)야, 내 너에게 안다고 하는 것에 대해 가르쳐주겠다. 아는 것을 안다고 하고, 모르는 것을 모른다 하는 것, 이것이 곧 아는 것이다."(子曰 由 誨女知之乎 知之爲知之 不知爲不知 是 知也-위정편 제17장)

공자가 용감하고 무식한 제자 자로에게 안다는 것에 대해 한 수 가르쳐주는 장면이다. 이 유명한 말이 어찌 자로에게만 해당하겠는가. 동서고금을 막론하고 학문으로 들어가는 정문 앞에 장승처럼 우뚝 서서 위대한 이정표의 역할을 해오고 있는 것이다.

주자는 공자의 이 문장을 이렇게 해석했다. "단지 아는 것만을 안다고 생각하고 모르는 것을 모른다고 생각하라. 이와 같이 하면 비록 다 알지 못하는 것이 있을지라도 자기를 기만하는 일은 없을 것이요, 또한 아는 것에 해를 끼치지는 않을 것이다.”

도올 김용옥은 『논어 한글역주』에서 이렇게 고백했다. “나 도올은 평생, 이 공자의 명언을 가슴에 품고 살았다. 세상 사람들이 평생 나를 유지(有知)한 자라 이를지 모르지만 내 가슴 속에 진정 품고 사는 것은 무지(無知)의 세계에 대한 동경이다. … 무지의 세계가 있기 때문에 비로소 유지의 세계의 확장이 가능해지는 것이다. 모르는 것을 모른다고 할 수 있는 것, 이것이야말로 인간의 앎의 에로스라 말할 수 있는 것이다.”

공자와 비슷한 시기에 살았던 서양의 철인 소크라테스도 “너 자신을 알라”며 ‘무지의 자각’을 역설했었다. 위대한 성현들은 모름지기 무지에 대한 깊은 자각 연후에 학문이 깊어졌음을 알 수 있다.

공자는 평생 자신의 무지를 자각하면서 배우기를 멈추지 않았다.

공자께서 이렇게 말했다. “나는 태어나면서부터 아는 자가 아니고 옛 것을 좋아하고 부지런히 구하여 아는 자이로다.”(我非生而知之者 好古敏而求之者也-술이편 제19장)

공자는 자신이 선천적으로 뛰어난 재능을 가지고 태어난 것이 아니라 배우기를 게을리 하지 않은 호학자(好學者)임을 당당하게 밝히고 있다. 공자는 또 이렇게 말했다.

“내가 아는 것이 있는가? 아는 것이 없다. 비록 비천한 사람이라도 나에게 질문을 하면 그 질문이 멍청한 질문이라 할지라도, 나는 반드시 그 양단(兩端)을 다 보여주고 자세히 설명해줄 뿐이다.”(吾有知乎哉 無知也 有鄙夫問於我 空空如也 我叩其兩端而竭焉”-자한편 제7장)

‘고기양단(叩其兩端)’의 출전이다. 이 또한 무지의 자각을 인식하고 있는 말씀이다. 인류의 위대한 스승 공자의 학문과 가르침에 대한 자세가 얼마나 곡진한가를 여실히 보여주는 대목이 아닐 수 없다.

무지의 자각이야말로 학문의 첩경임에도 불구하고 자신의 무지를 고백하는 건 여간한 용기를 필요로 하는 게 아니다. 괜히 남에게 무시당하거나 체면이 구겨질까 봐 전전긍긍하는 게 필부필부들의 생리이다.

이 세상에는 가르침을 업으로 하는 사람들이 무수히 많다. 이들 중에는 열정적으로 학문에 매진하면서 아는 것만 가르치는 사람들도 많지만 조금 알고 있는 지식을 과장해서 팔아먹으며 공부와는 담을 쌓고 사는, 약장수 같은 사람들도 적지 않다.

무릇 배움과 가르침에 뜻을 둔 자들은 "아는 것을 안다고 하고 모르는 것을 모른다고 하는 것, 이것이 아는 것이다"라는 공자의 말씀을 금과옥조로 삼을 일이다.

아랫사람한테도 배운다

"인생은 나그네길 어디서 왔다가 어디로 가는
지……."

서울대 법대 출신 가수 최희준이 불러 히트 친 「하숙생」이라는 노
래의 가사는 이렇게 시작된다. 발표된 지 50년 가까이 되어가지만
여전히 많은 사람들의 사랑을 받고 있는 노래이다. 아마도 가슴에
와 닿는 노랫말 덕분이 아닐까 싶다.

'인생은 나그네 길'. 삶의 본질을 이보다 더 시적으로 표현할 방도
가 있을까? 사람은 누구나 나그네이다. 자신이 어디서 왔다가 어디
로 가는지도 모르는 외로운 나그네. 나그네는 늘 길 위에 서 있다.
해가 지면 잠시 숙소로 찾아들어 휴식을 취하지만 해가 뜨면 정처
없이 먼 길을 떠나야 하는 게 나그네의 운명이다.

지친 나그네에게 위안을 주는 것은 길동무들이 있다는 점이다. 기
쁨과 슬픔을 함께 나눌 길동무들이 있어 나그네 길은 외롭지만은 않
다. 길동무들은 서로의 안부와 고향과 행선지를 묻기도 하고, 때로
는 만났다가 헤어지고 헤어졌다가 또 만나기도 한다.

인생의 나그네는 길 위에서 사람을 만나 배우고 익히면서 성장해
간다. 길이라고 해서 반드시 도로 위만을 말하겠는가. 가정이나 직
장, 어떤 모임 등 사람들이 만나고 헤어지는 모든 곳은 인생의 길이

다. 그곳에서 사람을 만나 관계를 맺으면서 스스로의 존재 의미를 자각하고 배워나가는 것이 인생이다.

공자께서 말했다. "세 사람이 길을 가더라도 거기에는 반드시 나의 스승이 있으니, 그 착한 점은 가려서 따르고 그 착하지 못한 점은 가려서 고친다."(子曰 三人行 必有我師焉 擇其善者而從之 其不善者而改之-술이편 제21장)

'삼인행 필유아사(三人行 必有我師)'라는 구절은 너무도 잘 알려져 있다. 이때 '삼인행'은 반드시 세 명을 말하는 것이 아니라, 몇몇이 함께 길을 간다는 말이다.

공자는 기원전 497년 56세에 노나라를 떠나 14년간 여러 나라를 유세하다가 기원전 484년 69세에 고향으로 돌아갔다. 그래서 『논어』에는 길 떠나는 이야기가 유달리 많다.

아무리 적은 수의 사람과 만나더라도 그중에는 반드시 스승으로 삼을 만한 사람이 있다는 뜻이다. 스승이란 반드시 도학(道學)을 가르쳐줄 훌륭한 품성을 지닌 사람만을 의미하는 것은 아니다. 견문·지식·기예·재능 등 모든 면에서 배울 만한 사람을 포함하는 말이다. 그 사람의 훌륭한 품성이나 견문·지식·기예·재능 가운데 좋은 것을 골라 배우면 그가 곧 나의 스승이 된다.

사람들은 호불호를 가리려는 경향이 강하다. 사람과의 관계에서도 착한(훌륭한) 사람과 악한(훌륭하지 못한) 사람으로 나눠 착한 사람은 가까이하고 악한 사람은 멀리하려고 한다. 그러나 100% 착한 면만 가지고 있는 사람도, 100% 악한 면만 가지고 있는 사람도 없다. 착하다고 생각하는 사람에게도 악한 면이 있고, 악하다고 여기는 사람에게도 착한 면이 반드시 있기 마련이다.

　　　　　　　　　　　　　사람 다치지 않았느냐

그래서 공자는 착한 사람은 가까이해서 좋은 점을 배우고, 악한 사람도 내치지 말고 악한 면을 통해 자신의 악한 면을 고쳐가야 한다고 말한 것이다.

공자가 "어진 이의 행동을 보고는 그와 같아지기를 생각하고 어질지 못한 이의 행동을 보고는 안으로 스스로를 반성한다."(見賢思齊焉 見不賢而內自省也-이인편 제17장)고 한 말도 같은 맥락이다.

선하거나 어질지 못한 사람뿐만 아니라 아랫사람에게도 배워야 한다는 공자의 아래 가르침은 배움의 자세가 어떠해야 하는지를 감동적으로 보여준다.

자공이 여쭈었다. "공문자(孔文子)는 어찌하여 문(文)이라는 시호를 얻었습니까?" 공자께서 대답했다. "영민한데도 배우기를 좋아하였으며 아랫사람에게 묻는 것을 부끄럽게 여기지 않았다(不恥下問). 이런 까닭으로 문이라 일컬은 것이다."[3]

공문자는 위나라의 중신이었다. 성은 공(孔) 이름은 어(圉), 문자(文字)는 사후에 붙여진 시호이다. 시호는 한 사람의 생전의 업적을 평가하여 붙이는 것인데, '文'자가 들어간 시호는 최상의 것이다. 공문자가 배우기를 얼마나 좋아하였으면 아랫사람에게 묻기를 부끄러워하지 않았을까. '文字'라는 시호를 얻기에 부족함이 없는 사람이다.

많은 사람들이 유교를 상하 관계를 중시하는 권위주의적 사상으로 생각하기 쉽다. 하지만 공자에게는 구태의연한 권위주의가 없었다. 배움에는 선악도 상하도 없다고 여긴 공자의 열린 자세야말로 유교의 참모습이다.

일반적으로 사람들은 아랫사람에게 묻는 것을 꺼리는 경향이 있다. 상사가 부하에게, 스승이 제자에게, 부모가 자식에게, 선배가 후배에게 묻는 것을 부끄럽게 여기기 마련이다. 체면이나 권위에 손상이 간다고 생각하기 때문이다. 하지만 이런 사람들은 배울 수 없고 배우지 못하면 발전을 기대할 수 없다.

춘추전국시대 제나라의 명재상이었던 관중은 늙은 말에게서도 지혜를 배운 사람이다. 『한비자』에 나오는 '노마지지(老馬之智)'라는 고사를 통해 알 수 있다. '노마지지'는 연륜의 중요성 또는 누구나 한 가지씩의 뛰어난 점은 있다는 점을 강조하는 성어이다.

동물이나 미물들에게도 배울 만한 지혜가 있거늘, 만물의 영장인 사람이야 말해 무엇 하겠는가. 만나는 사람들에게서 선하거나 어진 점을 한 가지씩 배워 깨우쳐 나간다면 누구나 지혜로운 삶을 영위할 수 있을 것이다.

개천에서 '용' 찾기

2011년 방영된 「MBC 스페셜」 '개천에서 용 찾기' 라는 다큐멘터리를 뒤늦게 인터넷에서 보고 난 뒤 참 괜찮은 기획이라는 생각이 들었다. '용'으로 상징되는 출세의 의미를 새삼 되새겨보게 하는 프로그램이었다.

흔히 우리 사회는 더 이상 개천에서 용이 날 수 없는 구조라고들 한다. 최고의 부자들이 살고 있는 강남 3구에서만 용이 날 수 있다는 자조의 목소리도 들린다. 앞으로도 이런 구도는 바뀌기 힘들 것이라는 어두운 전망이 있다.

하지만 이 같은 비관적 전망은 어디까지나 '용'에 대한 사회적 인식의 틀이 바뀌지 않는다는 전제하에서만 성립한다. 미래에도 판·검사나 의사, 대기업 CEO 등이 안정적인 직업이 될 것이라는 데 이의를 달 사람은 별로 없다. 하지만 이들 직종에 종사하는 사람들이 조금 더 먼 미래에도 계속 기득권을 유지하면서 행복한 삶을 향유할 수 있을 것인가 하는 점에선 회의적 시각이 많다.

이런 직업을 가지려면 초등학교 입학 전부터 고등학교 졸업 때까지 오로지 공부에만 매달리며 치열한 경쟁에서 이겨야 한다. 설령 일류대학에 입학한다 하더라도 자격증을 따기 위해 계속 공부를 해야 하고, 직장생활에서도 동료들과의 경쟁은 불가피할 것이다. 한평생을 경쟁 속에서 살아야 한다니, 너무 끔찍하지 않은가?

'개천에서 용 찾기'는 미래에는 판·검사, 변호사, 의사 등 지금까지 사회의 상층부를 형성한 '사'자 직업군이 더 이상 '용'의 자리를 차지할 수 없을 것이라는 강한 메시지를 전했다.

이 프로그램에 출연한 세계적인 패션 디자이너 최범석 씨. 집안이 가난해 학교도 자퇴하고 동대문시장 노점상을 하는 등 산전수전 끝에 성공 스토리를 만든 최 씨의 '용'에 대한 해석이 사뭇 흥미로웠다. "모두가 똑같이 아침에 눈을 뜨면 회사에 가고 저녁에 들어와서 TV를 보고 다시 또 자고, 그렇게 사는 모든 사람들이 사는 곳이, 그냥 깨끗하게 사는 곳이 개천인 것 같고요, 용이 나는 건 거기에서 좀 다르게 사는 사람이 용인 것 같아요. 어떤 자기 걸 갖고 계속 열정을 태우며 죽을 때까지 할 수 있는 것? 내가 정말 미래를 내 마흔, 오십, 육십에도 정말 하고 싶은 걸 계속하면서 즐거울 수 있는 게 (용이) 아닐까요?"

박원순 서울시장(당시 희망제작소 상임이사)의 인터뷰도 인상적이었다. "강남에서 서울대에 제일 많이 들어가고 때로는 판·검사도 제일 많이 나올지 모릅니다. 그러나 진짜 그런 분들이 용입니까? 정말로 우리 시대에 위대한 사람들은요, 정말 용이라고 부를 만한 사람들은요, 결코 성적 좋고 좋은 학교 나오고, 그래서 된 게 아니라고 생각합니다."

'용'에 대한 사회적 인식이 달라져야 한다는 데 이의를 제기할 사람은 없을 것이다. 하지만 이런 담론이 현실이 되기 위해서는 무엇보다 교육개혁이 선행되어야 한다. 지금 여야 대통령 후보들이 공약으로 내세우는 교육 개혁론처럼, '용'에 대한 기존의 인식의 틀을 그대

　　　　　사람 다치지 않았느냐

로 둔 채 '사회적 약자'들에 대한 입학과 등록금 혜택과 같은 지엽말
단적인 제도개선만으로는 '용'에 대한 인식변화는 좀체 가져오기 어
려울 것이다.

정부와 사회의 교육철학이 달라져야 한다. 지금처럼 성적순으로
줄 세우고 무한경쟁을 부추기는 시스템이 아니라 아이들의 정신과
건강을 함께 증진시키고 경쟁보다는 협동을, 이익보다는 정의를, 개
인보다는 집단을 우선시 하는 교육이념을 정립해야 한다.

공자께서는 네 가지로 가르쳤으니, 문행충신이다.(子以四敎 文行忠
信-술이편 제24장)

교육의 궁극적 목적을 '인(仁)'의 실현에 둔 사설 '공자학교'의 교
육과정을 나타내고 있다. 도올 김용옥은 이렇게 풀이했다. "文이란
일차적으로 문자의 터득과 관련되며 문헌을 통해 지식을 습득하는
것이다. 行이란 사회적 실천이며 사회과학적 측면이다. 忠이란 인간
의 내면적 덕성의 함양이며 도덕의 함양이다. 信은 신험(信驗)이며
경험적 입증이며 과학적 사유와 관련된 것이다."

제자 중궁(仲弓)이 인(仁)에 대해 묻자 공자는 이렇게 대답했다.
"집 밖을 나가면 큰 손님 뵌 듯하고 백성을 부릴 때는 큰 제사를 받
들 듯하라. 내가 원하지 않는 것은 남에게 베풀지 말라(出門如見大賓
使民如承大祭 己所不欲 勿施於人)."[4]

인(仁)이란 남과 나를 구별하지 않는 무한사랑의 경지이다. 내가
하기 싫은 일은 남에게도 시키지 않는 배려의 정신이다. 인(仁)의
실현을 위한 구체적 교육 방법이 위에 제시된 '문·행·충·신'인
것이다.

현재 우리 교육에는 '문'만 강조될 뿐 '행·충·신'이 빠져 있다. 이

러다 보니 머리가 좋고 탐욕이 가득한 '용'은 배출될지언정 도덕성
과 희생정신, 창의성이 충만한 아름다운 '용'은 나오기 힘든 것이다.
　권력과 돈을 가진 사람만 '용'이 되는 것이 아니라, 자신의 적성을
찾아 즐겁게 공부하고 성실하게 노력하면 누구나 행복한 '용'이 될
수 있는 사회야말로 우리 모두가 꿈꾸어야 할 미래의 모습 아니겠
는가.
　'공자학교'의 커리큘럼을 오늘날 우리교육에 도입하는 것이 교육
개혁의 핵심이 되어야 하는 이유이다. 먼 옛날의 고담준론이라고 배
척하기에는 우리의 교육과 사회 시스템이 정상에서 너무 멀리 벗어
나버렸다. '인(仁)'의 회복이 시급하다.

　　　　　　　　　　　　　　　　　사람 다치지 않았느냐

이문회우(以文會友)의 즐거움

사람들은 누구나 한두 개의 모임은 가지고 있을 것이다. 처음 만나 명함을 주고받다 보면 무려 십여 개의 직함이 빼곡히 적힌 사람도 있다. 사회적 동물인 사람이 아무런 모임 없이 혼자 살아가는 것은 불가능한 일일 것이다.

우리 사회에서 가장 흔한 모임은 아마도 학교 동창모임이 아닐까? 그중 초등학교 동창모임만큼 편한 모임도 없을 터. 고향사람들의 모임인 향우회와 같은 조상을 모시는 후손들의 모임인 종친회도 흔히 볼 수 있다. 학연 · 혈연 · 지연이 차지하는 비중이 절대적임을 알 수 있다.

같은 취미를 가진 사람들의 모임인 동호회도 갈수록 늘어나고 로터리나 라이온스클럽과 같은 친목 · 봉사단체들도 적지 않다.

사람이 이처럼 모임을 하는 이유는 모임의 수만큼이나 다양한 이유가 있을 터. 외로움을 달래기 위해, 정보를 교환하기 위해, 함께 봉사하기 위해, 사업상 도움을 주고받기 위해, 즐기기 위해, 의무적으로……

나도 제법 많은 모임을 하고 있지만, 개인적으로 가장 아름다운 모임을 꼽으라면 주저 없이 '고전공부' 모임을 꼽겠다.

'고전공부'를 가장 아름다운 모임이라고 생각하는 것은 무엇보다 아무런 이해관계가 얽혀 있지 않기 때문이다. 오로지 배움에 목마른 사람들이 자발적으로 참여하는 모임이다. 일정액의 월사금만 내면 누구나 참석할 수 있고, 또 그만두고 싶으면 언제든지 그만둬도 상관없다.

공자께서 일찍이 "오직 가르침만 있을 뿐 차별은 없다."라고 말한 바 그대로이다.(有敎 無類-위령공편 제38장)

회원들은 매주 수요일 오후 6시 30분이면 후강고전연구원에 어김없이 모습을 나타낸다. 대부분 직장에 다니는 40, 50대들이다. 낮에 회사 일을 한 탓에 피곤할 만도 한데 두꺼운 『논어』나 『맹자』 책을 펼쳐놓고 배움에 열중하는 모습을 보면 영락없는 선비 모습이다.

맨 처음 모임을 결성했던 3년 전만 해도 회원은 20여 명에 가까웠으나 시간이 흐르면서 자연도태하거나 사정이 있어 빠지는 사람들이 늘었다. 이제 남아 있는 회원들은 그야말로 고전의 매력에 푹 빠진 사람들이라고 해도 무방하겠다.

한 번 수업은 2시간가량 진행된다. 후강고전연구원 원장이자 훈장님인 후강 금지수 선생은 어릴 적부터 서당에서 사서삼경을 배운 한학자이시다. 금 선생으로부터 글도 배우지만 흐트러짐이 없는 인품과 따뜻한 성품이 더 배울 점이다.

우리 모임은 한 달에 한 번 정도 수업 후 회식을 한다. 회식자리는 복습시간인 셈이다. 건배사도 그날 배운 내용을 택해 하는 경우가 다반사이다. 예컨대 수업 중 논어의 '불치하문(不恥下問)'을 배웠다면, 건배 제의자가 '불치' 하면 나머지는 '하문'으로 응답하는 식이다. 만약 사자성어를 잘못 쓸 경우 금 선생께서 친절하게 바로잡아

    사람 다치지 않았느냐

준다.

요즘 고전읽기가 붐이라고 할 정도로 대세다. 후강 선생에게서 수년째 고전을 배우는 변호사들의 모임도 있고 여 공무원들의 모임도 있다. 한 초등학생은 아버지와 함께 와서 논어를 배우고 가기도 한다.

대 한학자 화재 이우섭 선생이 기거하던 김해시 월봉서원에선 이우섭 선생의 아들 이준규 부산대 한문학과 교수가 주민들을 상대로 '논어산책' 특강을 수시로 하고 있기도 하다.

고전의 매력이야 두말하면 잔소리다. 고전학자 정천구 선생이 일전에 내게 이메일로 보낸 고전읽기의 매력을 소개한다. "느리게 사는 것이 요즘 화두지만 정작 그 비결을 아는 이는 적지요. 고전공부만큼 적절한 게 없습니다. 깊이 음미하지 않으면 그 맛을 모르니 찬찬히 새겨 읽다 보면 그것 자체가 느림의 미학을 이루는 거지요. 단순히 느린 게 아니라 깊이와 높이를 아우르면서 삶을 되돌아보며 참된 삶의 가치를 비로소 절실하게 느끼게 되지요."

거세게 내달려가는 현대사회의 물결에 휩쓸려가다 보면 내가 어디로 가고 있는지 도대체 알 수가 없다. 가끔은 물 밖으로 나오거나 물가에 매달려서라도 자신의 위치를 확인하고 물의 깊이와 넓이, 속도, 방향 등을 가늠하면서 가야 할 필요가 있다. 어디로 가는지도 모르고 둥둥 떠내려가는 건 바보 같은 삶이다.

증자께서 말했다. "군자는 문(文)으로써 친구를 모으고, 친구로써 인을 돕는다."(曾子曰 君子以文會友 以友輔仁-안연편 제24장)

이 세상엔 수많은 모임이 있지만 글공부를 함께 하는 '이문회우'보다 더 귀하고 아름다운 모임도 없을 것이다. 이해관계로 얽힌 친구

들은 언젠가 등을 돌리고 멀어질 수 있으나 배움으로 만난 친구들
은 그럴 염려가 별로 없다.

다산 정약용의 '죽란시사서첩(竹蘭詩社書帖)'을 보면 열다섯 사람
이 모여 시 모임을 결성하는 내용이 나오는데 그 풍류가 기가 막히
게 아름답다.

"살구꽃이 피면 한 번 모이고, 복숭아꽃이 피면 모이고, 한여름의
참외가 익으면 모이고, 서늘한 초가을 서지에 연꽃 구경할 만하면
모이고, 국화꽃이 피면 모이고, 겨울이 되어 큰 눈이 내리면 모이고,
세모에 화분의 매화꽃을 피우면 한 번 모이기로 한다. 모일 때마다
술과 안주, 붓과 머루를 준비해서 술을 마셔가며 시가를 읊조릴 수
있도록 해야 한다."

이처럼 고전공부 모임이 많아진다면 사회가 조금은 향기로워지지
않을까?

   사람 다치지 않았느냐

논문표절은 도둑질이다

　　　　2012년 4·11총선 기간에 새누리당 문대성 후보
(부산 사하갑)가 박사학위 논문표절 의혹이 불거지면서 곤욕을 치렀
다. 가까스로 당선되긴 했지만 결국 논문표절이 사실로 드러나면서
문 의원은 새누리당을 떠나야 했다. 올림픽에서 돌려차기 한 방으로
금메달을 따내(거기다 잘생긴 외모 덕에) 국민적 영웅이 되었던 문 의
원은 금배지를 달긴 했지만 체면은 말이 아니게 구겨졌다.

　대한민국은 '표절공화국'이라는 얘기를 많이 듣는다. 문 의원의 표
절 이전에도 수많은 표절 사건이 있었다. 참여정부 시절인 2006년
김병준 교육부총리가 논문표절 문제로 취임 13일 만에 사퇴했다. 고
려대 경영대 이필상 교수는 2007년 평교수 시절 쓴 논문 5편이 표절
로 판명되면서 총장 취임 56일 만에 물러나야 했다. 아주대 박재윤
총장도 2005년 논문표절 시비로 사임했다. 이명박 정부 초기 숙명여
대 교수 출신의 박미석 사회정책수석은 제자 논문 표절 의혹을 받고
취임 2개월 만에 자진 사퇴했다.

　이처럼 대학교수들의 논문표절 문제가 끊이지 않는 것은 표면적
으로는 학계 차원의 제대로 된 가이드라인이나 검증 시스템이 부재
하기 때문이라는 지적이 많다. 대학 내부의 자정 노력이 부족한 것
도 한 요인으로 꼽힌다.

그러나 근본적으로는 국내 학자들의 학문에 대한 태도가 비뚤어져 있기 때문이라는 지적이 타당하다. 논문을 왜 쓰는가? 학자들 스스로 던져야 할 질문이다.

논문은 학자 개인의 피땀 어린 연구 과정과 결과 일체를 세상에 공표하는 성스러운 과정이다. 논문을 발표하는 이유는 자신의 업적이나 실력을 자랑하기 위해서가 아니라 사회의 발전과 진보에 미력이나마 일조하려는 의지의 발로일 것이다. 사회에 유익함이 없다면 논문 그 자체는 종이뭉치에 불과하다. 그런데도 많은 학자들은 연구 성과를 과시하거나 승진, 수상 등의 도구로 생각하고 논문을 마구 발표하고 있는 게 현실이다. 목적이 잘못 설정돼 있으니 수단인들 어떻게 비뚤어지지 않을 수가 있겠는가.

모름지기 학자는 남의 연구 결과를 인용할 때는 반드시 전거(典據)를 밝혀야 한다. 남의 것을 자기의 것으로 하는 것은 도둑질이다. 도둑질은 범죄 행위다. 물건을 훔쳐야만 도둑질인가? 지식과 경험을 훔치는 건 더 큰 도둑질이다.

이 땅의 학자들은 공자의 철저한 '전거주의(典據主義)'를 본받을 필요가 있다.

공자께서 말했다. "하(夏)나라의 예(禮)를 내가 능히 이야기할 수는 있으나 (하나라를 계승한) 기(杞)나라는 이를 증명하기에 부족하고, 은(殷)나라의 예를 내가 능히 이야기할 수는 있으나 (은나라를 계승한) 송(宋)나라는 이를 증명하기에 부족하다. 이는 문헌이 부족한 때문이니, 문헌이 넉넉하다면 나는 능히 이를 증명할 수 있느니라." (子曰 夏禮 吾能言之 杞不足徵也 殷禮 吾能言之 宋不足徵也 文獻不足故也 足則吾能徵之矣-팔일편 제9장)

　사람 다치지 않았느냐

공자의 뜨거운 향학열은 이미 사라진 하와 은의 예법에 대해 연구하고 밝힐 수는 있었지만 하와 은을 계승한 기와 송에는 문헌이 부족해 자신의 연구를 실증할 방법이 없었다는 것이다. 그래서 우수한 하·은의 예법을 채택하지 못하고, 대신 당시 사용되고 있던 주(周)나라의 예법을 자신의 학문적 바탕으로 삼을 수밖에 없었다.

2500여 년 동안 동아시아문명의 질서의 바탕이 된 공자의 예(禮)는 이렇게 철저한 고증에 의해 확립됐음을 알 수 있다.

이와 함께 이 땅의 학자들은 학문을 대하는 공자의 겸손한 자세를 배웠으면 한다. "하늘 아래 새로운 것이 없다"는 말이 있지 않은가.

공자께서 말했다. "나는 전해 내려오는 것을 전술(傳述)하였을 뿐 창작하지는 않았다. 나는 옛것을 믿고 좋아하였다. 나를 슬며시 노팽에 견주노라."(子曰 述而不作 信而好古 竊比於我老彭-술이편 제1장)

노팽은 은나라의 현자로서 고사(故事)를 잘 전수한 것으로 알려져 있다. 노팽은 공자의 마음속에 옛 술자(述者)의 전형으로 남아 있는 것으로 보인다.

공자는 옛 선왕(요·순·문·무)의 도(道)와 문물제도, 예교, 덕치 등을 전술(傳述)하였을 뿐, 자신이 창작하지는 않았다고 말하고 있다. 이는 공자의 겸양에 불과하다.

도올 김용옥은 "예악의 질서가 모두 신화적인 단계의 것들이며 찬란한 과거 선왕의 역사가 있다 하더라도 그것을 구현했다고 하는 육경(六經. 시경, 서경, 역경, 춘추, 예기, 악기) 자체가 모두 공자 이후에 문헌으로 성립한 것이다. '술이부작'을 문자 그대로 공자의 겸사로서 용인한다 하더라도 결국 공자는 술(述)을 통하여 작(作)을 이룩했던 것이다. 공자의 술(述)이야말로 동아시아문명의 최대의 작(作)의 이벤트였던 것이다"라고 해석했다.

　이처럼 위대한 학자인 공자조차 자신의 행위를 '술(述)'이라고 겸손해하고 있는 마당에, 오늘날 학자들이 자신의 논문을 '창작' 행위라고 우기는 건 무지나 오만의 소치가 아닐까? 학문에 대해 겸손해지면 구태여 표절을 할 필요가 없다. 작(作)이 아니고 술(述)일 바에야 '전거'를 충실히 밝힌다고 한들 결코 부끄러운 일이 아닐 것이다.

　학자라면 모름지기 '임중도원(任重道遠)'[5]의 의미를 새겨야 한다. 그 길을 갈 자신이 없으면 처음부터 '학의 문'에 들어서지 말아야 한다. 기왕 들어섰으면 겸손하고 정직한 자세로 뚜벅뚜벅 걸어갈 일이다.

스승과 제자, 그 아름다운 관계

학문하는 즐거움 중의 하나는 제자들을 키우는 데 있을 것이다. 아무리 위대한 스승이라 해도 훌륭한 제자가 없다면 자신의 사상이나 철학, 이념 따위를 후세에 전승하기가 쉽지 않다. 위대한 스승은 실천궁행으로 세상을 교화하는 데 일생을 보내야 하므로, 책상에 앉아서 집필 활동을 할 만큼의 여유가 없는 탓이다.

또 당대에는 대중들이 위대한 스승의 진가를 알아보는 게 쉽지 않은 것도 이유이다. 훌륭한 애제자들이 스승의 진가를 알아보고 생전의 행적과 말씀을 꼼꼼히 기록해 문자로 남겨야 비로소 오랜 기간 전승이 가능해지는 것이다.

어떤 위대한 스승도 제자 없이 세상에 홀로 우뚝 선 경우는 없었다. 성인이나 현인은 훌륭한 제자로 인해 비로소 완성되는 것이다. 소크라테스는 플라톤의 『대화』에 의해 자신의 사상과 논리가 세상에 드러났으며 예수의 순교와 부활은 세 번이나 '부인'한 수제자 베드로의 헌신과 희생에 의해 더욱 빛이 날 수 있었다. 부처님이 45년간 설법한 내용은 뛰어난 기억력의 소유자인 제자 아난존자가 없었더라면 경전으로 오롯이 세상에 남겨질 수 없었을 터.

공자 문하에는 3천여 명의 제자가 있었다고 한다. 이 중 후대에까지 이름을 남긴 제자만 70여 명에 달하고, 이 중에서 뛰어난 학문과 덕행을 쌓은 제자들이 소위 '공문십철(孔門十哲)'로 불리는 10명의 제자들이다. 사설 '공자학교'에는 뜻만 있으면 누구나 입학이 가능했다.

공자께서 말했다. "속수(束脩) 이상의 예를 갖춘 자는 가르쳐주지 않은 적이 없었다."(子曰 自行束脩以上 吾未嘗無誨焉-술이편 제7장)

'속수'란 육포 한 묶음을 말하는데, 최소한의 예물을 뜻한다. 공자는 기본예절만 갖추면 누구나 제자로 받아들였다. '가르침만 있을 뿐 (신분의) 차별은 없다(有敎 無類)'는 게 공자의 교육철학이었으니, 얼마나 멋진가!

공자의 제자 사랑은 극진했다. 평소에는 자상한 아버지 같은 모습이었지만 배움에 게으름을 피우는 제자에겐 추상같은 꾸지람을 내렸다.

자하(子夏)가 예(禮)의 본질에 대해 멋진 대답을 하자 공자는 "나를 깨우치는 자는 상(商. 자하의 이름)이로다. 비로소 너와 시(詩)를 논할 수 있겠노라"라며 흐뭇해했다.[6]

반면 게으른 재여(宰予)는 공부할 시간에 낮잠을 자다가 들켜 호되게 당한다.

"썩은 나무는 조각할 수 없고 거름흙으로 쌓은 담장에는 흙손질을 할 수가 없다. 재여에게 무엇을 꾸짖겠는가. 처음에 나는 사람의 말을 듣고 그의 행실을 믿었으나 이제 그의 말을 듣고 그의 행실을 살피게 됐다. 재여 때문에 이렇게 바뀐 것이다."[7]

평소 공자의 우회적인 화술과는 어울리지 않을 정도로 강경한 어투이다.

하지만 뭐니 뭐니 해도 공자의 최고의 애제자는 안연(顔淵)이었다.

공자는 안연에 대해서는 단 한마디도 나무라거나 흠 잡는 일이 없었다. 오히려 극찬을 아끼지 않았다. 논어 구석구석에는 안연에 대한 찬사가 넘쳐난다.

공자께서 말했다. "어질도다 안회여. 한 대나무 그릇의 밥과 한 표주박의 물을 먹고 마시며 누추한 집에 사는 것을, 남들은 그 근심을 감당하지 못하거늘, 안회는 그 즐거움을 고치지 않으니 어질도다, 안회여!"(賢哉 回也 一簞食 一瓢飮 在陋巷 人不敢其憂 回也 不改其樂 賢哉 回也-옹야편 제8장)

'일단사 일표음(一簞食 一瓢飮)'으로 유명한 구절이다. 안빈낙도하며 인(仁)을 구현하는 제자가 이토록 사랑스러웠나 보다. 스승의 총애만큼이나 공자를 향한 안연의 존경심도 하늘과 같았다.

안연은 "(스승의 道는) 우러러볼수록 더욱 높아지고 뚫을수록 더욱 견고할 뿐, 바로 보니 앞에 계시더니 홀연히 뒤에 계시네. … 나를 문(文)으로 넓혀주시고, 예(禮)로써 집약시켜주셨네. … 내 비록 스승님을 따르고자 하나 어디서 그 실마리를 찾아야 할지 알 수가 없네"라며 존경을 표시했다.[8]

하지만 너무 뛰어난 재능은 하늘도 질투하는 것일까. 안연은 30세 전후의 나이에 요절하고 만다. 공자는 안연의 부음을 듣고 몹시 애통해했다.

안연이 죽자 공자께서 한숨을 크게 쉬며 말했다. "아, 하늘이 나를 버리시는구나, 하늘이 나를 버리시는구나!"(顔淵死 子曰噫 天喪予 天喪予-선진편 제8장)

공자는 안연의 상가(喪家)에서 목놓아 통곡했다. 그러자 따라간 제자들이 "우리 선생님께서 통곡하신다"며 의아해했다. 공자의 답변이 너무나 진솔하다.

"내가 정말 통곡했는가? 내가 저 사람을 위해 통곡하지 않는다면 누구를 위해 할꼬?"[9]

공자께서 통곡했다는 내용은 논어 전편에 걸쳐 이 대목이 처음이자 마지막이다. 얼마나 슬픔이 컸으면 제자들 앞에서 엉엉 울었을까.

공자와 안연의 대화 장면을 읽다 보면, 2500여 년 전의 일이지만 스승과 제자의 아름다운 관계가 마치 손에 잡힐 듯 머릿속에 그려진다.

지금 대한민국에선 스승과 제자 사이에 아름다운 관계가 얼마나 이어지고 있는지 묻지 않을 수 없다. 내가 마음을 다해 가르치고 아끼는 제자가 얼마나 되는지, 또 내가 공경을 다해 배우고 모시는 스승이 있는지, 학문에 종사하고 있는 분들이라면 한 번쯤 자문해보시길.

   사람 다치지 않았느냐

스승의 은혜는 하늘 같아서

내 삶의 역정에 등불이 되어주셨던 두 분의 선생님이 계신다. 한 분은 2012년 2월 경북 예천 유천초등학교 교장직을 끝으로 정년퇴임하신 권세창 선생님이다.

선생님을 처음 만난 것은 지금으로부터 39년 전인 1973년, 경산 와촌 대동초등학교 4학년 때이다. 선생님은 경북 봉화에서 부임해 오시자마자 남녀 농구부를 만드셨는데, 나도 농구부에 들어갔다. 우리는 방과후에 고구마와 감자를 간식으로 먹으며 피나는 연습을 했다. 1년 뒤 5학년 때, 농구부는 경산군 교육청 주최 시합에 나가게 됐다. 그러나 결과는 전패에 예선 탈락. 하지만 나는 그때 처음으로 선생님이 사주신 짜장면을 먹어봤고, 짜장면 집의 교환전화기도 구경했다.

선생님은 농구를 통해 협동심과 인내심을 가르쳐주셨다. 선생님을 생각하면 항상 마음이 환해진다. 그동안 선생님과 간간이 전화통화는 했지만 직접 뵌 것은 초등학교 졸업 후 36년이 지난 2011년이 처음이었다. 여름휴가를 이용해 아내와 두 아들을 데리고 안동으로 가서 선생님을 뵙고 식사도 함께했다.

얼마 전 선생님께 전화를 드렸다. "나 정년 했어. 42년간의 선생 노릇을 그만두고 나니 시원섭섭하네. 잘 자라줘서 고맙네. 알아서 하겠지만, 항상 사람과의 관계를 소중히 생각해. 나중에 남는 건 사람밖에 없어. 건강하고." 구수한 안동 사투리가 전화기를 통해 흘러나왔다.

또 한 분은 강현옥 선생님. 여선생님이다. 선생님을 처음 만난 것은 지금으로부터 36년 전인 1976년, 경산 무학중학교 1학년 때의 일이다. 선생님은 나의 담임이었다.

어느 날 선생님이 교무실로 날 부르셨다. "이거 내가 여분으로 가진 건데, 너 가져. 열심히 공부해라." 선생님이 주신 것은 국어와 수학 전과였다. 시골에서 유학을 와 있던 나는 가난한 집안 형편상 전과를 구입할 수 없던 터였다. 나는 그 전과를 가지고 열심히 공부했다. 선생님이 국어담당이었기에, 국어를 더욱 열심히 공부했다. 고등학교 졸업 때까지 국어에 관한 한 누구에게도 뒤지지 않았다. 그 덕분에 지금 기자가 돼 밥벌이를 하고 있는 것 같다.

아쉽게도 선생님은 그해 겨울, 시집을 가면서 교직을 그만두셨다. 그 이후로 선생님의 소식은 전혀 듣지 못했다. 문득문득 강 선생님이 보고 싶다. 전과를 전해주실 때의 그 따스한 미소를 잊을 수 없기에.

내가 두 분의 선생님을 평생 잊지 못하는 것은 학비를 대주거나 아주 특별한 관심을 보여주셨기 때문이 아니다. 실력이 뛰어난 선생님이어서는 더욱 아니다. 세상이 각박하게 느껴질 때 햇살처럼 따뜻한 두 분의 마음과 부드러운 미소가 늘 그리워서이다. 예민한 감성의 촉수가 돋아나던 사춘기 때 만난 분들이어서 더욱 그런 것일지도 모르겠다.

학창시절 만난 선생님 한두 분쯤 그립지 않은 이가 있을까. 선생

　　　　　　　　　　　　　　사람 다치지 않았느냐

님이란 존재는 그렇게 귀한 직업인 것이다. 한 사람의 일생에 엄청난 영향을 미칠 수 있다. 로마 네로 황제의 스승이었던 철학자 세네카의 고백이 의미심장하다. "악한은 스승 없이도 될 수 있지만, 예지나 덕성은 스승 없이는 얻을 수 없다."

그럼 선생의 역할은 과연 무엇일까?

공자께서 말했다. "묵묵히 사물을 인식하고, 끊임없이 배우되 싫증 내지 아니하며, 사람을 가르치는 데 게을리하지 아니하니, 나에게 무슨 어려움이 있으리오."(子曰 默而識之 學而不厭 誨人不倦 何有於我哉-술이편 제2장)

선생의 역할을 이보다 더 풍성하게 설명한 말을 들은 적이 없다. 공자는 평생 배우고 가르치는 일에 몰두했다. '묵이식지(默而識之)'는 사물에 대한 인식과 문제의식을 가지는 것을 말한다. 그 과정은 묵묵하고 꾸준해야 한다. '학이불염(學而不厭)'은 탐구의 과정이다. 탐구 없이는 가르침도 없다. '회인불권(誨人不倦)'은 가르침에 게으름이 없어야 한다는 말이다. 학생이 아무리 못 알아들어도 선생은 절대 포기해서는 안 된다는 뜻이다. 교육에 대한 열정 없이는 힘든 일이다.

그러면 선생이 갖춰야 할 자격은 어떤 것일까? 이에 대해서도 공자는 멋진 정답을 제시했다.

공자께서 말했다. "옛 것을 온양(溫養)하여 새것을 만들어낼 줄 알면, 스승이 될 만하다."(溫故而知新 可以爲師矣-위정편 제11장)

그 유명한 '온고지신(溫故知新)'이 여기에서 나왔다. '온고지신'이란 말이 흔히 유교의 복고주의에 대한 비판의 근거로 이용되고 있지만, 이는 해석상의 오류라는 게 많은 전문가들의 견해이다. 도올은

"이러한 해석은 공자라는 한 인간이 추구해온 삶과 비전을 배반하는 어리석음의 소치라고 생각한다. 공자의 삶의 강조점은 항상 '옛'(故)에 있었던 것이 아니라, '새로움'(新)에 있었던 것이다"라고 분석했다.

즉 '온고지신'이라는 명제는 옛것에 대한 존숭의 의미가 아니라 새것의 창조라는 맥락으로 해석되어야 한다는 것이다. 전통성보다 창조성에 방점이 있는 셈이다.

후강고전연구원 금지수 선생의 해석이 재미있다. "자동차에 백미러가 왜 필요한지 아십니까? 뒤를 살피기 위함이기도 하지만, 뒤를 보면서 더 잘 앞으로 나아가기 위한 겁니다. '온고지신'의 의미는 그런 거지요."

'온고지신'을 해야 선생 자격이 있다는 공자의 말씀이 묵직하게 다가온다. 교수든 교사든, 학생들에게 지식교육만 해서는 안 되는 이유를 이제야 알겠다. 지식은 기본이요, 미래를 창조적으로 살아갈 수 있는 지혜와 안목을 길러줄 수 있을 때, 비로소 선생의 역할을 다했다고 할 수 있는 것이다.

이 땅의 모든 선생님들의 분발을 당부한다.

  사람 다치지 않았느냐

배움(學)과 생각(思) 사이

스포츠계에서 '스타 선수'가 반드시 '스타 감독'이 되는 것은 아니다. 오히려 평범한 선수 생활을 한 사람이 스타 감독이 된 경우가 더 많을 것이다.

월드컵에서 한국 축구를 사상 처음으로 4강에 올린 거스 히딩크 감독은 선수 시절엔 별 볼일 없었지만 감독으로서는 세계적 명장 반열에 올랐다. 영국 프리미어리그 맨체스터 유나이티드의 알렉스 퍼거슨 감독도 평범한 선수 시절을 보냈으나 감독으로선 살아 있는 전설이 되었다.

그 반대로 세계 축구 사상 최고의 스타로 평가받는 디에고 마라도나나 한국축구의 대명사라 할 수 있는 차범근 씨는 지도자로선 그렇게 성공적이지 못했다.

런던 올림픽에서 사상 첫 동메달을 획득한 홍명보 감독처럼 선수로도 감독으로도 성공적인 경우가 없진 않지만, 그런 경우는 의외로 많지 않다. 물론 선수 생활을 전혀 하지 않은 사람이 감독으로서 성공하는 일은 매우 드물지만.

'스타 선수=스타 감독'이란 등식이 성립하지 않는 것은 왜일까?

아마도 이론과 실제(실천) 사이의 간극 때문이 아닐까 싶다. 선수는 사실 많은 이론을 알 필요가 없다. 타고난 재능에 반복적인 육체적 훈련만으로도 훌륭한 선수가 될 수 있다. 선수는 자신의 위치와 역할에 충실하면 된다.

반면 감독은 스포츠 실기는 물론 이론에 밝아야 한다. 그래야 선수 개인의 신체적·정신적 조건에 맞는 훈련을 시킬 수 있고 팀의 역량을 키울 수 있다. 특히 감독은 개인 선수들의 역량을 합친 것에 '+α'를 도출해낼 수 있어야 한다. 개인 선수들을 화학적으로 결합함으로써 팀의 전략을 극대화할 수 있는 능력이 필요하다는 얘기이다. 그러자면 '화학반응'의 공식(이론)을 모르고선 어려울 것이다.

이론과 실제를 겸비해야 하는 것은 비단 스포츠 감독의 문제만은 아닐 것이다. 어떤 분야에서든 훌륭한 리더가 되기 위해서는 그 분야의 이론과 실제를 겸비해야 한다. 이론만 밝고 실제가 없으면 허황되고, 실제만 있고 이론이 부족하면 독단에 빠질 수 있다.

공자께서 말했다. "배우기만 하고 생각하지 않으면 어둡고 생각하기만 하고 배우지 않으면 위태롭다."(子曰 學而不思則罔 思而不學則殆 −위정편 제15장)

학(學)과 사(思), 망(罔)과 태(殆)의 문제이다. 도올은 이렇게 해석했다. "學이란 나의 의식의 장으로 '새로움'이 유입되는 것을 의미한다. 배움이란 물음이요 탐구요 독서다. 그것은 미지의 세계로의 모험이다. 그러나 學은 반드시 思로써 질서 지워져야 한다. 思는 새로운 경험적 사실의 유입은 없지만 그러한 사실들을 반추하고 서로의 관계를 정연하게 심화시키는 과정이다. 思는 나 홀로 의식의 내적 반추 과정이다. 그런데 學만 있고 思가 없으면 멍청해지고 반대로 思만 있고 學이 없으면 공허해진다."

신영복 성공회대 석좌교수는 "현실적 조건이 사상(捨象)된 보편주

　　　　　　　　　　　　사람 다치지 않았느냐

의적 이론은 현실에 어둡고(罔) 특수한 경험적 지식을 보편화하는 것은 위험하다(殆)는 뜻"이라고 해석했다.

결국 學은 이론 또는 보편적 지식이요, 思는 실제 또는 개인적 경험이라고 할 수 있다.

학자로서 존경을 받은 모 대학 총장 출신 인사가 국무총리가 되어서는 현실감각을 상실한 채 국민들에게 실망만 안기고 도중하차한 것은 '학이불사즉망(學而不思則罔)'에 해당할 것이다. 소위 '먹물 학자'는 세상 물정에 어두울 수밖에 없다.

반면 많은 노동운동에서 보듯이 '현장 경험'이 배움과 결합하지 못할 경우 '殆(위태)'에 빠질 수 있다. 자신의 경험과 사유가 세상의 전부인 양 착각하기 쉽기 때문이다. 스타 선수가 스타 감독이 되지 못하는 것도 같은 맥락이다. 자신이 선수 시절 갈고 닦은 기술과 경험만 믿고 보편적 이론을 무시하거나 새로운 이론 수용을 게을리하다 보니 독단의 위태로움에 빠지기 쉬운 법이다.

學(이론)과 思(실제)를 골고루 겸비해야 전인적 인간상을 구현할 수 있음을 알 수 있다. 특히 한 집단의 지도자(군자)는 반드시 學과 思를 균형 있게 갖춰야 성공할 수 있다.

그러나 學과 思를 다 갖추지 못할 바엔 學에 더 치중해야 한다는 게 공자의 확고한 생각이다.

공자께서 말했다. "내 일찍이 하루 종일 밥도 먹지 않고 밤새 잠도 자지 않고 생각(思)만 해보니 유익이 없었다. 배우는 것(學)만 못했다."(子曰 吾嘗終日不食 終夜不寢 以思 無益 不如學也-위령공편 제30장)

"인간은 생각하는 갈대"라는 파스칼의 말처럼 생각(思)은 인류 문명을 창조한 위대한 힘이다. 그러나 공부하지 않으면 생각은 무용지물이 되고 만다. 생각만 있고 배움이 없으면 생각 그 자체가 위태로워질 수 있다는 게 공자의 생각이다. 공허한 사유만 지속하는 것의 무의미성을 날카롭게 지적하고 있다.

나이가 들수록 생각만 하고 배우기를 꺼리는 사람들이 많다. 지금까지 자신이 배운 지식과 경험을 밑천 삼아 남은 인생을 버티려는 속셈이다. 하지만 배우기를 멈추는 순간 삶도 멈추거나 퇴보의 길로 접어든다는 사실을 알아야 한다.

배움과 생각, 두 가지는 삶이 다할 때까지 추구해야 할 가치이자 삶이란 수레의 두 바퀴이다.

정치·경제의 새 패러다임

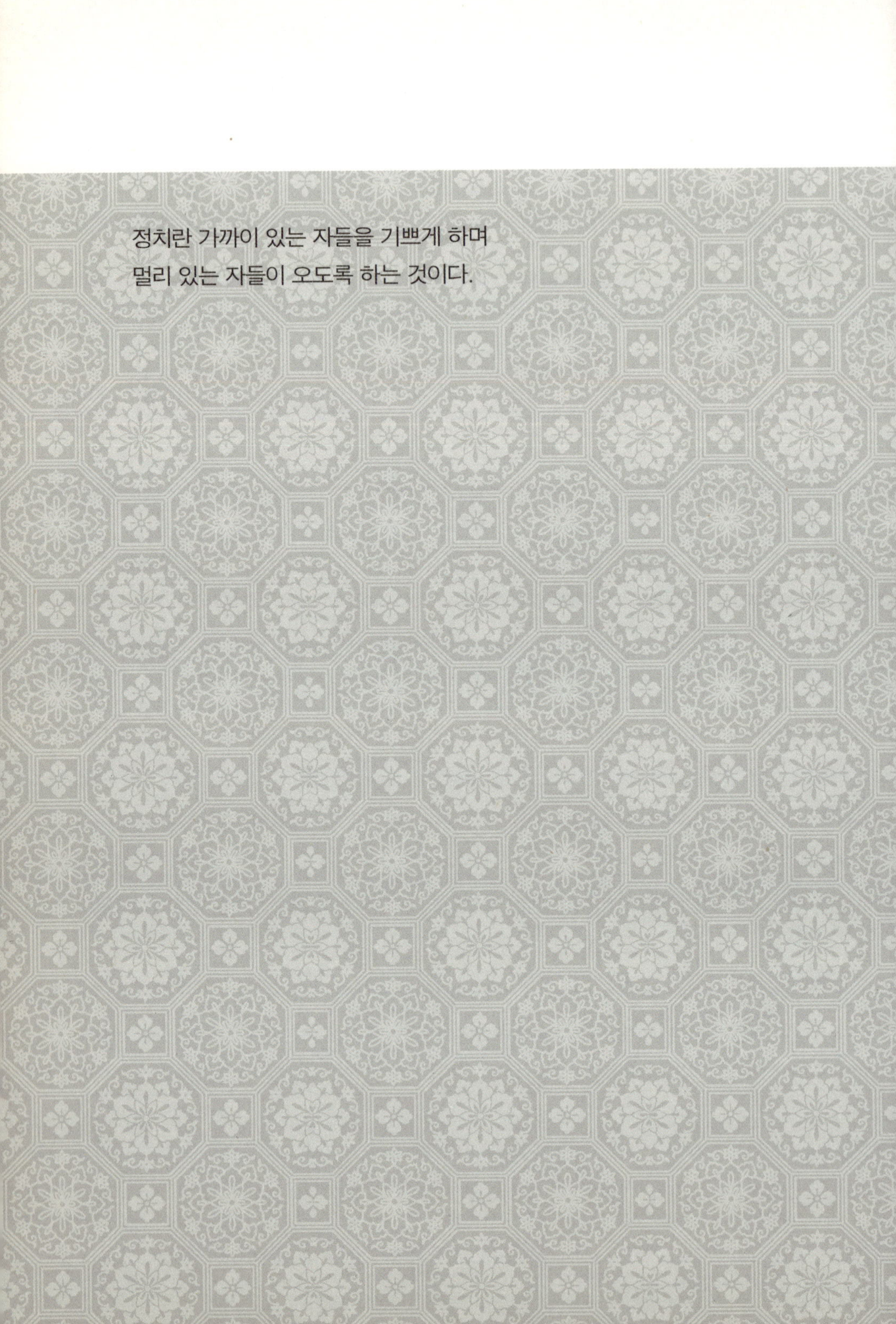
정치란 가까이 있는 자들을 기쁘게 하며
멀리 있는 자들이 오도록 하는 것이다.

MB 정부는 실패했다

이명박(MB) 정권의 5년을 평가한다면 과연 몇 점을 줄 수 있을까? 그 객관적 평가는 역사의 몫이겠지만, 내 개인적으로는 낙제점을 줄 수밖에 없다.

우선 표면적으로만 봐도 MB 정부의 실패는 자명하다. MB가 500만 표 이상의 압도적 지지로 당선된 것은 '747' 공약에 대한 국민적 기대 덕분이었다. '7% 경제성장, 1인당 소득 4만 달러 달성, 세계 7위 경제대국 진입'이 목표였다. 그러나 집권 후 4년간 평균 경제성장률은 3%에 불과하다. 1인당 소득도 2만 달러를 조금 웃도는 수준이다. 경제규모는 세계 10위권 밖을 맴돌고 있다.

'747' 공약은 달성하기 힘든 목표임이 일찍이 드러났다. 그러나 MB 정부는 이에 대한 명확한 해명도 없었고 새로운 목표를 제시하지도 않았다.

그러나 '747'은 표면적 이유에 불과하다. MB 정부가 실패했다고 판단하는 보다 근원적인 이유가 여럿 있다.

첫째, MB 정부는 사상 최악의 빈부격차를 초래했다. '비즈니스 프렌들리'로 상징되는 대기업·부자 봐주기 정책은 대기업·부자들에겐 복음과도 같았지만 중소기업과 서민들에겐 저주와도 같았다. 대기업들은 승승장구했지만 중소기업들은 줄줄이 문을 닫았다. 슈퍼리치(super-rich. 10억 원 이상의 금융자산을 가진 부유한 사람)는 더욱 부자가 됐고 중산층은 무너져내렸다. 서민들은 빚더미에 내몰려 신음하고 있다. 1천조 원에 육박하는 가계 빚은 우리 경제의 지뢰가 됐다. 대기업이 운영하는 SSM(super supermarket. 기업형 슈퍼마켓)의 무한 확장은 동네상권을 초토화시켰다. 노무현 정권이 세대·계층 간 이념갈등을 유발했다면 MB 정부는 여기다 계층 간 빈부갈등까지 더했다.

둘째, MB 정부는 철저히 부패했다. MB를 빼고 그의 주변 권력자들 대부분이 뇌물을 받은 혐의로 감방에 들어갔다. 심지어 그의 친형까지 구속되는 등 친인척 비리도 끊이지 않았다. 권력의 부정·부패는 사회 전반에 부정·부패가 만연하는 토양이 됐다.

셋째, MB 정부는 국민과의 소통에 실패했다. 선거에서 압도적 지지로 집권한 MB 정부는 집권 초기부터 불통의 정치를 했다. 미국산 쇠고기 수입 파동과 촛불시위를 거치며 MB는 대국민 사과까지 하면서 소통에 힘쓰겠노라고 약속했다. 그러나 뒤에서는 국민을 감시하고 여론을 통제하는 데 힘을 썼다. '조중동' 등 보수언론에는 '종편'이란 떡고물을 흘리며 우호적 여론을 조성했고 '미네르바' 등 인터넷 여론은 통제했다.

그러나 여론과 언론에 대한 통제는 결국 부메랑이 되어 돌아왔다. 무리하게 기소했던 사건들이 정권 말기에 줄줄이 무죄가 됐다. 여론의 견제를 받지 않는 권력은 부패해 악취가 진동했다.

넷째, MB 정부는 국민 안위를 위태롭게 했다. MB 정부는 김대중·노무현 정권 10년 동안 쌓은 북한과의 신뢰와 협력을 송두리째 뽑아버렸다. 더 이상 '퍼주기'를 할 수 없다는 논리로 금강산 관광을 중

　　　　　　　　　　　　　사람 다치지 않았느냐

단했고 대북 봉쇄와 적대정책을 강행했다. 그 결과로 천안함 피격과 연평도 포격을 초래했다. 숱한 군인과 민간인이 희생됐고 국민들은 불안에 떨었다.

다섯째, MB 정부는 동북아 외교에 실패했다. 북한을 고립시키기 위한 미국 편중 외교는 우리나라를 중국과 더욱 멀어지게 했다. 세계 'G2'로 부상한 중국을 너무 경시한 결과였다. 또 MB는 전략적 고려 없이 임기 말에 독도행을 강행함으로써 일본과의 외교 갈등을 최고조로 증폭시켰다. 한국은 동북아에서 외톨이 신세가 되었다. 이런 외교적 부담은 차기정부에 고스란히 승계될 것이다.

위에 열거한 다섯 가지 실패보다 더 본질적인 실패가 있다. 바로 우리 사회를 생존투쟁의 '정글'로 만든 점이다. 선진국에서 이미 폐단이 심각한 것으로 드러난 신자유주의의 무한경쟁 원리를 사회 곳곳에 주입함으로써 각종 폐단이 나타나고 있다. 전통적 미덕인 상부 상조와 겸양의 정신은 사라지고 사회 구성원들 간 경쟁과 갈등 의식만 깊어졌다.

정치란 무엇인가?

자로가 군자에 대해 묻자 공자는 이렇게 말했다. "자기를 닦되 경으로써 하라." 자로가 "그것뿐입니까" 하자 공자께서 대답했다. "자기를 닦음으로써 남을 편안하게 하라." 자로가 "그것뿐입니까" 하고 또 묻자 공자께서 대답했다. "자기를 닦아 백성을 편안하게 하라(修己以安百姓). 요·순도 그렇게 하지 못함을 병통으로 여겼다."(子路問君子 子曰 修己以敬 曰 如斯而已乎 曰 修己以安人 曰 如斯而已乎 曰 修己以安百姓 修己以安百姓 堯舜其猶病諸-헌문편 제45장)

군자(위정자)는 우선 경(敬)으로써 자기 자신을 깨끗이 해야 하며

(修己以敬), 그 다음에 주변의 사람들을 편안하게 하고(修己以安人), 최종적으로 백성들을 편안하게 해야 한다(修己以安百姓)는 것이다.

"정치란 가까이 있는 자들을 기쁘게 하며 멀리 있는 자들이 오도록 하는 것이다(近者悅 遠者來)."라는 공자의 말씀도 일맥상통하는 말이다.[1]

정치의 요체는 간단하다. 우선 위정자가 도덕적으로 깨끗해야 한다. 그 다음엔 경제를 일으켜 국민들을 배불리 먹게 하고 편안하게 해주는 것이다. 정부가 각종 수치를 나열하며 스스로의 치적을 아무리 떠들어대도 국민들이 편안하고 기쁘게 느끼지 않는다면, 그 정치는 실패한 것이다.

MB 정부는 지난 5년간 국민들을 편안하게 했는가, 불편하게 했는가? 기쁘게 했는가, 슬프게 했는가?

이름 바로잡기(正名)

지구상의 모든 대상은 이름을 가진다. 주변을 한번 둘러보라. 이름이 붙어 있지 않은 것이 있는가. 흔히 '이름 모를 꽃'이라는 표현을 쓰지만, 우리가 정확한 이름을 모를 뿐이지 그 꽃들조차 식물학자들에 의해 학명이 다 붙어 있다.

이름은 그 대상의 특징을 잘 나타내어 다른 대상과 구별 지을 수 있도록 명명된다. 이름과 실상이 걸맞도록 명명된다는 뜻이다. 예컨대 동물은 움직일 때 동물이란 이름에 걸맞고 식물은 한 곳에 뿌리를 내리고 있을 때 식물이란 이름에 걸맞다. 동물이 한 곳에 머물고 식물이 옮겨 다닌다면 세상은 혼란에 빠질 것이다. 사람이 동물 흉내 내고 동물이 사람 노릇한다면 역시 이상한 세상이 될 것이다.

이름과 실상이 일치할 때, 이를 명실상부(名實相符)라고 한다. 반대로 이름만 있고 실상이 없을 때, 이를 유명무실(有名無實)이라고 한다.

이 같은 '이름과 기호'의 문제는 비트겐슈타인과 같은 현대 철학자들의 관심 영역이지만, 일찍이 공자는 정치 영역에서 이름(名)의 의미를 부각시켰다. 소위 '정명론(正名論)'이다.

자로가 공자께 "위나라의 군주가 선생님을 모셔다가 정치를 하려 한다면 무엇을 먼저 하시겠습니까?"라고 묻자 공자께서는 "반드시 이름을 바로잡는 정명(正名)을 먼저 할 것이다"라고 말했다. 그러면서 "이름이 바르지 않으면 말이 이치에 맞지 않게 되고, 일이 이루어지지 않으며, 예악이 흥하지 않고, 형벌이 공정해질 수 없어 결국 백성들이 손발 둘 곳이 없어지게 된다"고 말했다.[2]

위나라는 당시 외국으로 쫓겨난 아버지 대신 군주에 오른 출공(出公)이 다스리고 있었다. 출공은 아버지를 쫓아낸 할아버지가 죽고 자신이 군주가 되자 망명한 아버지가 귀국하는 것을 막고 자신을 할아버지의 대를 이은 후사로 자처했다. 아버지를 아버지로 여기지 않고 할아버지를 아버지로 삼는 명분의 혼란이 심각했다.

제나라 경공이 정치에 대해 묻자 공자는 더욱 구체적인 '정명론'을 얘기한다.

"임금은 임금답고 신하는 신하답고 아버지는 아버지답고 아들은 아들답게 되는 것이오(君君臣臣 父父子子)."[3]

정명은 인간관계의 대표적인 역할 네 가지, 곧 임금, 신하, 아버지, 아들로부터 시작하여 모든 직위의 사람들, 나아가 인간 사회의 모든 행위를 그 이름에 맞도록 할 것을 요구한다.

현대적 의미로 본다면 대통령은 대통령답고 국회의원은 국회의원답고 검찰은 검찰답고 경제인은 경제인답고 상인은 상인답고 언론인은 언론인답고 선생은 선생답고 학생은 학생다워야 한다는 뜻이다.

그러나 MB 정부 들어 '정명'은 사라지고 그 자리를 '유명무실'이 채웠다.

대통령이 대통령답다는 것은 어떤 뜻일까? 대통령은 특정 세력의 이익을 대변하거나 국론분열을 초래해서는 안 되는 이름이다. 그러

    사람 다치지 않았느냐

나 MB는 '비즈니스 프렌들리'라는 명분으로 대기업 우선정책을 추진했다. 그 결과 대기업은 펄펄 날았지만 중소기업과 서민들의 살림살이는 더욱 쪼그라들었다. MB는 국정 편의를 위해 헌법에 보장된 언론자유를 위축시켰고 국민 간의 소통과 통합을 외면했다.

MB의 측근들은 대통령을 잘 보좌해야 함에도 불구하고 온갖 부정부패를 저지름으로써 대통령을 기망했다. 방송통신위원회는 '방송과 통신의 융합화 추세에 능동적으로 대응하고 나아가 국민들이 보다 풍요로운 방송통신융합의 혜택을 누릴 수 있도록 하기 위해' 만들어졌음에도 불구하고 위원장인 '방통대군'은 뇌물이나 먹고 조중동의 환심을 사기 위해 무리하게 종합편성채널 정책을 추진했다.

국회의원들은 국민의 대표자임에도 국민의 이익을 대변하지 않고 자신들의 이권만 챙기고 여야로 편을 갈라 4년 내내 싸우기만 했다.

검찰은 어땠는가? '정의의 사도'로서 공평무사한 법 집행에 힘써야 함에도 불구하고 권력의 하수인을 자처했다. 검찰이 무리하게 기소한 사건 중에 '미네르바', 정연주 전 KBS 사장, MBC PD수첩 등 무죄 판결을 받은 경우가 얼마나 많은가!

공자께서 말했다. "모난 고(觚) 술잔이 모나지 않으면 어찌 고라고 할 수 있으리오! 어찌 고라고 할 수 있으리오! (子曰 觚不觚 觚哉 觚哉 -옹야편 제23장)

'고(觚)'라는 술잔은 입술을 대는 아가리 부분이 원래 네모졌다. 그러나 공자 시대에 와서 편리함을 추구한 나머지 사각형이 원형으로 변해 있었다. 그럼에도 사람들은 원형의 술잔을 '고'라고 불렀다. 공자는 심미적 안목에서 '고'가 원형으로 바뀐 데 대해 아쉬움을 토로하는 것으로 해석할 수 있다. 동시에 임금이 임금의 도리를 다하지 못하고 신하가 신하의 도리를 다하지 못하는 당시 세태를 풍자한 것으로도 읽힌다.

'군군신신 부부자자(君君臣臣 父父子子)'라는 정명론을 자칫 구시대의 유물로 치부할 수도 있다. 요즘처럼 민주화되고 개방화된 사회에서 구태여 정해진 역할만을 할 필요가 있느냐고 항변할 수도 있다.

얼핏 일리가 있는 주장 같기도 하지만 이는 '정명'의 정확한 의미를 헤아리지 못한 데서 오는 오해의 소산이다. '정명'은 제 역할을 충실히 하되 불의와 부끄러움이 없는 것을 말한다. 세상이 아무리 변해도 그 이름에 걸맞은 역할을 다하지 못하면 세상은 혼란에 빠지게 된다.

대통령은 스스로 헌법에 명시된 권리와 의무를 충실히 따라야 하고 각 분야의 모든 사람들이 제 역할을 충실히 할 수 있도록 고도의 정치력을 발휘해야 한다. 이것이 '정명'의 현대적 의미이다.

사람 다치지 않았느냐

윗물이 맑아야 아랫물이 맑지

'윗물이 맑아야 아랫물이 맑다'는 속담은 영원히 침인 명제일 깃이다. 3급수의 오염된 낙동강 물을 고도정수처리 과정을 통해 '먹는 물'로 만들어내는 부산시 상수도사업본부의 신통방통한 정수기술을 보노라면 이 속담이 틀린 말인가 싶다가도, 수돗물을 믿고 마시는 시민들이 거의 없다는 사실을 알고 나면 틀린 속담이 하나도 없음을 깨닫게 된다.

사회가 민주화되고 상하 위계가 많이 흐트러졌지만 윗사람이 잘해야 아랫사람이 잘하고 따르는 건 만고불변의 진리이다. 가정에선 부모가 잘해야 자식들이 따르고 훌륭하게 자란다. 학교에선 선생님들이 잘해야 학생들이 따르고 열심히 공부하게 된다. 직장에선 사장이 잘해야 직원들이 따르고 회사는 잘 돌아간다. 그렇다면 국가는?

대통령과 고관대작들이 잘해야 국민들이 따르고 성실하고 정직하게 생업에 종사하게 됨은 명약관화한 일이다. 이명박 정권은 어땠는가? 역대 정권의 말기엔 온갖 비리가 고구마줄기처럼 엮여 나왔지만, MB 정권 말기의 부정과 비리는 목불인견이다.

MB 주변의 비리 개요도를 잠시만 들여다보자.

2007년 대선 때 원로자문그룹인 '6인 회의' 멤버 중 최시중 방통위원장·친형인 이상득 전 의원, 대선 경선캠프인 '안국포럼' 멤버 중

은진수 전 감사원 감사위원·신재민 전 문화부 차관·박영준 전 지식경제부 차관, 청와대 참모그룹 중 김두우 전 청와대 홍보수석·배건기 전 청와대 감찰팀장·이영호 전 청와대 고용노사비서관·추부길 전 청와대 홍보기획비서관, 가신그룹 중 천신일 세중나모 회장·김희중 전 청와대 부속실장 등이 각종 비리로 구속됐다.

대통령직 인수위 관계자들과 MB 및 김윤옥 여사의 친인척 비리까지 열거하려면 이 면을 다 채워도 모자랄 지경이다.

이러니 나라가 제대로 돌아갈 리가 있나. 저축은행 사태로 평생 알뜰살뜰 모은 돈을 날린 서민들은 피눈물을 흘리고 있고 빚더미에 앉은 일반 가계의 파산 선고가 잇따른다. 사회 양극화는 더욱 심화되고 각종 강력범죄가 기승을 부려 시민들은 불안에 떨고 있다.

MB가 아무리 공정이니 정의니 법치를 외치면 뭘 하나. 권력을 잡은 자들이 공정하지도 정의롭지도 법을 따르지도 않는데.

공자께서 말했다. "정치를 하되 덕으로써 하는 것은, 비유하면 북극성이 제자리에 머물러 있어도 뭇별들이 북극성을 중심으로 돌아가는 것과 같다."(子曰 爲政以德 譬如北辰居其所而衆星共之-위정편 제1장)

정치는 덕으로 해야 한다. 북극성이 항상 같은 자리에 있지만 많은 별들이 북극성을 중심으로 질서 있게 움직이는 것과 같이 덕치를 하면 저절로 위정자에게 민심이 모이고 따르게 된다는 것이다.

우리나라의 대통령은 권력의 정점에 있는 사람이다. 과거 절대군주시대의 군주보다 더 막강한 권력을 가지고 있다고 해도 과언이 아니다. 측근들이 부정부패에 물들고 민심이 이반하며 민생이 도탄에 빠진 데는 대통령의 책임이 가장 크다. 대통령의 부덕(不德)이 문제

  사람 다치지 않았느냐

인 것이다.

계강자가 공자에게 정치를 물어 말했다. "무도(無道)한 자들을 사형에 처하여 유도(有道)한 세계로 나가게 하면 어떻습니까?" 공자께서 대답했다. "그대가 정치를 함에 어찌 죽이는 것을 쓰리오. 그대가 선하고자 하면 백성들이 선하게 되리니, 군자의 덕은 바람(君子之德風)이요 소인의 덕은 풀(小人之德草)이라. 풀 위에 바람이 불면 반드시 쓰러지느니라(草上之風 必偃)."[4]

계강자는 노나라의 실권자로 정치를 그저 '범죄자를 엄벌하는 일'로 여기고 있었다. 이에 대해 공자는 단호하게 말한다. 그대부터 선하게 되라고. 바람이 불면 풀이 눕듯, 위정자가 선정을 베풀고 착하게 되면 백성들은 저절로 따르게 된다고.

대통령이 입이 닳도록 '법질서 확립'을 외치고 검찰과 경찰이 '범죄와의 전쟁'을 선포해도 강력범죄는 늘어나기만 한다. 권력자들이 각종 범죄로 '학교'에 들어가는 것을 보고 있는 국민들이 법을 잘 따를 리가 만무하다.

계강자가 도둑이 많음을 걱정하여 대책을 묻자 공자께서 다음과 같이 대답했다. "그대가 탐욕을 부리지 않는다면 비록 백성들이 상을 준다고 해도 도둑질을 하지 않을 것이다."(季康子患盜 問於孔子 孔子對曰 苟子之不欲 雖賞之不竊-안연편 제18장)

계강자는 민생을 괴롭히는 도둑 때문에 골머리를 앓고 있었다. 그 해결책을 공자에게 물으니 공자는 치자(治者)의 탐욕이 도둑질하는 사회를 만든다고 진단했다. 부패한 권력에 통쾌한 일침을 가한 공자!

계씨(季氏)는 노나라의 권력을 도둑질했고 강자(康子)는 적자(嫡

子)를 빼앗았다. 치자가 탐욕에 눈이 멀어 도둑이 돼 있으니 상하 관원이 모두 사욕을 채우기에 급급했고 백성들은 백성들대로 탐욕을 채우기 위해 부당한 방법으로 남의 것을 훔쳤다.

탐욕스런 치자가 백성을 속이고 큰 도둑질을 하면서 아무리 백성에게 정직하게 살라고 외친들 아무 소용이 없다는 메시지이다.

요즘처럼 복잡한 세상에 공자가 주창하는 '덕치 리더십'은 현실에 맞지 않는 이상적 사상이라고 치부하는 사람도 있다. 물론 일리가 있다. 대통령이 갖춰야 할 자질은 덕 외에도 소통과 화합 능력, 추진력, 국제 감각 등 다양할 것이다.

그러나 대통령에게 덕이 없다면, 다른 모든 자질은 '앙꼬 없는 찐빵'처럼 무용지물이 되고 만다는 사실을 알아야 한다. 윗물이 맑아야 아랫물이 맑으므로!

   사람 다치지 않았느냐

인사가 만사

　　　　삼성그룹 창업주인 고 이병철 회장은 신입사원의 면접을 볼 때 구석 자리에 역술인을 앉혀놓고 응시자들의 관상을 살펴봤다는 이야기가 전해지고 있다. 장남인 이맹희 씨는 한 언론과의 인터뷰에서 역술인 애기는 사실이 아니라고 밝혔는데, 이병철 회장이 인재 제일주의를 표방한 것이 와전됐다는 설명이다.

　어쨌든 이병철 회장이 돈보다 사람을 더 아꼈다는 말은 일리가 있다. 이 회장의 철저한 인재관리가 오늘날 일류 글로벌 기업 삼성의 밑바탕이 됐음을 부인할 사람은 별로 없을 것이다.

　21세기 기업의 생존에 인재관리가 중요하다는 사실은 더 이상 강조할 필요가 없다. 세계적 기업치고 인재관리를 허술하게 하는 기업은 없을 것이다. 아무리 사무가 자동화되고 공장이 기계화되더라도 그 시스템을 만들어내고 관리하는 것은 역시 사람이다. 기계나 컴퓨터는 수단이지 목적이 아니다. 하긴 수단과 목적을 구분하지 못해 망하는 기업이 많긴 하지만.

　한 기업도 그렇거니와 한 국가의 운명 또한 인재관리에 달려 있다고 할 수 있다. 최고 권력자가 공평무사한 마음으로 깨끗하고 능력 있는 인재를 두루 등용해 쓰면 나라가 흥할 것이고 사리사욕에 눈멀어 부패하고 무능력한 자를 골라 쓰면 나라는 쇠할 것이다. 이는 만고불변의 진리이다. '인사가 만사(萬事)'라는 말이 거저 나왔겠는가!

애공이 공자에게 "어떻게 하면 백성이 따르겠습니까?" 하고 물었다. 공자께서 대답했다. "곧은 사람을 들어 굽은 사람 위에 올려놓으면 백성들이 따를 것이며 굽은 사람을 들어 곧은 사람 위에 올려놓으면 백성들이 따르지 않을 것입니다."(哀公問曰 何爲則民服 孔子對曰 擧直錯諸枉則民服 擧枉錯諸直則民不服-위정편 제19장)

애공(哀公)은 글자 그대로 '슬픈 군주'이다. 공자의 조국인 노나라의 마지막 군주이다. 삼환(三桓) 씨의 폭정으로 망해가던 나라의 마지막 군주가 공자에게 나라를 구할 길이 없느냐고 묻고 있는 슬픈 장면이다.

공자는 곧은 자들을 등용해 굽은 자들 위에 앉히면 백성들은 그러한 정치를 심복하고 따르지만, 굽은 자들을 곧은 자 위에 앉히면 백성들은 반항하고 따르지 않는다고 충고하고 있다. 공자의 이 말은 정치 일반에 대한 이상론을 펼친 것이기도 하지만 굽은 삼환의 무리들을 걷어내지 않으면 노나라는 희망이 없다는 강력한 경고의 메시지이기도 할 것이다.

번지가 인에 대해 묻자 공자께서는 "사람을 사랑하는 것이다(愛人)"라고 말했다. 번지가 지에 대해 묻자 공자께서는 "사람을 아는 것이다(知人)"라고 말했다. 번지가 잘 알아듣지 못하자 공자께서는 다음과 같이 말했다. "굽은 판자 위에 곧은 판자를 놓아 누르면 굽은 판자를 곧게 펼 수 있다." 번지가 물러나 자하를 보았을 때 다시 물었다. "지난번에 내가 스승님을 뵈었을 때 지에 대해 여쭈니 굽은 판자 위에 곧은 판자를 놓아 누르면 굽은 판자를 곧게 펼 수 있다고 하셨는데, 무슨 뜻인고?" 자하가 말했다. "풍요롭도다 그 말씀이여!

   사람 다치지 않았느냐

순이 천하를 얻어 많은 사람 가운데 고요를 들어 쓰니(選於衆 擧皋陶) 불인(不仁)한 자들이 멀리 사라졌고 탕이 천하를 얻어 많은 사람 가운데 이윤을 뽑아 쓰니(選於衆 擧伊尹) 불인한 자들이 멀리 사라지지 않았던가!"[5]

공자는 여기서도 위정자의 인사가 얼마나 중요한지를 강조하고 있다. 정직한 자를 부정직한 자 위에 앉히면 어진 정치를 펼 수 있다는 것이다. 구체적 사례로 천하의 성군인 순임금이 고요를 중용한 사실과 은나라 탕임금이 이윤을 중용한 사실이 제시됐다.

흥미로운 사실은 '선어중 거고요(選於衆 擧皋陶)'에서 '선거(選擧)'라는 말이 나왔다는 것이다. 원래 '선거'란 군주가 '여러 사람 가운데서 인재를 뽑아 쓰는 것'인 셈이다. 과거에는 '선거'가 군주에 의해 이뤄졌지만 현대 민주주의 사회에선 국민들이 '선거'를 한다. 군주의 권한 상당수가 국민들에게 이전된 것이다.

그러나 대통령제하에선 선출직 외에 '선거' 권한은 여전히 대통령에게 있다. 국정운영에 결정적 역할을 하는 장관이나 청와대 참모, 각종 위원회 위원장, 공공기관의 장 등 대통령의 직·간접적 인사권은 막강하다.

그러나 이명박 대통령은 주요 공직자 인사를 어떻게 했는가? '고소영(고려대·소망교회·영남 인사) 강부자(강남의 부동산 자산가) 내각'이라는 말이 유행했을 정도로 편중인사를 밀어붙였다. 인재를 두루 뽑아 써야(選於衆) 함에도 자신 주변 사람 중에서만 골라 썼다. 특히 재산 형성 과정에 문제점이 많은 '굽은' 사람들을 무리하게 썼다.

'選於衆' 하지도 못하고 측근 중에 굽은 자들을 골라 곧은 자들 위에 올려놓았으니, 결과는 뻔할 뻔자 아닌가!

계강자가 "백성으로 하여금 권면하게 하려면 어떻게 해야 좋겠습니까?"라고 묻자 공자께서는 "선한 자들을 등용하고 능력이 부족한 자들을 잘 교화시키면(擧善而 敎不能) 백성들이 스스로 권면하게 될 것이오."라고 말했다.[6]

춘추전국시대 위정자들은 어떻게 하면 백성들을 굴복시켜 고분고분하게 만들 것인가를 고민했다. 국가정책에 협조하지 않거나 반대하면 백성을 탄압하거나 그 탓을 백성한테 돌렸다. 그러나 공자는 백성들이 따르지 않고 부지런하지 않게 되는 것은 백성 탓이 아니라 오로지 군주에게 그 잘못이 있다고 단호하게 말했다.

대한민국의 정치는 과거와 무엇이 다른가? 대통령과 여당은 자신들의 잘못은 알지 못한 채 걸핏하면 책임을 야당과 국민들에게 돌렸다.

그래도 과거에 비해 희망이 있는 것은 국정 최고 책임자인 '대통령'을 국민들이 '選擧'로 선택할 수 있다는 점이다. 이 때문에 대선은 국가운명을 좌우할 중차대한 이벤트인 것이다.

사람 다치지 않았느냐

무신불립(無信不立)

　　　2010년 3월 26일 백령도 근처 해상에서 대한민국 해군의 초계함인 천안함이 피격되는 사건이 발생했다. 이 사고로 꽃다운 해군용사 46명이 희생됐다. 한국을 포함한 오스트레일리아, 미국, 스웨덴, 영국 등 5개국에서 전문가 24명으로 구성된 합동조사단은 2010년 5월 20일 천안함이 북한의 어뢰 공격으로 침몰한 것이라고 발표하였다.

　그러나 불행하게도 많은 국민들은 천안함이 북한 소행이라는 합동조사단의 조사 결과를 믿지 않았다. 지금도 마찬가지이다. 서울대 통일평화연구소가 2010년 9월 발표한 '2010 통일의식 설문조사' 결과에 따르면 천안함 사건에 대한 정부 발표에 대해 '전적으로 신뢰한다'는 응답은 6.4%, '신뢰하는 편이다'는 26.1%에 불과했다. 반면 '전혀 신뢰하지 않는다' 10.7%, '신뢰하지 않는 편이다' 25%로, 불신이 신뢰보다 많았다. '반신반의'도 31.7%나 됐다.

　2012년 3월 20일 동아일보가 서울·경기 지역 초중고생 379명을 대상으로 실시한 여론조사 결과는 충격적이다. '천안함 폭침이 북한의 소행이라는 정부발표를 완전히 믿는다'는 답변이 초등학생은 32%, 중학생은 18.6%, 고등학생은 8.2%에 불과했다.

　이처럼 정부 발표에 대한 불신이 깊어진 것은 무엇보다 우리 정부와 군 당국의 잘못이 크다. 천안함 사고 시각에 대한 잦은 말 바꾸기와 정보 비공개, 언론 접근 차단, 뒤늦게 발견된 동영상 등이 국민들에게 뭔가 숨기려 한다는 인상을 심어줬다.

정부와 군 당국은 야당과 일부 민간 전문가들의 계속된 의문제기, 북한을 주범으로 지목하는 데 회의적인 입장을 보인 중국과 러시아의 태도 등이 국민 불신의 원인이라고 변명하고 싶겠지만 이는 본질이 아니라 곁가지이다. 이명박 정부가 국민의 신뢰를 얻지 못하고 있는 게 가장 큰 원인인 것이다.

자공이 정치에 대해 묻자 공자께서 대답했다. "먹을 것을 풍족하게 하고(足食), 군비를 튼튼히 하며(足兵), 백성들의 신뢰를 얻는 것(民信之)이다." 자공이 반문하였다. "부득이 셋 중 하나를 버려야 한다면 무엇을 먼저 버려야 합니까?" 공자께서 대답했다. "병(兵)을 버려라." 자공이 또 반문하였다. "부득이 둘 중 하나를 버려야 한다면 무엇을 먼저 버려야 합니까?" 공자께서 대답했다. "식(食)을 버려라. 예로부터 모든 사람은 죽음을 면할 수 없다. 그러나 백성의 신뢰를 얻지 못하면 국가는 설 수가 없다."[7]

정치의 요체는 국방을 튼튼히 하며(足兵), 경제를 일으켜 백성들을 배부르게 하고(足食), 백성들의 신뢰를 얻는 것(民信之)이다. 어느 것 하나라도 소홀히 할 수 없다. 하지만 어쩔 수 없이 하나씩 버려야 할 상황이 온다면, 공자는 兵과 食을 차례로 버리고 信만은 끝까지 지키겠다는 것이다.

공자는 국가든 개인이든 신뢰가 없으면 설 수 없음(不立)을 누누이 강조했다. 공자는 문하생들에게 네 가지 교수요목(教授要目)을 중점적으로 가르쳤다. 이를 공문사교(孔門四教)라고 한다. '문행충신

   사람 다치지 않았느냐

(文行忠信)'이 그것이다.

자장이 '인(仁)'에 대해서 물었을 때도 공손함(恭), 너그러움(寬), 신뢰(信), 민첩함(敏), 은혜로움(惠) 등 다섯 가지를 거론하고 信을 맨 가운데에 두었다.[8]

공자께서 말했다. "사람이 신뢰가 없으면 어디에 쓸모가 있을지 알 수가 없다. 큰 수레에 끌채가 없으며 작은 수레에 멍에 갈고리가 없으면 그것이 어떻게 갈 수가 있겠는가?"(子曰 人而無信 不知其可也 大車無輗 小車無軏 其何以行之哉-위정편 제22장)

아무리 좋은 수레에 힘이 센 우마(牛馬)가 있더라도 짐을 싣고 앞으로 가려면 수레에 끌채와 멍에 끝에 거는 갈고리가 있어야 한다. 수레에서 끌채와 멍에 갈고리는 잘 보이지도 않고 그 크기나 모양도 대수롭지 않다. 그러나 만약 이것이 없으면 수레와 우마는 짐을 싣고 가는 데 무용지물이 되고 만다.

대통령이나 그 주변 사람들에 대한 국민적 신뢰가 무너지는 것은 국가적 재앙이나 마찬가지이다. 정부가 아무리 훌륭한 정책을 내놓고 시행하려고 해도 국민들이 호응하지 않으면 아무 소용이 없다. 하물며 국민들의 불편과 인내를 요하는 정책을 시행하는 것은 불가능에 가깝다.

그런 측면에서 MB 정권의 가장 큰 실책은 국민의 신뢰를 얻지 못한 것이다. 천안함 사건은 정부에 대한 국민적 불신을 단적으로 보여주는 사례이다. 하지만 천안함 사건 그 자체만으로 국민적 불신을 샀다고 보기는 어렵다. 쌓인 불신이 천안함 사건을 통해 증폭됐다고 보는 것이 올바른 해석일 것이다. MB 정권에 대한 불신의 첫 단초는 집권 첫 해인 2008년 미국산 쇠고기 수입 파동까지 거슬러 올라가야 한다.

정치적 신뢰는 어떻게 쌓을 수 있을까?

무엇보다 대통령의 언행이 일치해야 한다. 말로는 국민을 위한다면서 속으로는 국민을 무시하거나 여론에 반해 정책을 밀어붙일 때, 신뢰는 쌓이지 않는다.

그리고 비밀리에 정책을 추진하려 해서는 안 된다. 국가적 이익이 달린 중대한 비밀 외에는 국민들에게 솔직하게 밝히고 이해를 구해야 한다. 눈 가리고 아웅 하던 시대는 지났다. 4대강 사업만 하더라도 많은 국민들은 여전히 대운하 사업의 일환이라고 생각하고 있다. 정부가 너무 서두른 데다 사업 내용을 자꾸만 숨기려 했기 때문이다.

국민의 신뢰를 무너뜨리는 것은 권력의 부정과 부패이다. 이렇게 볼 때 MB 정권은 사실상 '무신불립'의 모든 요건을 다 갖춘 셈이다. 그래서 절망스러운 것이다.

송사를 부추기는 나라

2012년 6월 "(피겨 여왕) 김연아의 교생실습은 쇼"라고 말한 연세대 황상민 교수에 대한 명예훼손 고소 사건은 김연아 측의 소 취하로 일단락됐지만 뒷맛이 개운치 않았다. 황 교수의 발언이 영 터무니없는 소리도 아니거니와, 설령 과한 측면이 있다손치더라도 국민영웅이자 대학생인 김연아가 대학교수를 꼭 고소까지 했어야 했을까 하는 생각이 들었다. 우리사회에 만연한 송사(訟事) 문화의 일단을 본 듯하다.

언제부턴가 고소·고발이 남발되고 있다. 법무부에 따르면 2011년 고소사건은 모두 52만 건으로 전체 형사 사건의 22%에 달했다. 과거 같으면 당사자끼리 말로써 충분히 타협을 볼 수 있는 사안에 대해서조차 툭하면 고소·고발이 벌어지고 있는 것이다.

문제는 고소·고발 사건의 상당수는 본래의 목적에서 벗어나 있다는 점이다. 사법제도를 악용해 사과를 받아내거나 자신에게 불리한 언론보도에 재갈을 물리려는 불순한 의도가 깔려 있는 경우가 많다. 무분별한 고소·고발로 경찰과 검찰, 법원 등의 인력과 시간 낭비가 또 얼마나 심각한가!

'법은 최소한의 도덕'이란 말이 있듯이 전통사회에선 법보다는 도덕이 우선했다. 이웃 간에 다툼이 생겨도 법에 호소하기보다는 도덕과 관례에 따라 해결했다. 고을의 유지나 어른들이 나서 중재를 하면 웬만한 갈등이나 싸움은 해소됐다.

현대사회는 복잡다단한 이해관계들이 얽히고설켜 있어 도덕보다 법으로 해결할 수밖에 없는 일이 비일비재하다. 하지만 우리 사회는 그 정도가 너무 심각하다. 법이 활개치는 사회는 결코 아름다운 사회가 아니다. 사람들 사이에 정이 없어지고 삭막해져 이익에 눈먼 사회이다. 도덕이 땅에 떨어진 도덕불감증 사회이다.

더욱 큰 문제는 국민들의 고소·고발을 예방하기 위해 노력해야 할 정부가 외려 송사를 부추겨온 혐의가 짙다는 점이다. 이명박 정부 5년 동안 정부가 고소·고발한 사건만 해도 셀 수 없을 정도이다. 유인촌 전 문화체육부장관은 '회피 동영상'을 올린 네티즌을 고소했고, 정운천 전 농림수산식품부장관은 '광우병'을 보도한 MBC PD수첩을 고발했다. 국정원의 민간인 사찰을 폭로한 박원순 서울시장(당시 희망제작소 이사)도 정부로부터 고발을 당했다. 정연주 전 KBS 사장은 세무소송 중단 등으로 KBS에 1800억 원대의 손해를 끼친 혐의로 검찰에 의해 기소됐었다.

그러나 정부 당국자에 의한 대부분의 고소·고발 사건은 도중에 취하되거나 무죄 판결을 받았다. 정부가 뚜렷한 혐의 없이 괘씸죄를 적용하거나 국민들에게 공포감을 심어주기 위한 수단으로 고소·고발을 악용했다는 방증이다. 정부의 장단에 검찰이 춤을 춘 경우도 많았다.

공자께서 말했다. "법령으로써 이끌고 형벌로써 가지런히 하면 백성들이 (형벌을) 면하기만 할 뿐 부끄러움이 없다. 그러나 덕으로써 이끌고 예로써 가지런히 하면 백성들이 부끄러움이 있고 또한 착함

                                    사람 다치지 않았느냐

에 이른다.”(子曰 道之以政 齊之以刑 民免而無恥 道之以德 齊之以禮 有恥
且格-위정편 제3장)

　유가와 법가의 정치철학적 입장을 단적으로 대비한 말이다. 유가
의 정치철학이 도덕을 축으로 하는 덕치주의라면 법가의 정치철학
은 법을 축으로 한 법치주의다. 법으로 다스리는 것은 통치의 객관
적 기준이 설 수 있어 매우 편리하다. 덕으로 다스리는 것은 객관적
기준이 없어 여간 힘든 게 아니다.

　그러나 법치는 백성들로 하여금 표면적으로는 복종하게 하지만
도덕적 감화를 기대할 수는 없다. 반면 덕치는 당장엔 질서가 없는
듯 보이지만 백성들의 부끄러움과 선함을 이끌어낼 수가 있다. 부끄
러움은 동양사회의 가장 큰 전통적 미덕이다.

　물론 역사적으로 완전한 법치국가도, 완전한 덕치국가도 없었다.
정도의 차이가 있었을 뿐 법치와 덕치는 상보적이다. 유교국가에서
는 법치보다는 덕치에 무게중심이 실렸다.

　MB 정권은 집권 초기부터 ‘법치주의 확립’을 내걸고 불법적인 집
회·시위 등에 대해 단호하게 대처해왔다. 검찰과 경찰도 이에 발맞
춰 실적 올리기에 열심이었다.

　그러나 국정운영에는 법치만이 능사가 아님을 알아야 한다. 아무
리 ‘법대로’를 외쳐도 법을 공정하게 운영하는 것은 불가능한 일이
다. ‘법은 강자의 도구’라는 말이 있듯이 법치는 자칫 강자의 권익만
보호할 가능성이 크기 때문이다. 하물며 국가 운영이 ‘법대로’만 된
다면 구태여 선거를 통해 훌륭한 지도자를 뽑을 이유가 어디에 있겠
는가?

　정치는 ‘법대로’ 그 이상이어야 한다. 그것이 바로 덕치이다. 덕치

는 위정자가 스스로 덕을 쌓아 국민들에게 베풀고 법 대신 인(仁)과
의(義)로써 나라를 다스리는 것이다.

공자께서 말했다. "송사를 듣고 판결하는 데 있어서는 나도 남과
같으나 (그것보다)나는 반드시 송사가 없어지게 할 것이다."(子曰 聽
訟 吾猶人也 必也使無訟乎-안연편 제13장)

송사를 잘 처리하는 건 정사(政事)의 지엽말단이다. 송사가 많이
벌어지는 것은 정치가 잘못되어 백성들 사이에 알력과 갈등이 그만
큼 많기 때문이다. 정사의 근본은 백성들을 편안하게 만들어 송사가
없어지게 하거나 최소화하는 데 있다.

이해관계가 첨예한 현대사회에서 송사가 없어지도록 하는 건 불
가능한 일일 것이다. 하지만 송사를 잘 처리하기에 앞서 송사가 왜
일어나는지를 구명하고 사전에 송사를 예방할 수 있도록 정치를 잘
하는 건 예나 지금이나 변함없는 위정자들의 책무일 것이다.

재정위기와 절약의 정치

흔히 공무원을 '철밥통'이라고 한다. 철밥통은 웬만해선 깨이지지 않듯이 공무원은 법률로 신분보장이 돼 있어 결정적 실수를 하지 않는 한 쫓겨날 걱정이 없다는 뜻이다. 더욱이 공무원은 평생 월급이 올랐으면 올랐지 내릴 확률은 거의 없다. 제 날짜에 월급이 나오지 않을 확률도 제로에 가깝다.

그러나 이 같은 상식이 깨어질 날도 멀지 않은 듯하다. 지방자치제 시행 이후 상당수 지자체가 방만한 살림살이로 파산 위기에 직면했기 때문이다.

미국 캘리포니아주는 2009년 재정파탄 위기에 직면하자 주민들에게 지급하려던 복지수당과 장학금, 세금환급금을 지급할 수 없다고 선언했다. 모두 37억 달러에 달하는 막대한 규모였다. 또 주 공무원들의 인건비를 줄이기 위해 1만 5천 개에 달하는 공무원 일자리를 구조조정하고 5천 개에 이르는 주 정부 공무원 일자리를 없앴다. 위원회 등 20개 부서도 폐지했다. 관공서 문을 닫기도 했다.

잘 알려져 있다시피 일본의 유바리시(市)는 2006년 파산해 공무원 수를 절반으로 줄이고 임금도 절반 삭감하는 동시에 시민 복지 관련 비용도 대폭 삭감했다. 각종 지방세율도 인상하는 등 18년간의 재정 건전화 계획을 진행하고 있다.

우리나라라고 예외는 아니다. 아직 지자체 파산 제도가 없어서 그렇지 파산을 선고해야 할 정도로 빚더미에 올라 있는 지자체들이 한두 군데가 아니다.

막대한 부채에 시달리는 인천시는 2012년 4월 2일 월급을 지급하지 못하고 하루 지난 3일 일부만 지급한 것으로 알려졌다. 강원도 태백시는 '오투 리조트' 건설에 투입된 은행 빚 1460억 원의 원리금 상환에 애를 먹고 있으며 호화청사 신축에 3천억 원 이상을 쏟아 부은 성남시는 시장이 바뀌면서 모라토리엄을 선언하기도 했다. 예산 7천억 원 이상이 투입된 경전철은 수요 부족과 재정 부담 등으로 개통조차 하지 못하는 신세이다.

이런 현상은 지방자치제의 어두운 그림자이다. 선거에 의해 뽑히는 시장이나 군수들은 임기 내에 이룬 성과와 업적으로 차기 선거에 도전해야 하므로 민원성·선심성·과시성 이벤트나 축제, 대형공사를 추진하기 십상이다. 지자체 규모에 어울리지 않는 호화 청사를 짓는 것도 그런 맥락이다. 집행부의 직권남용과 무리한 투자를 감시해야 할 지방의회는 그럴 만한 역량도 의지도 없어 보인다.

지자체의 빚은 결국 시민들 부담으로 돌아갈 수밖에 없다. 시민들의 윤택한 생활과 복지를 책임져야 할 지자체가 오히려 시민들에게 고통을 전가하고 있는 상태는 정치와 지방자치의 본질에 대해 의문을 던지게 한다.

노나라 사람들이 장부라는 큰 재물창고를 새로 짓자 민자건(공자 제자)이 말했다. "옛것을 그대로 따르는 게 어떻겠는가? 꼭 새로 지을 필요가 있는가?" 그러자 공자께서 말했다. "저 사람은 평소 말을 하지 않을지언정 하면 반드시 이치에 들어맞는다."(魯人爲長府 閔子

　　　　사람 다치지 않았느냐

饋曰 仍舊貫 如之何 何必改作 子曰 夫人不言 言必有中-선진편 제13장)

창고를 새로 지음으로써 백성들을 수고롭게 하고 재물을 낭비하는 관리를 민자건이 나무라자 공자가 칭찬한 것이다. 공자의 정치 철학은 위정자는 철저히 검약하고 백성들은 부유하게 해주는 것이었다.

도덕경(59장)에도 정치의 검약 정신을 강조했다. "사람을 지도하고 하늘을 섬기는 데는 검약하는 일보다 좋은 것은 없다(治人事天 莫若嗇)."

공자께서 말했다. "전차 천 대를 동원할 수 있는 제후국을 다스리되, 일을 신중히 처리하고 미덥게 하며 씀씀이는 절약하고 아랫사람을 사랑하며(節用而愛人) 백성은 때에 맞춰 부려야 한다."[9]

여기서도 정치의 검약 정신이 잘 드러나 있다. 「공자세가」에도 비슷한 얘기가 나온다. 제나라 경공이 정치에 대해 묻자 공자는 "정치의 근본은 재물을 절약하는 데 있다(政在節財)."라고 말했다.

정치의 근본은 왜 '절재(節財)'에 있는 것일까? 재물은 바로 백성들의 세금이기 때문이다. 위정자들이 재물을 펑펑 쓰게 되면 백성들이 내야 할 세금이 점점 늘어나고 백성들은 결국 도탄에 빠지게 된다. 이는 백성을 편안하게 하고 풍요롭게 해야 할 정치의 본질과는 한참 거리가 멀어진다. 백성들은 궁핍하고 고통스러운 생활을 하는데 위정자는 호화청사에서 떵떵거리는 정치는 더 이상 정치가 아닌 것이다.

부채 문제는 비단 지자체만의 문제는 아니다. 나랏빚도 여간 심각한 게 아니다. 2012년 7월 기획재정부는 2011년 회계연도 국가결산 보고서를 통해 국가부채가 774조 원이라고 발표했다. 또 286개 공공기관의 2011년 말 부채는 463조 5천억 원으로 전년도보다 61조 8천억 원(15.4%)이 폭증했다고 밝혔다.

따라서 중앙정부 국가부채 774조 원에 지방정부 부채 17조 9천억 원, 공기업 부채 463조 5천억 원을 단순 합산하면 실질적으로 정부가 떠맡아야 할 국가부채는 1255조 4천억 원이 된다.

한국은행이 잠정집계한 2012년 명목 GDP는 1237조 1천억 원으로, 이미 우리나라의 국가부채 비율이 GDP 대비 100%를 넘었다는 의미이다. 일각에선 이 수치를 충격으로 받아들이고 있다.

그리스 스페인 등 남부 유럽의 재정위기는 복합요인이 작용하고 있지만 상환 능력을 초과한 중앙정부 및 지방정부의 과도한 부채가 결정적 요인이다. 우리나라도 예외는 아니다. 지금 추세대로 중앙 및 지방정부의 빚이 늘어난다면 심각한 재정위기 국면을 맞을 수 있음을 명심해야 한다.

사람 다치지 않았느냐

부유한 나라, 불행한 국민

　　　　내가 중학교 다닐 때의 일로 기억한다. 1977년 대한민국이 수출 100억 달러를 달성했다고 온 나라가 떠들썩했다. 유신정권이 수출입국의 구호를 내세워 한참 수출을 독려할 때였다. 부존자원이 거의 없는 나라로서 수출 외에 먹고살 일이 달리 없으니, 수출입국의 발전 전략은 선견지명이 있었다고 하겠다.

　유신정권 이후에도 역대 정권들은 모두 수출 드라이브 정책을 시행했다. 그 결과 2011년 우리나라는 드디어 세계 아홉 번째로 수출 1조 달러를 달성했다. 34년 만에 수출이 무려 100배(10000%)로 늘어난 것이다.

　우리나라 경제는 전체 규모뿐만 아니라 1인당 소득 면에서도 눈부신 성장을 했다. 1977년 1인당 국민소득은 1천 달러 정도였으나 2011년에는 2만 2천 달러를 넘어섰다. 소득이 34년 만에 22배(2200%)나 높아진 것이다.

　1977년과 2012년. 35년의 시차를 두고 한국사회의 변화상은 한마디로 표현하면 상전벽해다. 전국 어디나 고급 아파트가 즐비하고 집집마다 냉장고와 TV는 기본으로 갖췄다. 자가용 승용차 없는 집이 거의 없다. 의식주는 더 이상 고민거리가 아니다.

　그렇다면 한국사회는 35년 전에 비해 엄청나게 풍족해졌는가? 국민 각자는 소득이 증가한 만큼 훨씬 행복해졌는가? '그렇다'라고 흔쾌하게 대답할 사람들이 별로 없는 게 현실이다. 수십 년 전과 비교를 할 수 없을 정도로 나라 경제규모는 커지고 1인당 소득도 높아졌지만 전반적인 행복지수는 별로 나아지지 않거나 오히려 후퇴하고 있는 것은 무엇 때문일까?

여러 요인이 있겠지만, 무엇보다 상대적 빈곤감이 가장 큰 원인일 것이다. 인간은 남과의 비교를 통해 자신의 위치를 확인하려는 성향이 강하다. 스스로의 분수에 아무리 만족하려 해도 남이 나보다 더 잘살면 만족하기 힘든 게 보통사람들의 속성이다. 과거에는 모두 가난했기에 가난한 줄을 모르고 살았다. 과거엔 가난의 평등 사회였다면 지금은 부의 불평등 사회라고 할 수 있다.

우리나라의 빈부격차는 갈수록 커지고 있다. 통계청에 따르면 2011년 소득 5분위 배율은 7.86을 기록, 통계 작성 이래 사상 최고치를 나타냈다. '지니계수'(0~1 사이로, 0에 가까울수록 소득분배의 불평등 정도가 낮음을 의미함) 역시 0.342로 2010년 0.32에 비해 상승했고, 상대적 빈곤율 역시 18.3%를 기록, 2006년 이후 가장 높은 수준을 나타냈다.

우리나라의 소득 상위 1%가 전체소득의 16.6%를 차지하고 있다. 이는 OECD 국가 중 미국(17.7%) 다음으로 부의 쏠림이 심하다는 뜻이다. 더욱이 우리는 선진국에 비해 복지제도가 매우 허술한 편이라 부의 양극화에 따른 빈곤 체감도가 훨씬 클 수밖에 없다.

부익부 빈익빈 현상은 자본주의의 구조적 모순점이긴 하지만 한국의 자본주의는 그 정도가 심각하다. 재벌기업에 경제력이 집중되면서 중소기업, 자영업자, 노동자, 농민 등 상대적 약자들은 점점 가난해지는 한국식 자본주의 구조가 고착되고 있는 것이다.

이처럼 양극화가 심각해진 것은 역대 정권들, 특히 이명박 정권 들어 대기업과 부자 중심의 경제정책을 추진한 탓이다. MB 정부는 말로는 '공정'을 부르짖었지만 대기업과 부자를 규제할 수 있는 법과 제도를 마련하지 않은 채 시장에 모든 것을 맡겼다. 시장 만능주의는 결국 재벌과 부자들만 더욱 살찌게 하고 중소기업과 서민들은 더욱 가난하게 만들었다.

이것은 MB 정부가 정치의 본질을 망각했기 때문이다. 정치는 한쪽을 일방적으로 응원하거나 소외하지 않아야 한다. 성장을 도모하되 성장의 그늘에서 소외가 발생하지 않는지를 체크해야 한다. 부유한 자를 더욱 부유하게 만들고 가난한 자를 더욱 가난하게 만드는 정치는 올바른 정치가 아니다.

자화가 제나라에 (공자의) 심부름을 가는데 염자가 그 모친을 위해 곡식을 줄 것을 청하니 공자께서 "부(釜, 여섯 말 네 되)를 줘라"라고 했다. 더 줄 것을 청하니 "유(庾, 열여섯 말)를 줘라"라고 했다. 그런데 염자가 오 병(秉, 열여섯 섬)을 줬다. 이에 공자께서 말했다. "자화가 제나라에 갈 때에 살찐 말을 타고 고급 가죽 털옷을 입었다고 하니, 내가 듣건대 군자는 '급한 이를 구휼하고 부유한 이를 보태주지 않는다(周急 不繼富)' 하더라."

원사가 공자의 가재가 되었는데 그에게 곡식 구백의 봉록을 주려 하자 그가 사양하였다. 공자께서 말했다. "사양치 말라. 그것을 너의 이웃과 향당에 나누어주려무나."[10]

공자께서 적은 곡식을 주라고 한 것은 군자의 처신과 관련이 있다. 군자의 바른 도리는 급하고 궁한 이를 구휼하는 것이지 부유한 이를 더 부유하게 보태주는 것이 아니기 때문이다. 자화는 부자인데다 당연히 해야 할 일을 하러 가는 사람이다.

최근 우리 사회는 각종 흉악 범죄로 몸살을 앓고 있다. 과거엔 상상하지도 못했던 범죄가 횡행하는 것은 여러 가지 요인이 있겠지만, 사회 양극화 심화에 따른 상대적 박탈감과 절망감이 가장 큰 원인이다. 가난하고 소외된 자에 대한 사회적 배려와 공정한 부의 분배 없이는 이런 범죄를 원천적으로 막기가 어려울 것이다. 흉악범이 날뛰는 사회의 구성원들은 결코 행복해질 수 없다.

우리나라도 이제 선진국 문턱에 서 있다. 선진국 대열에 들어서려면 무엇보다 분배 정의가 강물처럼 흘러야 한다. 정부는 물론 대기업과 부자들이 '주급 불계부(周急 不繼富)' 정신을 생각해야 할 때이다.

재벌과 황소개구리

'재벌' 하면 떠오르는 이미지는 뭘까?

우선 '돈'이다. 영화 「돈의 맛」에서처럼 집안 구석구석에 산더미저럼 쌓여 있는 돈. 다음은 '황제'다. 재벌의 총수는 황제가 부럽지 않은 지위를 누린다. 초호화 저택에 외제 리무진 승용차, 철통경비, 무소불위의 권력. 그 다음은 '세습'이다. 왕조가 권력을 세습하듯 재벌은 부를 세습한다. 마지막으로 '황소개구리'다. 황소개구리가 엄청난 식욕으로 온갖 동물들을 다 잡아먹듯 재벌은 탐욕으로 동네상권마저 다 접수했다. 부정적 이미지 투성이다.

그럼에도 재벌은 선망의 대상이다. 재벌그룹의 대기업에 다닌다고 하면 주변에서 '와~' 하며 선망의 눈길을 보내는 게 현실이다.

우리 사회에서 재벌은 알파요 오메가다. 재벌 없는 경제는 상상할 수가 없다. 온 사회가 재벌들이 마치 국민들을 먹여 살리는 것 같은 착각, 재벌이 해체하면 나라 경제가 결딴이 날 것 같은 착각 속에 빠져 있다.

하지만 전체 경제에서 대기업이 차지하는 비중을 안다면, 이 같은 착각에서 벗어날 수 있을 것이다. 우선 사업체 수의 경우 2009년 기준 전체 369만 4천 개 중 대기업은 2916개로 0.1%에 불과하다. 나머지 99.9%는 306만 6484개의 중소기업이 담당하고 있다.

종사자 수의 경우 2009년 기준 전체 1339만 8497명 중 대기업에 고용된 사람은 164만 7475명으로 12.3%에 불과하다. 나머지 87.7% 인 1175만 1022명은 중소기업에 고용되어 있다. 대기업의 국민경제 기여도가 기껏 이 정도이다.

그러나 재벌들은 막대한 부를 축적하고 있다. 재벌닷컴이 발간한 '대한민국 100대 그룹'에 따르면 총수가 있는 자산규모 상위 100대 그룹의 2011회계연도 기준 총자산은 1446조 7620억 원으로 조사됐다. 이는 기획재정부가 '2011회계연도 국가 재무제표'에서 공개한 정부보유 총자산 1523조 2천억 원의 95%에 해당하는 것이다.

한마디로 재벌들은 '그들만의 리그'를 벌이고 있는 셈이다. 대다수 국민들은 점점 가난해져가는데 재벌을 형성한 대기업과 그 계열사들은 점점 더 부자가 되어가고 있다.

재벌이 무한증식할 수 있는 배경은 '순환출자'라는 요술방망이이다. 대부분 총수들이 1%도 안 되는 지분으로 그룹의 지배권을 행사할 수 있는 게 순환출자 덕분이다.

공정거래위원회가 2012년 발표한 자료에 따르면 재벌 43곳의 총수일가 지분율은 4.17%에 불과했다. 더욱이 10대 그룹 재벌들의 총수지분율은 0.94%에 불과했다. 재계 1위인 삼성의 이건희 회장과 일가친척들의 지분을 다 합쳐도 0.95%밖에 되지 않는다. 그러나 재벌 총수 일가는 마치 그룹 전체의 주인인 양 행세하고 있다.

재벌들은 순환출자를 고리로 부당한 내부거래를 통해 계열사들이 땅 짚고 헤엄치는 식으로 쉽게 돈을 벌 수 있도록 돕는다. 이 때문에 건실한 중소기업들은 설 자리가 없다.

재벌들은 돈벌이가 된다고 판단하면 눈치고 체면이고 없이 사업

   사람 다치지 않았느냐

을 확장한다. 중소기업들의 영역도 거리낌 없이 침범한다. 대기업 자본의 SSM 때문에 빵집과 슈퍼마켓 등 동네상권은 초토화되었다. 재벌들은 동네 빵집도 접수했고 영화관 팝콘 장사까지 하고 있다.

그러면서 재벌들은 온갖 편법을 동원해 이미 3대까지 부의 대물림을 하고 있다. 북한의 3대 세습만 문제가 아니다. 권력의 세습도 전근대적이지만, 부의 3대 세습도 선진국에서는 찾을 수 없는 봉건적 잔재다.

재벌들에게 황소개구리의 운명은 시사적이다. 보통 개구리의 10배에 이르는 덩치와 거미, 곤충, 물고기뿐 아니라 심지어 뱀까지 잡아먹는 엄청난 식욕으로 생태계의 재앙을 초래했던 황소개구리. 그런데 수년 전부터 황소개구리 울음소리를 듣기가 어려워졌다.

그 이유는 뭘까? 전문가들은 '근친교배'에서 그 원인을 찾는다. 생태계를 점령한 이 양서류는 어미와 새끼, 형제, 자매 등 가까운 혈연끼리만 짝짓기를 계속했다. 이로 인해 악성 유전자가 대물림되고 유전자 구조가 단순해졌다. 유전자가 단순해지면서 농약, 환경호르몬, 수질오염물질 등에 적응하지 못하게 됐다는 것이다. 한마디로 야생성을 상실한 결과이다.

우리나라 재벌들의 모습이 이와 같지 않은가? 경제 생태계를 교란하며 편법으로 몸집을 불리고 있는 재벌들이 중소기업과 서민들의 어려움을 헤아리지 않고 그들만의 '행복 리그'에 빠져 부와 권력을 탐닉할 경우, 악성 유전자의 대물림으로 결국 몰락의 길을 걸을 수밖에 없을 것이다.

공자께서 말했다. "부유함과 높은 지위는 사람들이 모두 원하는 바이지만 정당한 방법으로 얻지 않으면 누리지 않아야 한다. 가난함과 천한 자리는 사람들이 모두 싫어하는 바이지만 정당한 방법이 아니면 버리지 않아야 한다."[11]

부유함과 높은 자리를 싫어할 사람들이 어디에 있겠는가. 하지만 그 방법이 정당하지 않거나 도의에 어긋난다면, 그것을 누려서는 안 된다는 가르침이다.

공자는 "군자는 의에 밝고 소인은 이(利)에 밝다." 라고 말했다.(君子 喩於義 小人 喩於利-이인편 제16장)

또 "이익을 따라 행동하면 원망이 많이 생긴다."라고 했다.(放於利 而行 多怨-이인편 제12장)

재벌들은 국민들의 원망 소리가 들리지 않는가? 재벌 개혁이 없이는 경제정의 실현은 요원할 수밖에 없는 지경에 다다랐다.

 사람 다치지 않았느냐

경제민주화는 역사적 필연

2012년 4·11 총선 당시 여야는 가리지 않고 '경제민주화'를 공약으로 내세웠다. 2012년 12월 대선에서도 경제민주화는 최대의 쟁점이 될 것이다. 여권마저 경제민주화에 올인하고 있는 것은 부의 양극화에 따른 부작용이 임계점을 넘어섰다는 방증이다.

경제민주화란 글자 그대로 경제의 민주주의를 실현하는 것이다. 정치의 민주화가 정치권력의 독점에 반대하고 국민 누구나 민주적 권리를 누리는 것을 목표로 하는 것처럼, 경제의 민주화는 소수가 특권을 가지고 시장을 독점하고 좌우하는 것이 아니라 국민들 누구나 경제 주체로서 공정한 기회를 보장받는 것을 말한다. 정치의 민주화가 정치 분야에서 정의를 구현하는 것이라면 경제의 민주화는 경제 분야에서 정의를 구현하는 것이다.

우리나라는 헌법에는 경제민주화를 규정해놓고 있다. 헌법에 경제민주화 구현을 명시한 나라는 세계에서도 드문 것으로 알려져 있다. 1987년 6월 민주화항쟁의 성과물인 대통령 직선제 개헌 때 삽입된 것이다.

헌법 제119조 2항은 이렇게 돼 있다. '국가는 균형 있는 국민경제의 성장 및 안정과 적정한 소득분배를 유지하고 시장지배와 경제력 남용을 방지하며 경제주체 간 조화를 통한 경제민주화를 위해 경제

에 관한 규제와 조정을 할 수 있다.'

그러나 역대 정권들은 이 조항을 몰랐거나 알면서도 지키지 않았다. '적정한 소득분배'도, '시장지배와 경제력 남용 방지'도, '규제와 조정'도 하지 않았다. 그 근거도 희박한 '아랫목 이론'이나 '파이 이론'을 내세워 '선 성장, 후 분배' 정책을 고수해왔다.

그 결과는 다 아는 대로 극단적 사회 양극화의 고착이다. 경제성장의 과실을 사회 전 계층이 골고루 향유하지 못했다. 대기업과 부유층은 더욱 부자가 되었고 중소기업과 서민들의 삶은 더욱 팍팍해졌다.

경제민주화의 요체는 재벌기업의 개혁이다. 세계에서도 유래를 찾기 힘든 대기업들의 재벌 체제가 경제정의 실현을 가로막는 결정적 원인이 되고 있기 때문이다. 지금까지 재벌들은 정부의 대기업 지원 정책에 힘입어 부의 무한증식을 해왔다.

우리나라 재벌들이 이처럼 성장한 것은 자신들의 노력도 있었지만 국가 차원의 지원과 하청업체 및 노동자들의 희생 덕분이었다. 그런데도 재벌들은 사회적 책임을 방기한 채 이득을 독식하고, 내부거래 · 편법상속 등 이익과 재산을 빼돌리는 데 급급했다. 재벌 개혁에 대한 사회적 여론이 비등하고 있는 것은 재벌들의 자업자득이다. 재벌 개혁 없이는 진정한 경제민주화는 기대하기 힘들다.

재벌 개혁은 외부적 접근법과 내부적 접근법이 있을 것이다.

우선 외부적으로는 재벌의 부당 내부거래, 편법상속과 증여 등에 대한 철저한 단속과 처벌이 있어야 한다. 내부적으로는 지배구조를 스스로 개선하고 지나친 주주 이익 극대화 정책에서 벗어나 노동자들에 대한 충분한 분배와 보상을 할 수 있도록 해야 한다.

    사람 다치지 않았느냐

그러나 재벌 개혁은 그리 호락호락하지 않을 것이다. 재계는 경제민주화라는 용어 자체를 못마땅하게 여기며 방어막을 치고 있다. 재벌의 사회적 영향력은 상상을 초월한다. 정계는 물론 학계, 법조계, 언론계 등 소위 오피니언 리더들에 대한 입체적 영향력을 행사할 수 있다. 재계의 지원을 받는 일부 학자들은 진작부터 경제민주화는 사회주의 시장경제를 전제로 하고 있다며 색깔 공세를 취하고 있는 형국이다.

경제민주화를 주장하는 사람들 중엔 이번 기회에 재벌을 아예 해체해야 한다는 극단적 주장을 하는 이도 있다. 그러나 재벌 해체가 정답은 아니다. 재벌 체제의 경쟁력은 살리되 폐해를 최소화할 수 있도록 법적·제도적 장치를 마련하는 것이 좋을 것이다.

"내(공자)가 듣자 하니 '나라(國)를 소유한 제후나 집(家)을 소유한 대부는 가난한 것을 걱정하지 않고 고르지 못한 것을 걱정하며(不患貧而患不均) 인구가 적은 것을 걱정하지 아니하고 경내 민심이 불안한가를 걱정한다(不患寡而患不安)'고 했다. 대체로 재부가 고르면 빈곤이 없고(蓋 均無貧), 경내가 조화로우면 (인구가) 부족함이 없으며(和無寡), 편안하면 기울어짐이 없는 것이다(安無傾)."[12]

공자 시절에도 모든 군주들은 부국강병과 인구 늘리기에 혈안이 돼 있었다. 민생과 나라의 안정은 도외시한 채 오로지 병기를 날카롭게 하고 나라 규모를 키우는 데 치중했다. 공경대부 벼슬아치들은 부정한 방법으로 재물을 긁어모았고 서민들은 수탈에 신음했다.

공자는 이 같은 정치 행태에 일침을 가한다. 나라에 인구가 아무리 많고 부유해도 부가 고르지 못하고 사회가 안정되지 않으면 결국 나라는 망하거나 극심한 혼란에 빠질 수밖에 없음을 경고하고 있다.

경제민주화는 특정 세력이나 계층을 위하는 정책이 아니다. 모든 계층이 부를 골고루 향유하고 그럼으로써 사회를 안정시키기 위한 것이다. 경제민주화는 차기 정권에 부여된 역사적 과제이다.

특히 재계는 인식을 전환하고 경제민주화에 적극 동참해야 한다. 경제민주화는 대기업을 죽이는 것이 아니라 길게 보면 대기업을 살리는 정책임을 알아야 한다. 1980년대 네덜란드의 노사정 대타협인 '바세나르 협약'은 정부도 기업도 노동자도 다 살린 솔로몬의 지혜였다. 재계가 역사의 흐름에 동참할 것인지 끌려올 것인지는 전적으로 스스로의 선택에 달렸다.

통일, 그 원대한 민족의 비원

가끔 고등학생인 막내아들에게 이런 질문을 한다.

"너는 통일에 대해 어떻게 생각하지?"

그러면 아들은 대체로 이렇게 대답한다.

"별 관심 없어요. 통일 되면 남한이 어마어마한 통일비용을 부담해야 한다고 하던데, 꼭 통일을 할 필요가 있어요? 이대로 따로 살면 되지."

아들의 생각이 요즘 젊은이들의 보편적 생각인 듯해 씁쓸해지곤 한다.

통일교육원이 2011년에 청소년들을 대상으로 북한에 대한 인식을 조사한 결과 79.4%가 '북한에 대해 부정적 인식이 있다'고 답했다. 2009년 66.7%, 2010년 75%보다 더 높아졌다. 북한을 부정적으로 보는 청소년이 해마다 늘고 있다는 이야기다.

반면 통일의 필요성에 대한 청소년들 의식은 점차 희박해지고 있다. 통일부 등이 지난 10여 년간 발표한 청소년 통일의식 관련 설문 조사를 보면 '통일의 필요성'에 대해 긍정적으로 답한 비율은 1997년 85%에서 2010년 66.6%까지 줄어들었다.

어른들의 인식도 결코 다르지 않을 것이다. 통일의 필요성을 인식하는 비율이 점차 줄어들고 있는 것 같다. 당위성보다는 비용 부담

감과 이질적 체제에 대한 거부감 등의 이유로 통일이 '우리의 소원'에서 점차 멀어져가고 있는 건 아닐까.

그러나 통일이 경제적으로 유리하다고 주장하는 사람들도 적지 않다. 세계적인 정형외과 의사이자 통일운동가인 오인동 박사는 2012년 6월 뉴욕 금강산연회장에서 열린 6·15선언 12돌 기념 강연회에서 "통일편익은 비용보다 훨씬 크다. 경제적 통일의 최적기간은 10년"이라고 주장하고 이에 대한 구체적 연구 결과와 수치들을 제시했다.

그는 "현재 남과 북의 국내총생산(GDP)은 각각 1조 달러와 250억 달러, 국방비는 GDP 대비 남이 3%(300억 달러), 북이 15% 이상"이라면서 "군비를 중국과 같은 2% 수준으로 감축하고 1%의 차관, 2%의 통일국채, 1%의 세금으로 7%의 통일비용을 큰 부담 없이 만들 수 있다"고 말했다. 또 "남한의 경제성장률을 고려할 때 통일편익은 11%로 통일비용(7%)을 능가한다. 게다가 4.4%의 분단비용을 제하면 순수 통일비용은 2.6%에 그친다. 결과적으로 8.4%의 통일편익이 발생한다"며 구체적 수치를 제시했다.

통일비용과 편익을 정확하게 평가하는 것은 사실상 불가능한 일일 것이다. 하지만 통일은 우리민족이 나아가야 할 미래이자 소원이라는 데 이의를 제기할 사람은 거의 없을 듯하다.

대한민국 헌법 제4조에도 "대한민국은 통일을 지향하며 자유민주적 기본질서에 입각한 평화적 통일정책을 수립하고 이를 추진한다"고 돼 있지 않은가!

그러나 이명박 정부의 5년은 '통일열차'를 뒤로 몰고 간 시간이었다. 5년이 아니라 10년 이상 후진했다. 정부 당국자 간 대화채널은

  사람 다치지 않았느냐

아예 끊겼고 민간교류의 물꼬도 막혔다. 남북 경제협력의 상징인 개성공단은 명맥만 유지했다. 남북 간 불신과 갈등의 골은 더욱 깊어졌다. 엄밀히 말해 MB 정권은 대한민국 헌법을 제대로 지키지 않은 셈이다.

통일은 결코 하루아침에 이루어지지 않는다. 남북 간 대화와 교류를 통해 신뢰와 동질성을 우선 회복해야 한다. 정전협정을 평화협정으로 바꾸고 서로 간에 더 이상 적대감이 없다는 확신이 서고 합치는 것이 모두에게 이득이 된다고 판단될 때 본격적인 통일 논의가 가능하다.

MB 정부는 압박과 고립을 통해 휴전선이 붕괴되거나 북한의 정권이 무너질 거라고 여기는 것 같다. 그러나 이런 방식의 통일은 통일이 아니라 재앙에 불과하다. 그 혼란과 불확실성을 어떻게 감당할 것인가?

통일은 국가 차원에서 주도면밀하게 추진되어야 한다. 정권이 바뀐다고 해서 전 정권의 실적이나 성과를 모조리 폐기하거나 방향을 거꾸로 돌려버려서는 안 된다. 정권에 따라 작은 차이는 인정하더라도 큰 줄기는 이어져야 한다. 국민들로 하여금 통일의 길에 나서게 하려면 정권 차원의 일관성과 신뢰성이 있어야 한다.

공자께서 말했다. "만약 왕자(王者)가 있다 하더라도 반드시 한 세대가 지난 후에야 백성들이 어질게 될 것이다."(子曰 如有王者 必世而後仁-자로편 제12장)

왕자(王者), 덕을 갖춘 군주가 아무리 선정을 베풀어도 사회적 변화는 한 세대(30년)가 지나야 그 효과를 볼 수 있다는 뜻이다. 위정자가 단시간에 가시적 성과를 보려는 것은 일종의 욕심이다.

그래서 자장이 "어떻게 해야 정치에 종사할 수 있겠습니까?" 하고 물었을 때 공자는 "정치에 종사하는 사람은 포부는 펼쳐야 하지만 탐욕은 부리지 말아야 한다(欲而不貪)"라고 말했던 것이다.[13]

하물며 통일과 같은 대업을 이루려면 위정자가 얼마나 오랫동안 주도면밀한 계획을 세우고 이를 실천에 옮기며 인내해야 하겠는가?

한반도의 허리에 휴전선이 걷히지 않는 상태에서 남북의 항구적 평화를 기대하는 건 연목구어(緣木求魚)일 것이다. 평화가 정착되지 않은 상태에서 남한만의 번영과 선진국으로의 진입 또한 기대난이다. 사람이 허리가 아프면 몸과 마음이 온전할 수 없는 것과 같은 이치이다.

세계적 석학 폴 케네디는 21세기 아시아·태평양 시대의 중심국가는 중국도 일본도 아닌 한국이 될 것으로 예언한 적이 있다. 그러려면 통일이 되지 않고는 불가능할 것이다.

한민족의 역사를 보면 한반도는 삼국시대 이래 줄곧 하나였다. 고려와 조선 천년과 일제강점기에도 하나였다. 60년이 넘어가는 현재의 분단은 일시적인 현상일 뿐이다.

대선에서 누가 당선되든 통일의 원대한 희망과 비전을 가져주기를 기대한다.

12월 대선과 중용의 정치

　　　　　2012년 12월 19일 대통령선거의 시계바늘이 째깍째깍 돌아가면서 선거에 거는 국민들의 기대 또한 높아지고 있다. 대선이 끝나 정권이 바뀌면 경제의 주름살도 좀 펴지고 그늘진 서민들의 삶에도 볕이 들려나, 하는 기대감은 국민 누구나 가지고 있을 터이다.

　하지만 과도한 기대는 금물이다. 기대가 큰 만큼 실망도 클 수 있다. 1987년 민주화 이후 우리는 다섯 번의 대선을 치러 다섯 명의 대통령을 뽑았다. 그러나 '시작은 창대했으나 끝은 미약'했다. 열망과 실망, 기대와 환멸의 사이클이 반복됐고 그 사이클은 갈수록 짧아지고 있다.

　이번 대선인들 예외일 수 있을까? 지나친 비관주의라고 비판받을 수도 있겠지만, 과거 경험은 결코 무시할 수 없다. 대통령 한 사람이 바뀐다고 정치가 갑자기 달라지는 건 아님을 우리는 20년 이상 경험했다. 강준만 전북대 교수의 표현을 빌리면 '선거는 엘리트 밥그릇 교체의 주기적 행사'로 전락했다.

　물론 박근혜가 되느냐, 안철수가 되느냐, 문재인이 되느냐에 따라 대한민국 정치지형엔 큰 변화가 있을 것이다. 권력의 지형도가 바뀌고 여야의 희비가 엇갈릴 것이다.

하지만 국민들의 삶에는 과연 어떤 변화가 있을까? 얼마 지나지 않아 국민들의 열망은 실망으로, 기대는 환멸로 돌변할 가능성이 크다.

그렇다면 대선에 대한 기대를 아예 접어야 한다? 그렇게 생각하지는 않는다. 반드시 시대정신에 부합하는 최선의 인물을 선택해야만 한다. 선거는 매양 실망을 안겨주지만 세상을 변화시키는 데 선거보다 더 유용한 도구가 따로 없다는 게 민주주의의 딜레마이다.

다만 이번 대선이 과거와는 달리 국민적 축제가 되고 새로운 정권 출범 후 사회의 질적 변화를 이끌어내려면 선거와 정치에 대한 대선 후보와 국민들의 태도와 생각이 근본적으로 변해야 한다고 본다. 그렇지 않으면 선거와 정치는 또 다시 환멸의 대상이 될 뿐이다.

무엇보다 선거와 정치는 '통합'과 '포섭'의 장치가 되어야 한다. 지금까지 우리의 선거와 정치는 '분열'과 '배척'의 수단이 되어왔다. 여야 정치권은 선거 때마다 오로지 정권을 차지하기 위해 편을 가르고 상대를 비난하고 실행 불가능한 공약을 남발했다. 선거는 지역 간, 계층 간, 세대 간 분열과 갈등을 심화시켰다. 선거 후 정권을 장악한 집단은 상대의 정책과 인물은 철저히 배제시키며 권력 나눠먹기에 진력했다.

이제 달라져야 한다.

대통령 선거는 화끈한 국민 축제의 장이 되어야 한다. 축제가 축제 다우려면 편을 갈라서는 안 된다. 모두 함께 어우러져야 한다. 선거는 상대가 있는 게임인 만큼 싸움은 피할 수 없겠지만, 그 싸움은 룰에 따라 정정당당하게 진행돼야 한다. 근거 없는 인신공격과 마타도어로 서로를 만신창이로 만들어선 누구도 승자가 될 수 없다.

 사람 다치지 않았느냐

선거 이후가 더욱 중요하다. 누가 대통령에 당선되든, 대통령은 특정세력만을 대변해서는 안 된다. 대통령은 국민 통합을 위해 노력할 의무가 있다. 상대를 지지한 유권자들조차 안고 가야 한다. 진영 논리에 빠져 끼리끼리 권력을 다 나눠 먹을 경우, 권력은 금방 부패하고 국민들은 또다시 분노하고 실망하게 될 것이다.

우리 정치는 '중용(中庸)'의 미덕을 배워야 한다.

공자께서 말했다. "중용의 덕 됨이 지극하도다. 중용을 실천하는 백성이 드문 지가 오래되었구나."(孔子曰 中庸之爲德也 其至矣乎 民鮮久矣-옹야편 제27장)

주자는 이렇게 해석했다. "중(中)이라는 것은 과(過, 지나침)나 불급(不及, 못 미침)이 없는 것을 이름한 것이다. 용(庸)은 평상(平常)의 뜻이다." 정자는 이렇게 해석했다. "치우지지 않는 것을 中이라 하고 변하지 않는 것을 庸이라 한다. 中이라는 것은 천하의 정도(正道)요, 庸이라는 것은 천하의 정리(正理)이다."

논어 「요왈(堯曰)」 제1장은 이렇게 시작한다.

요임금이 말하기를 "아, 너 순아, 하늘의 역수가 너의 몸에 있으니, 진실로 그 가운데를 잡아라(允執其中)."[14]

'진실로 그 가운데를 잡는다'는 의미의 '윤집기중(允執其中)'의 '中'은 곧 중용을 뜻한다. 태평성대를 구가한 요순시대, 요임금이 순임금에게 왕위를 선양하며 나라를 다스리는 심법(心法)으로 전한 말이 '允執其中'이다.

성리학에선 마음의 현상을 '인심(人心)'과 '도심(道心)'으로 나누어 설명한다. 마음이 천리(天理)에 따라 발동하는 것이 도심(道心)이고 인욕에 따라 발동하는 것이 인심(人心)이라는 것이다. 따라서 도심

(道心)에 따라 진실로 그 중심을 잡으려 노력할 때 덕치가 가능해진다. 사리사욕이 개입하면 절대로 中을 잡을 수 없다.

역대 성군(聖君)들이 후계자들에게 반드시 中을 잡아야 한다는 유훈을 남긴 것은 中이 그만큼 중요한 정치 덕목이기 때문이다.

열린 마음으로 상대를 인정하면서 연찬과 치열한 논쟁을 통해 결론을 내리고, 그 결론을 모든 구성원들이 존중하고 따를 때, 그것이 바로 中을 잡는 것이다. 그래야 우리 정치가 한 단계 도약할 수 있다.

정치인들이 아집과 독선을 버리고 중용의 자세로 돌아간다면 정치도 국민들에게 박수를 받을 날이 올 것이다. 극단과 배척과 아집의 정치는 과거의 유물이 되어야 한다.

이번 대선에서 中을 잡는 자가 당선되고, 그가 中의 정치를 실현하기를 기대해 본다. 비록 그 길이 멀기는 하겠지만…….

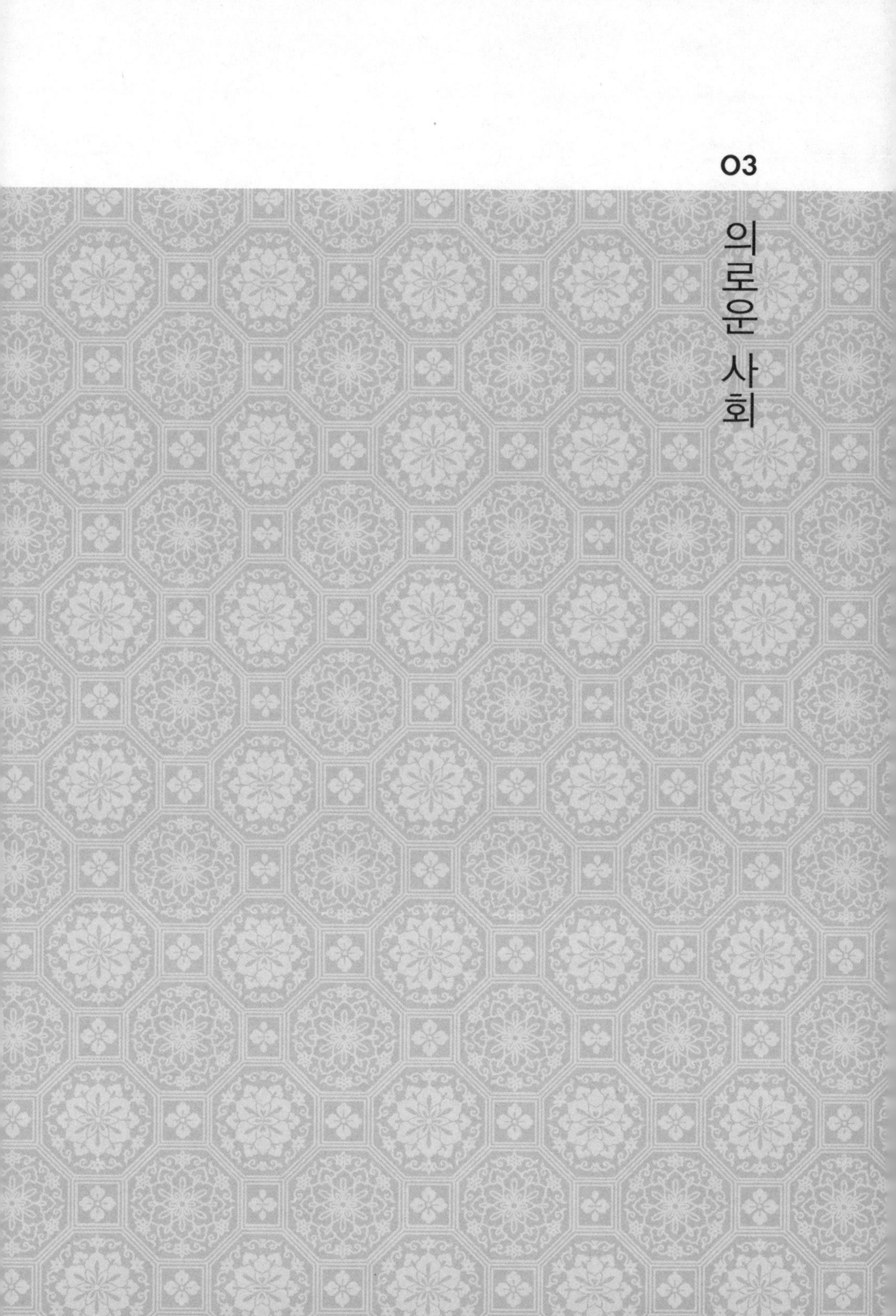
03
의로운 사회

선비는 도량이 넓고 뜻이 굳세지 않으면 안 된다.
책임은 무겁고 길은 멀기 때문이다.

선비와 지성인

우리나라는 세계 최고의 대학 진학률을 자랑한다. 고등교육을 받은 지식인이 흘러넘친다. 하지만 지성인을 보기가 하늘의 별 따기처럼 어렵다. 지식인은 단순히 많이 아는 사람이다. 하지만 지성인은 아는 데 그치는 것이 아니라 비판하고 행동하고 실천하는 사람이다.

지성인이란 과연 무엇인가? 프랑스의 대표적 지성으로 꼽히는 장 폴 사르트르는 명저 『지성인을 위한 변론』에서 지성인을 이렇게 정의했다.

"자기 일이 아닌 남의 일에 뛰어드는 자, 자신을 가꿀 줄 알고 시대의 잘못을 읽을 줄도 알고 이에 대한 불평·불만을 하기보다는 당당히 비판하며, 상처받고 어린 영혼들을 위해 실천하고 희생하는……."

'남의 일', '비판', '실천', '희생'이 키워드이다. 지성인은 나의 일보다 남의 일에 뛰어드는 사람이다. 뛰어들되 비판정신이 없으면 무모할 뿐이다. 이론에 머물지 않고 무언가를 실천하는 사람이다. 따라서 자신의 희생을 감내할 줄 아는 사람이다.

지식인들은 자신의 영달과 남의 인정을 받기 위한 '위인지학(爲人之學)'을 하는 사람들이다. 이에 반해 지성인은 내면의 수양과 덕성을 함양하기 위한 '위기지학(爲己之學)'을 하는 사람들이다.

지성인이란 말은 19세기 말 프랑스에서 생겨났다. 처음에는 우파 지식인들이 좌파 지식인들을 비난하는 의미를 담아 '잘난 체하는 자'라는 신조어로 지성인이란 말을 사용했다. 그 뒤 그 유명한 '드레퓌스' 사건이 터졌을 때, 좌파 지식인들이 이 신조어를 수용해 '지성인들의 선언'을 발표하면서 그 의미가 확대되었다. '나는 고발한다'라는 제목의 신문 사설로 필화사건을 일으킨 에밀 졸라가 당시 대표적 지성인이었다.

서양에선 지성인이란 개념이 생겨난 지가 겨우 1세기 남짓 되지만, 동양에선 공자 이전 시대에 이미 이와 비슷한 개념이 존재했었다. 이른바 '선비(士)'가 바로 그것이다.

논어에는 '선비'가 갖춰야 할 자세와 덕목에 대해 여러 번 나온다. 공자와 그의 제자들은 자신을 '선비'의 집단으로 자각하였다. 그들은 관직을 목적으로 추구한 것이 아니라 도(道)를 실행하기 위한 수단으로 보았기 때문에, 유교이념을 실현하는 인격을 '선비'로 확립하였다.

자공이 "어떻게 해야 선비라 할 수 있습니까?" 하고 공자께 묻자 공자께서는 이렇게 대답했다. "행함에 있어 염치를 알고 사방의 나라에 사신으로 가서 임금의 명을 욕되게 하지 않으면 선비라 할 수 있다." 자공이 다시 물었다. "그 다음가는 자질을 다시 묻겠습니다." 공자께서 대답했다. "친척들로부터 효자라는 소리를 듣고 마을사람들로부터 공손하다는 소리를 듣는 사람일 것이다." 자공이 다시 물었다. "감히 그 다음 자질을 묻겠습니다." 공자께서 대답했다. "말에는 반드시 믿음이 있고 행동에는 반드시 성과가 있다면 깐깐한 소인 같지만 그 다음은 될 수 있을 것이다." 자공이 다시 물었다. "요즘 정

    사람 다치지 않았느냐

치에 종사하는 사람들은 어떠합니까?" 공자께서 대답했다. "아, 한두 됫박밖에 안 되는 그 인간들을 어찌 고려할 가치가 있겠는가?"[1]

염치, 욕되지 않음, 효, 공손, 믿음, 성과 등이 선비의 자질에 대한 키워드이다. 그 당시에도 정치인들은 선비와는 거리가 멀었나 보다.

증자가 말했다. "선비는 도량이 넓고 뜻이 굳세지 않으면 안 된다. 책임은 무겁고 길은 멀기 때문이다. 인을 어깨에 메는 나의 짐으로 삼으니 무겁지 아니한가. 죽은 뒤라야 끝날 길이니 또한 멀지 아니한가?"(曾子曰 士不可以不弘毅 任重而道遠 仁以爲己任 不亦重乎 死而後 已 不亦遠乎-태백편 제7장)

우리가 잘 아는 '임중도원(任重道遠)'의 출처이다. 선비의 정의와 역할을 너무나 아름답게 표현했다. 도량이 넓고 뜻이 굳세지 않으면 평생 선비의 삶을 살 수가 없다. 자기가 실현하고자 하는 이상을 관철시키는 의지와 철저성을 나타낸다. 포용력과 결연한 의지가 구비되어야 비로소 선비의 자격이 있다는 것이다.

선비는 학문과 덕행을 겸비한 사람이다. 의리와 지조를 귀하게 여기는 까닭에 일신의 편안함과 이로움을 추구하지 않는다.

공자께서 말했다. "선비가 편안한 거처를 생각하면 선비라 여기기에 부족하다."(子曰 士而懷居 不足而爲士矣-헌문편 제3장)

조선의 선비는 중국의 선비보다 더 선비다웠다. 주자학이 조선으로 넘어와 중국보다 더 화려한 꽃을 피운 것과 같은 이치이다.

선비들은 관직에 나가는 것을 욕심내지 않았지만, 설령 나가더라도 정치가 도리를 벗어나든지 임금이 간언을 받아들이지 않으면 언제라도 관직에서 물러났다. 조선의 선비는 부귀의 욕망에 사로잡히지 않고 불의에 대한 거부와 비판정신을 가지고 있었기 때문이다.

선비는 벼슬에 나가지 않더라도 좌절하지 않았다. 오히려 초야에서 스승을 만나 학문과 도리를 연마하고 후진을 가르치며 벗들과 도의를 서로 권면하였다.

조선에는 단종의 복위를 꾀하다 목숨을 버린 사육신(死六臣)이 있었고 살아 있으되 벼슬을 버리고 물러난 생육신(生六臣)이 있었다. 임금의 잘못에 대해 목숨을 내놓고 상소한 김종직이나 조식 같은 선비도 있었고, 이황이나 이이처럼 학문적으로 큰 업적을 이룬 선비들도 있었다. 외침을 받으면 의병을 일으켜 누란의 나라를 지킨 중심축도 선비들이었다.

세계에 유례를 찾기 어려운 500년 조선왕조가 면면히 이어질 수 있었던 것은 선비정신이 살아 숨 쉬고 있었던 덕분이었을 것이다.

이러한 조선의 선비정신이 현대에 와서 단절되어버렸다. 이기적 탐욕이 판을 치고 정치와 경제가 정도에서 벗어나 허우적대고 있는 21세기 한국사회는 현대판 선비들의 출현을 간절히 요구하고 있다. 우리나라가 문명국으로 나아가기 위해서는 온 나라가 선비정신으로 충만해야 한다.

이(利)를 보면 의(義)를 생각하라

동아대박물관에는 보물 제569-6호로 지정된 안중근 의사 유묵(遺墨) 20점 중 제6호인 '見利思義 見危授命(견리사의 견위수명)'이 소장돼 있다. '大韓國人 安重根 書'라고 쓴 서명 말미에 손바닥 도장이 찍혀 있는데, 혈서를 쓰기 위해 네 번째 손가락의 마디 하나를 잘라낸 손바닥 장인(掌印)에서 조국을 향한 뜨거운 충정이 느껴진다.

'견리사의 견위수명'은 '이(利)를 보면 의(義)를 생각하고 위태로움을 보면 목숨을 바친다'라는 뜻이다. 논어에 나오는 문구이다.

자로가 완성된 인간[成人]에 대해 묻자 공자는 이렇게 대답했다. "이를 보면 의를 생각하고 위태로움을 보면 목숨을 바칠 수 있으며 곤궁한 생활을 오래 견디면서도 평소의 약속을 저버리지 않는 자는 또한 성인(成人)이라고 말할 수 있을 것이다."[2]

인간 완성의 길은 멀고 험하다. 보통 사람들은 '利'를 보면 우선 취하기 바쁘다. 그것이 의로운 것인지 그렇지 않은지 생각할 겨를이 없다. 위태로움을 보면 먼저 피하기 바쁘지 자신의 목숨을 바칠 생각까지 하는 사람이 몇이나 되겠는가?

현대 자본주의는 '이익 만능주의 사회'이다. 이익은 곧 선이고 손해는 곧 악으로 간주된다. 자본주의의 첨병 역할을 하는 기업의 지고지순한 목표는 '이윤추구'이다. 이익을 남기지 못하는 기업은 존립할 수 없다. 그러다 보니 온 사회가 이익에 혈안이 돼 있다고 해도 과언이 아니다.

그러나 반드시 명심해야 할 것이 있다. 이익에는 반드시 위험이 따르고 대가를 치러야 한다는 것을. 이익은 절대 거저 생겨나지 않는 법이다. 내가 이익을 보고 웃을 때, 누군가는 손해를 보고 울고 있다. 내가 이익을 좇아서 행동하다 보면 남의 정당한 이익까지 넘보게 되고, 결국 원한을 살 수 있다. 반대로 누군가 내게 거저 이익을 준다면, 뒤에 반드시 보상을 요구할 가능성이 크다. 자연에서 지나친 이익을 취하면 자연은 기상재해로 보복한다는 사실을 우리는 경험을 통해 알고 있다.

'이를 보면 의를 생각하라'는 공자의 말은 이런 삶의 원리에 대한 깊은 통찰력에서 나온 것이다.

공자께서 말했다. "거친 밥을 먹고 물을 마시고 팔 굽혀 베개 삼더라도 즐거움이 또한 이 가운데 있으니, 의롭지 못한 부귀는 내게 뜬구름과 같다."(子曰 飯疏食飮水 曲肱而枕之 樂亦在其中矣 不義而富且貴 於我 如浮雲-술이편 제15장)

부귀를 싫어할 사람은 별로 없을 것이다. 그렇지만 부귀를 얻는 방법이 정당하지 않으면 아무리 산더미 같은 재산도 결국에는 복(福)이 아니라 화(禍)로 변하기 일쑤임을 공자는 일깨우고 있다.

공자의 학통을 계승한 맹자도 이를 극도로 경계했다.

『맹자』「양혜왕장구」상(上)편에 나오는 얘기이다. 맹자가 양혜왕을 만났다. 양혜왕은 천하의 현자(賢者)로 소문난 맹자에게서 한 수를 배우고 싶었던 것이다. 그래서 이렇게 물었다. "장차 내 나라를 이

　　　　　　　　사람 다치지 않았느냐

롭게(利) 할 일이 있습니까?"그러자 맹자는 정색을 하며 대답했다. "왕께서는 하필 이(利)를 말합니까? 단지 인(仁)과 의(義)가 있을 뿐입니다. 왕께서 이(利)를 말한다면 대부(大夫)들도 이(利)를 말하고 사(士)나 서인(庶人)들도 이(利)를 말할 것입니다. 위아래가 서로 이(利)를 다투게 되면 나라가 위태롭게 됩니다."

지나친 이(利)는 개인 간의 불화를 초래할 뿐만 아니라 나라 자체를 위태롭게 만들 수 있음을 맹자는 경고하고 있다. 대신 맹자는 이(利)의 대척점에 인(仁)과 의(義)가 있음을 알려준다. 이(利)가 외물(外物)에 눈이 멀어 남이야 어떻게 되든 나만 잘 먹고 잘살려는 욕망의 발로라면, 인(仁)과 의(義)는 남과 나를 구별하지 않고 다 함께 잘살려는 선한 본성의 발로일 것이다.

공자께서는 또 "군자는 의에 밝고 소인은 이에 밝다."고 말했다.(君子 喩於義 小人 喩於利-이인편 제16장)

이익을 자기 개인에게 편중시키는 것을 이(利)라 하고 타인과 더불어 이익을 나누는 갖는 것을 의(義)라 한다. 군자라고 이익을 취하지 않는다는 것은 아니다. 명리(名利) 추구는 인간 삶의 본질이다. 다만 소인은 이(利)만 추구할 뿐 의(義)에는 관심이 없지만 군자는 이(利)를 보면 반드시 의로운지 어떤지를 가려 취한다는 뜻이다.

지금 우리 사회는 어떤가? 너도 나도 이익만 추구했지 그 이익이 과연 의로운 것인지 그렇지 않은 것인지에 대한 성찰이 보이지 않는다. 이익을 위해서라면 수단과 방법을 가리지 않는 풍조가 만연해 있다. 많이 배운 사람일수록, 많이 가진 자일수록, 높은 지위를 가진 사람일수록 더 이익에 집착하는 경향이 짙다.

그 결과는 참담한 도덕부재 현상으로 나타나고 있다. 대학에서 팽

배해 있는 논문표절은 많이 배운 사람이 이익에 집착할 때 나타나는 현상이다. 대기업들이 영세 상인들의 영역인 골목상권까지 휩쓸고 하청업체에 납품단가를 후려치며 군림하는 것은 많이 가진 자들이 이익에 눈이 멀었을 때 나타나는 현상이다.

이명박 정부 들어 숱한 고관대작들이 감방 신세를 지고 있는 것은 높은 지위를 가진 사람들이 의로움을 망각한 채 이익만을 탐한 결과이다. 이래서는 정의로운 사회 건설은 요원해진다.

'윗물이 맑아야 아랫물이 맑다'는 것은 만고의 진리이다. 많이 배우고 많이 가지고 높은 지위를 가진 사람들이 이익만을 탐하니, 덜 배우고 덜 가지고 지위가 낮은 사람들이 이익 추구의 대열에 따라 나서는 것은 당연한 수순이다.

위에서부터 '견리사의' 정신을 회복해야 한다.

사람 다치지 않았느냐

이익을 탐하면 원망이 생긴다

에즈윈이 처음 불렀으나 이승기가 리메이크해 불러서 더 잘 알려진 노래가 「원하고 원망하죠」이다. 가사의 일부분이다. "……변함없이 그대 곁을 지켜왔지만 그댄 지나버린 사랑, 그 안에만 사는 걸 원하고 원망하죠."

'원하고 원망하죠'라는 가사가 재미있다. '원함'과 '원망함'은 사실 바늘과 실처럼 붙어 다닌다. 원함(욕망)이 충족됐을 땐 충만감이 생기지만 원함이 좌절될 땐 원망이 생겨난다. 원함의 크기가 크면 클수록 원망의 크기도 커진다. 한때 열렬히 사랑하던 남녀가 헤어지고 나면 원망을 넘어 저주를 퍼붓게 되는 것도 욕망의 좌절에 따른 상실감이 큰 탓이리라.

현대는 '욕망 사회'이다. 생존욕구를 넘어 무한 소비와 소유의 욕망들이 꿈틀대는 게 현대 자본주의 사회이다. 원래 자본주의는 인간이 살아가는 데 가장 기본이 되는 욕망을 중심으로 만들어진 시스템이지만, 자본주의가 발전하면 할수록 새로운 욕망들이 꼬리에 꼬리를 물고 생겨나기 마련이다.

하지만 자원과 시·공간의 유한성 때문에 모든 욕망을 다 채울 수는 없는 법. 커진 욕망을 미처 다 채우지 못하면 좌절이나 분노, 원망이 생겨난다. 이는 자살이라는 자기 파괴적 행위 아니면 타인에 대한 범죄 행위로 이어지기 쉽다. 물론 욕망을 잘 조절해 별 문제 없이 살아가는 사람들이 더 많긴 하지만.

어쨌든 원망은 사회적 관계 속에서 생겨난다. 사회적 지위가 높고 관계망이 넓은 사람일수록 원망을 사는 일이 잦을 가능성이 크다. 원망은 원망하는 당사자가 무엇보다 심적 고통을 받겠지만 때로는 원망의 대상자에게도 치명상을 줄 수 있다. 위에 언급한 대로 원망은 자칫 심각한 범죄 행위로 이어질 수도 있기 때문이다.

세상을 살아가면서 원망을 사지 않기는 매우 힘든 일이다. 자신이 아무리 노력한다 해도 자신의 의지와는 상관없이 부지불식간에 남의 원망을 사는 경우가 비일비재하다. 그래도 가능하면 원망을 사지 않는 게 바람직한 일이다. 과연 어떻게 살아야 원망을 사지 않을 수 있을까?

공자께서 말했다. "이익에 질질 끌려 행동하면 원망이 많이 생긴다."(子曰 放於利而行 多怨 -이인편 제12장)

가장 보편적인 원망의 발생 원인을 명확하게 설명해주고 있다. 자신의 이익을 챙기다 보면 반드시 남에게 피해를 줄 수밖에 없다. '이해관계(利害關係)'라는 한자어를 보더라도 이(利)와 해(害)는 대구를 이루지 않는가. 이(利)와 해(害)는 항상 붙어 다닌다. 누군가에겐 이(利)가 다른 누군가에겐 해(害)가 된다.

도올은 이렇게 해석했다. "利는 나의 자유와 쾌락을 위하여 타인의 자유와 쾌락을 희생시킨다. 그것은 곧 인간을 목적으로서가 아니라 수단으로서 바라보는 것이다. 나 이외의 모든 인간이 나의 이익을 위하여 복무할 뿐인 수단으로 전락하는 것이다. 이렇게 서로가 서로에게 수단화될 때 그러한 사회는 오직 원망만이 많아지게

                                    사람 다치지 않았느냐

되는 것이다.”

‘무한이익’을 추구하는 자본주의 사회는 원망이 쌓이고 범죄가 많이 발생할 수밖에 없다. 더욱이 우리 사회는 이익의 극대화만 있을 뿐 부의 사회 환원이 미약한 형편이어서 빈자들의 부자들에 대한 상대적 박탈감과 원망이 깊어질 수밖에 없는 시스템이다.

가까운 인간관계에서도 지나치게 이익을 추구하다 보면 원망이 쌓이는 것은 마찬가지이다. 이익에는 반드시 손해가 따르기 때문이다. 어느 스님의 어록에 다음과 같은 말씀이 있다. “횡재를 기뻐하지 마라. 잃은 자의 슬픔이 있다.”(이기동『논어강설』재인용)

공자께서는 또 “자기 잘못을 꾸짖기를 두터이 하고 남의 잘못을 책하기를 엷게 하면 원망이 멀어진다”고 말했다.(子曰 躬自厚而 薄責 於人則 遠怨矣-위령공편 제14장)

자신에겐 엄격하고 남에겐 관대하라는 뜻이다. 자신에겐 관대하고 남에겐 엄격한 게 소인들의 행태이다. 군자는 다르다. 자신에겐 추상처럼 엄격하고 남의 허물은 모른 척하거나 나무라더라도 적당한 선을 넘지 않는다. 왜냐하면 책망은 상대로 하여금 깨우치게 해 더 발전할 수 있도록 돕기 위한 수단이기 때문이다. 상대의 마음을 너무 아프게 할 정도로 매몰찬 책망은 본말이 전도된 것이다. 상사나 선배들이 특히 명심해야 할 대목이다.

아울러 과거의 나쁜 일을 잊고 가슴 속에 담아두지 않는 것도 원망을 없애는 좋은 방법이다. 원한을 원한으로 갚는다면 원한의 악순환만 있을 뿐이다. 중국 무술영화의 가장 흔한 테마가 ‘복수혈전’ 아니던가!

공자께서 말했다. “백이숙제는 과거의 나쁜 일을 염두에 두지 않았

다. 이 때문에 원망하는 일이 드물었다.”(子曰 伯夷叔齊 不念舊惡 怨是 用希-공야장편 제22장)

‘과거의 나쁜 일을 염두에 두지 않는다’는 뜻의 ‘불념구악(不念舊 惡)’이란 고사성어가 여기에서 나왔다.

백이와 숙제는 잘 알려진 대로 은(殷) 말 고죽국의 두 왕자이다. 주(周)나라 무왕이 은의 주왕을 치고 나라를 열었으나, “신하가 군주 를 친 것은 잘못된 일이다”라며 주의 양식을 먹지 않고 수양산에 들 어가 고사리를 먹고 지내다 결국 굶어 죽고 말았다. 하지만 백이숙 제는 누구도 원망하지 않았기에 또 다른 원망을 사지 않고 의인(義 人)으로 남을 수 있었다는 의미이다.

모든 가치기준을 이익에 두고 있는 현대인들에겐 ‘이익을 밝히지 말라’는 말이 공허하게 들릴지도 모르겠다. 하지만 이(利)에는 반드 시 해(害)가 따르고 해(害)에는 원한이나 복수가 따르기 쉽다는 사실 을 안다면, 지나치게 이(利)를 탐하는 일은 삼가야 할 것이다. 아울러 과거의 나쁜 기억을 지우는 일은 정신건강을 위해서도 좋은 일이다.

     사람 다치지 않았느냐

산해정에서 의를 생각하다

　　　　부산에서 김해로 출퇴근을 할 때가 있었다. 회사 내에 돌발 상황이 발생해 창졸간에 김해로 인사 발령을 받았다. 물 설고 낯선 김해에 첫발을 내디디니 모든 게 생소했다. 마치 귀양살이 하듯 외로운 시절이었다. 그때 종종 들른 곳이 산해정(山海亭)이다. 그곳에서 마음의 위안을 받고 내공을 다졌던 기억이 새롭다.

　김해시 대동면 주동리 신어산 기슭에 위치한 산해정은 조선시대 대표적 유학자 남명 조식(曹植)이 세운 일종의 서원이다. 조식은 인생의 절정기인 30세부터 48세 때까지 이곳에서 학문을 닦고 후진을 양성했다.

　조식의 학문과 실천의 지표는 '경(敬)'과 '의(義)'였다. 조식은 평소 몸에 차고 다니던 칼에 '안에서 밝히는 것은 경이요 밖에서 결단하는 것은 의(內明者敬 外斷者義)'라는 글귀를 새겼다고 한다. 조식은 경과 의를 행동으로 옮긴 실천적 지식인이었다. 조정의 숱한 부름에도 불구하고 끝내 벼슬을 사양했다. 일생 동안 타락한 권력을 질타하고 무기력한 지식인 사회에 경종을 울린 진정한 선비정신의 표본이었다.

　한 번은 조정으로부터 단성현의 현감자리를 제의받았지만 이마저 사양했다. 그러면서 부패한 조정을 향해 그동안 재야 지식인으로서

품었던 의견을 가차 없이 표출했다. 소위 '단성소(丹城疏)'라 불리는
을묘사직소이다.

"임금이 나랏일을 잘못 다스린 지 오래되어 나라의 기틀은 이미
무너졌고, 하늘의 뜻도 이미 떠났으며, 백성들의 마음 또한 이미 임
금에게서 멀어졌습니다. … 낮은 벼슬아치는 아래서 시시덕거리며
술 마시고 즐기는 일에 정신이 없고, 높은 벼슬아치들은 위에서 거
들먹거리며 오직 백성의 재물을 긁어모으는 데 정신이 팔려 물고기
의 배가 썩어 들어가는 것 같은데도 그것을 바로잡으려 하지 않습니
다. … 자전(慈殿)께서는 생각이 깊으시기는 하나 깊숙한 궁중의 한
과부에 지나지 않고, … 학문을 좋아하십니까? 음악과 여색을 좋아
하십니까? 말 타기를 좋아하십니까? 군자를 좋아하십니까? 소인을
좋아하십니까? 그 좋아하시는 것이 무엇이냐에 국가의 존망이 달려
있습니다."

조선 선비의 기개를 온몸으로 보여준 천하의 명문이 아닐 수 없다.
지면 관계상 전문을 다 싣지 못함이 안타까울 뿐이다. 어린 명종을
수렴청정 하던 대비(문정왕후)를 향해 '구중궁궐의 한 과부'라고 폄
하하고 국왕에겐 '돌아가신 왕의 한 고아일 뿐'이라는 대목에서 오
금이 저린다.

하지만 더욱 놀라운 것은 조식이 처벌을 받지 않았다는 사실이다.
상소문을 받아 본 명종은 격노했으나, 조식을 처벌할 경우 자유로운
언로가 막힌다는 대신들의 여론을 수렴해 없었던 일로 했다.

조식의 실천적 학풍은 제자들에게 그대로 전수됐다. 임진왜란 당
시 의병장 출신에는 조식의 제자들이 유독 많았다. '의를 보고도 실
천하지 않는 것은 용기가 없는 것이다(見義不爲 無勇也)'[3]라는 공자

　　　　　　　　　　　　　　　　　사람 다치지 않았느냐

의 가르침을 조식과 그 제자들은 실천궁행한 것이다.

실학박물관 정성희 학예연구사의 기고문에 따르면 조식과 이황은 16세기 사림의 양대 산맥이었다. 남명학파와 퇴계학파는 낙동강을 사이에 두고 영남좌파와 영남우파를 대표했다. 진주지역을 중심으로 한 남명학파가 현실을 비판적으로 인식하고 실천적인 학문을 주장했다면, 안동지역을 중심으로 한 퇴계학파는 현실을 긍정적으로 인식하면서 성리학을 이론화했다. 남명학파는 의를 앞세웠고 퇴계학파는 인을 숭상했다.

1501년 동갑내기로 태어난 두 사람은 학문적으로는 노선이 달랐지만 서로에게 호감을 가진 라이벌이었다. 1571년 퇴계가 세상을 떠났다는 말을 들은 조식은 눈물을 흘리며 "같은 해에 태어나고 살기도 같은 경상도에서 살면서 70년을 두고 서로 만나지 못했으니 어찌 운명이 아닌가. 이 사람이 가버렸다 하니 나도 가게 될 것이다"라고 하였다고 한다. 조식은 그의 예언대로 1년 뒤 세상을 떠났다.

산해정에는 아직도 조식의 기개가 서려 있는 듯하다. 그곳에 갈 때마다 내 자신이 과연 의롭게 살고 있는지 반추하게 된다. 지식인이 갖춰야 할 호연지기는 다 잃어버린 채 입신양명을 위해 안간힘을 쓰고 있는 나약한 지식인의 자화상을 떠올린다.

공자는 제자 자하에게 아래와 같이 충고했다.

"너는 군자다운 선비가 되지 소인 같은 선비가 되어서는 안 된다."
(子謂子夏曰 女爲君子儒 無爲小人儒 -옹야편 제11장)

자하는 문학에 능통한 학자였다. 춘추시대 고전의 상당 부분이 자하를 통하여 전승되었다. 자하는 열심히 학문을 했고 예를 따지는 꼼꼼한 사람이었다. 이렇게 공부를 열심히 하고 꼼꼼할수록 소인 같은 선비가 될 가능성이 높다. 소인 같은 선비는 어떤 사람인가?

앞 장에서도 말했듯이 군자와 소인의 구별은 의(義)와 이(利)의 차이이다. 그런데 이(利)라는 것은 재물에만 한정되는 것은 아니다. 사(私)를 가지고 공(公)을 멸하고, 자기에게만 모든 것을 맞추어 스스로의 편익만 도모하는 태도도 이(利)에 해당한다. 멸사봉공(滅私奉公)의 자세와는 정반대이다.

이 땅의 지식인들을 생각해보면 '소인 같은 선비'들이 너무도 많음을 알 수 있다. 학문의 전당이라고 할 수 있는 대학, 정의의 보루라 할 수 있는 법조계, 정론직필을 생명으로 하는 언론계, 아름다움을 구현해야 할 문화예술계, 어디를 둘러봐도 의로움을 추구하는 '군자 같은 선비'들을 찾기기 쉽지 않다.

마음이 명리(名利)에 가득 차 혼탁해질 때면 산해정에 한번 가보자. 조식 선생의 영령이 그대 안에 앙금으로 남아 있는 의로움의 흔적을 흔들어 깨워줄 것이다.

'미스터 쓴소리'가 그립다

　　　2012년 4·11총선을 앞두고 7선의 자유선진당 조순형 전 의원이 정계를 은퇴했다. 조 전 의원의 은퇴 선언은 같은 지역구인 민주통합당 정호준 후보와 경쟁하는 것이 부담으로 작용했기 때문으로 알려졌다. 조 전 의원은 한 언론과의 인터뷰에서 "정호준 후보의 조부(정일형 박사)와 저의 선친(조병옥 박사)은 항일 독립투쟁, 대한민국 건국, 반독재 민주화투쟁을 위해 평생을 동고동락한 사이였다. 정치도 사람이 하는 것이다. 정치 이전에 사람의 도리가 앞선다고 믿고 살아왔다. 연장자인 제가 물러서는 것이 옳다고 봤다"고 대답했다.

　조 전 의원의 용퇴를 접한 많은 국민들은 "역시 조순형답다"는 찬사와 함께 "참정치인을 잃어버렸다"는 아쉬움을 표시했다.

　조 전 의원은 술과 담배를 하지 않고 골프도 치지 않았다. 계보정치와는 인연이 없었지만 주요 현안에서 정확한 문제제기를 하고, 상대가 누구든 잘잘못을 따져 할 말을 하는 성격이었다. 이 때문에 그는 언론으로부터 '미스터 쓴소리'라는 애칭을 얻었다.

　그는 '국회도서관 개관 60주년 기념 최우수 도서관 이용 의원', '오전 9시 반에 출근해 국회도서관에서 책을 읽고 점심은 주로 국회 구내식당에서 해결하고 저녁은 집에서 먹는 의원'이었다. 그는 "나같이 융통성 없는 사람이 7선을 한 게 기적이다. 국회의원은 철학을 갖고 깊이 사색하고 공부해야 한다"는 마지막 쓴소리를 남기고 정치의 뒤 켠으로 사라졌다.

고 노무현 전 대통령 탄핵 주도, 자유선진당으로 당적 변경 등의 이유로 조 전 의원에 대한 부정적 여론도 없지 않지만, 그의 학구적 의정활동과 정확한 사실에 근거한 '쓴소리'가 우리 시대의 귀중한 정치적 자산이라는 데 이의를 달 사람은 별로 없을 것이다. 국익보 다 자신의 정치적 이익을 위해 이합집산 하는 한국의 정치 풍토에서 이쪽저쪽 눈치를 보지 않고 소신껏 발언할 수 있는 국회의원을 찾기 가 얼마나 어려운 일인가!

쓴소리는 고언(苦言) 또는 간언(諫言)이라 할 수 있다. 귀에 거슬리 는 소리이다. 사람은 누구나 달콤한 말을 듣기를 좋아하는 반면 거 슬리는 소리를 듣는 것은 꺼리기 마련이다. 하지만 고언이나 간언을 듣지 않으면 조직의 발전은 기대하기 어렵다. 더욱이 한 국가의 최 고 지도자가 고언과 간언을 멀리한다면, 그 국가는 중대한 위기에 봉착할 수밖에 없다. '절대권력은 절대적으로 부패한다'는 말이 있 다. 이는 절대권력 하에선 간언을 하는 신하가 없는 탓이기도 하지 만, 설령 목숨을 내걸고 간언을 하는 신하가 있어도 절대권력자는 간언을 '절대로' 받아들이지 않기 때문이다.

정공(노나라 군주)이 물었다. "단 한마디의 말로써 나라를 망하게 할 수도 있다고 하니, 그런 말이 있습니까?" 공자께서 대답했다. "말 이 그 효과가 이와 같기를 기약할 수는 없습니다만, 세상 사람들이 말하길 '나는 임금 노릇 하는 것을 즐기지 않는다. 오로지 내가 말하 는 것을 어기지 않는 것이 즐거울 뿐이다'라고 했는데, 임금의 말이

    사람 다치지 않았느냐

착해서 어기는 사람이 없다면 또한 좋지 않겠습니까? 만일 착하지 않은데 아무도 어기지 않는다면 이 한마디가 나라를 망하게 하는 말에 가깝지 않겠습니까?"[4]

'오로지 내(권력자)가 말하는 것을 어기지 않는 것이 즐거울 뿐'이라는 이 한마디야말로 나라를 망하게 할 수 있는 말에 가깝다는 공자의 대답은 절대권력이 어떻게 부패하고 망조의 길로 가는지를 꿰뚫고 있는 말이다.

예로부터 흥하는 나라에는 반드시 간언을 서슴지 않는 신하가 있었으며 그 간언을 배척하지 않고 수용하는 훌륭한 리더십의 지도자가 있었다.

공자가 '곧다(直)'고 칭찬한 '사어(史魚)'라는 위나라 대부가 있었다. 『공자가어』에는 다음과 같은 고사가 있다.

사어는 위령공에게 어질고 능력 있는 거백옥(蘧伯玉)을 여러 번 천거하였으나 그의 충언을 끝내 따르지 않고 간신 미자하(彌子瑕)를 중용하였다. 사어가 병이 들어 죽기 전 아들에게 "내 능히 거백옥을 군주에게 나아가게 하지 못하고 미자하를 물리치도록 하지 못하였으니, 죽어서도 예(禮)를 이룰 수 없다. 내가 죽으면 주검을 창 아래에 두도록 하여라"라는 유언을 남겼다. 위령공이 조문하러 와서 이 광경을 보고 이상히 여겨 사추의 아들에게 무슨 까닭인지 물었다. 위령공은 사추의 유언을 듣고서야 비로소 자신의 허물을 뉘우치며 거백옥을 등용하고 사추를 내쳐 나라를 바로 세웠다.

여기에서 '죽은 뒤에도 군주의 잘못을 바로잡기 위하여 간언(諫言)한다'라는 의미의 '신후지간(身後之諫)'이란 고사성어가 나왔다. 죽은 뒤 주검으로써 간언하여 군주를 감복시킨 사어야말로 간신(諫臣)

중의 간신(諫臣)이 아니겠는가.

　요즘은 간언도 고언도 찾아보기 힘든 세상이다. 모두가 의로움은 팽개치고 이로움만을 추구하는 세상이 된 때문이다. 절차적 민주주의는 완성되었다고 하나 대통령과 국민들 사이의 소통은 더욱 어려워진 것 같다. 자리를 내놓고 국민들의 목소리나 여론을 대통령에게 곧이곧대로 전달할 수 있는 비서관이나 장관이 별로 보이지 않는다.

　여야 정치인들도 상대방을 향해 비판의 목소리만 낼 뿐 자아비판에는 인색하기 짝이 없다. 여야를 아우를 수 있는 군자 같은 정치인이 없고 파당에 익숙한 소인 같은 정치인들만 득실대고 있는 탓이다. 비단 정치만 그런 것은 아니다. 다른 제 분야에도 바른 목소리를 내는 사람들이 사라지고 있다.

　쓴소리는 사회의 빛과 소금과도 같은 것이다. 모두 '예스'라고 수긍할 때, '노'라고 외칠 수 있는 용기와 의로움만이 사회의 부패를 막고 진보를 앞당길 수 있을 것이다.

　　　　　　　　　　　　　　　사람 다치지 않았느냐

'염소 할머니'와 의인 이수현

대부분의 사람들은 크고 작은 물욕이 있기 마련이다. 속세를 떠난 성직자들조차 도박판을 벌이고 명승대찰의 주지가 몰래 재산을 다 팔아 도주했다는 소식을 접하고 보면 물욕이 얼마나 끊기 힘든 욕망인가를 짐작할 수 있다. 하물며 세상에 하나뿐인 목숨을 내놓는 것은 웬만한 신념이나 용기가 아니면 불가능한 일일 것이다.

그러나 세상에는 평생 모은 자신의 재산을 남몰래 기부하는 사람도 적지 않고 심지어 남을 살리기 위해 자신의 목숨조차 초개처럼 버리는 이들도 있다. 세상은 이들을 의인(義人) 또는 인인(仁人)이라고 부른다.

경남 함양군 안의면에 사는 정갑연(79) 할머니는 2012년 초 국민포장을 수상했다. 남편과 이혼하고 딸까지 사망해 상처를 간직한 정 할머니는 고향을 떠나 서울의 공사 현장에서 막일을 했다. 산전수전 끝에 50세가 넘어 고향으로 돌아온 정 할머니는 해발 400m 산골의 3평짜리 단칸방에서 30년 가까이 살아오며 알뜰살뜰 모은 1억 원을 함양 안의고등학교에 장학금으로 기부했다.

정 할머니는 15평짜리 작은 축사에서 홀로 염소 30여 마리를 키우며 모은 돈 중에서 최소한의 생활비와 의료비를 뺀 전액을 쾌척한 것이다.

못 배우고 못 가진 사람들은 인색하고 물욕에 빠지기도 쉽다고 생각하는 경향이 있다. 하지만 이분들처럼 자신의 모든 것을 내놓고 욕망까지도 내려놓는 것을 보면 이러한 인식이 잘못됐음을 깨닫게 된다. 배움의 유무와 빈부 여부는 인(仁)과 의(義)의 발현에 큰 영향을 못 미치는 것이다.

대신 자신의 고유한 경험을 통해 삶을 얼마나 깊이 통찰할 수 있느냐 없느냐가 인과 의의 발현에 더 큰 요인으로 작용하는 것 같다.

2001년 1월 일본 유학 중 도쿄 JR 신오쿠보 역에서 취객을 구하러 철로에 뛰어들었다가 열차에 치어 사망한 이수현(당시 26세) 씨는 일본 열도를 감동시킨 이 시대의 진정한 의인이다.

대부분의 사람들은 위험 앞에서 도피하는 경향이 있다. 평소에 의로움과 용기가 몸에 배어 있지 않다면 목숨을 내걸고 위험에 빠진 사람을 구하러 뛰어드는 것은 불가능한 일일 것이다. 의로움만 있고 용기가 없어도, 용기만 있고 의로움이 없어도 가능하지 않다.

공자께서 말했다. "지사(志士)와 인인(仁人)은 삶을 구하려 인을 해침이 없고 목숨을 바쳐 인을 이룸이 있다."(子曰 志士仁人 無求生以害仁 有殺身以成仁-위령공편 제8장)

'살신성인(殺身成仁)'이란 말이 여기에서 유래한다. 지사란 도의(道義)에 뜻을 둔 사람을 일컫고 인인이란 어진 덕을 갖춘 사람을 말한다. 지사와 인인은 삶이 소중하다고 하여 그것 때문에 지(志)나 인(仁)을 잃는 일은 하지 않는다. 때로는 목숨을 버리면서까지 인을 달성하려 한다.

자공이 말했다. "만약 백성에게 널리 은혜를 베풀고 많은 사람을

  사람 다치지 않았느냐

구제할 수 있다면 어떻겠습니까? 인(仁)하다 할 수 있겠습니까?" 공자께서 말했다. "어찌 인(仁)에만 그치겠는가? 반드시 성(聖)에 속하는 일이다. 요순도 (그렇게 하지 못해) 병통으로 여겼다. 대저 인자는 자신이 서고자 할 때 남을 세우며(己欲立而立人) 자신이 이루고 싶을 때 남도 이루게 하며(己欲達而達人) 가까이 자신의 마음을 미루어 남의 마음을 헤아릴 수 있다면 인을 실천하는 방법이라 할 수 있다."[5]

인이 무엇인가에 대한 논란은 분분하지만, 공자께서 인을 실천할 수 있는 구체적 방법을 제시해주고 있는 문장이다. 즉 '자신이 서고 싶을 때 남을 세우며 자신이 이루고 싶을 때 남도 이루게 하며 가까운 데서 취하여 알 수 있다면' 바로 인을 실천하는 방법이 된다는 것이다.

'염소 할머니'는 자신이 서고 싶은 바와 자신이 이루고 싶은 바를 어린 학생들을 통해 서게 하고 이루고자 하는 염원으로 평생 모은 돈을 쾌척했을 것이다.

그렇다면 의인은 무모한 데에도 자신의 목숨과 재산을 마구 버리는 사람인가?

재아가 여쭈었다. "인자라면 누군가 '우물에 사람이 빠졌습니다'라고 외치는 소리를 들으면 곧바로 우물에 들어가야 하지 않겠습니까?" 공자께서 말했다. "어찌 앞뒤 안 가리고 그런 짓을 하겠느냐? 군자라면 우물가에 가서 상황을 살펴보기는 하겠지만 같이 우물에 빠질 수는 없는 것이다. 군자는 그럴듯한 말로 속일 수는 있으나 터무니없는 말로 속일 수는 없는 법이다."[6]

인인(仁人)의 참모습이 어떠해야 하는지를 잘 보여주는 장면이다. 인자는 사람을 사랑하되 무모하고 어리석은 행동으로 일을 그르치는 사람이 아니다. 인자는 지혜와 용기를 겸비한 사람이다. 외치는 소리만 듣고 단번에 우물에 뛰어들어 아까운 목숨을 버리는 사람이 아니라, 먼저 상황을 파악해 최선의 방도를 강구하고 필요하다면 자신의 목숨까지 버리는 사람이다.

인인(仁人)은 자기 몸을 돌보지 않는 훌륭한 덕성을 지니고 있지만 맹목적인 박애주의자가 아니다. 어진 마음과 더불어 지혜로움을 갖춘 사람이다. 따라서 상황에 맞춰 최선의 결과를 도출해낼 줄 안다.

특히 인인(仁人)은 남의 입장을 배려하므로 그럴듯한 거짓말[欺]에는 속아 넘어가준다. 그러나 전혀 이치에 닿지 않는 거짓말[罔]에는 속지 않는다. 자칫 상황을 악화시킬 수 있기 때문이다.

인인(仁人)과 의인(義人)을 높이 우러러보는 사회가 정의롭고 아름다운 사회이다.

이단(異端)과 스피노자의 사과나무

　　　　5공 말기인 1987년 8월 29일 경기도 용인시 남사면에 있는 오대양(주)의 공예품 공장 구내 천장에서 32구의 시체가 발견되었다. 오대양 대표 박순자가 89억 원의 사채를 갚지 못하고 3명을 살해한 뒤 범행과 조직의 전모가 공개될 것을 우려해 집단 자살극을 벌인 것으로 추정되었다.

　수사 결과 오대양 대표이자 교주인 박순자는 1984년 공예품 제조업체인 오대양을 설립하고, 종말론을 내세우며 사교(邪敎) 교주로 행세한 것으로 알려졌다. 특히 박순자는 자신을 따르는 신도와 자녀들을 집단시설에 수용하고, 신도들로부터 거액의 사채를 빌린 뒤 원금을 갚지 않고 돈을 받으러 간 신도의 가족을 집단 폭행하고 잠적한 뒤 이 같은 일이 발생한 것으로 밝혀졌다.

　처음 이 사건이 발생했을 때에는 집단자살의 원인이나 자세한 경위에 대해서 아무것도 밝혀지지 않은 채 수사가 마무리되었다. 그러다가 1991년 7월 오대양 종교집단의 신도였던 김도현 등 6명이 경찰에 자수하면서 경찰은 4년 만에 재수사에 들어갔다.

　자수자들의 진술에 따라 이 사건의 열쇠를 쥐고 있을 것으로 추정되던 오대양 총무 노순호와 기숙사 가정부 황숙자, 육아원 보모 조재선 등 3명은 자살사건 전에 계율을 어겼다는 이유로 이미 오대양

직원들에게 살해당한 뒤 암매장된 것으로 밝혀졌다.

결국 오대양 사건은 광신도 집단의 집단 자살극인가, 외부인이 개입된 집단 타살극인가 논란만 분분했을 뿐 명쾌한 결론은 내리지 못한 채 종결되고 말았다.

그 뒤에도 오대양 집단자살 사건이 자살이 아닌 타살이라는 의혹이 계속 제기되었고, 이를 소재로 한 하성란의 장편소설 『소설 A』가 나오기도 했다.

나는 기자 초년병 시절이던 1991년 김도현 등 6명이 경찰에 자수하면서 재수사가 시작되었을 때, 직원들이 살해·암매장된 오대양의 대전 농장과 대전지방경찰청으로 파견돼 정신없이 취재활동을 했었다.

그때 뼈저리게 느낀 점은 이단(異端) 종교에 빠지면 패가망신한다는 평범한 진리였다. 사이비 교주에 빠져든 사람은 전 재산은 물론 자신과 가족들의 목숨까지 내놓는다는 사실에 전율이 일기도 했다.

그 뒤에도 우리 사회에서 종말론 등을 내세운 사이비 종교집단의 광신적 행위가 끊이지 않고 매스컴에 보도되고 있다. 혹세무민하는 이단이 끊이지 않는 것은 세상이 그만큼 혼란스럽기 때문이다. 기존의 종교들이 기득권에 갇혀 서민들이 믿고 의지할 만큼 신뢰를 주지 못하고 있는 것도 하나의 원인으로 지적된다.

공자께서 말했다. "오로지 이단을 추구하면 해가 될 뿐이다."(子曰 攻乎異端 斯害也已-위정편 제16장)

이 말은 상식에 대한 존중을 나타낸 것이다. 상식적인 것을 버리고 색다른 것만 추구하는 사람들, 구체적인 것을 무시하면서 절대적이고 추상적인 어떤 진리만을 구하는 사람들, 일상적인 것을 외면하고 허황된 도통이나 해탈을 추구하는 사람들의 병폐에 대한 통렬한 비판의 메시지를 담고 있다.

이단은 당장은 귀에 솔깃하고 마음에 혹하기 쉽다. 그러나 어떤 종교나 사상이라도 상식에서 벗어나 있으면 의심해봐야 한다. 인간의 존엄성을 해치고 본인과 가족의 행복을 파괴하는 종교나 사상은 이단일 뿐이다.

공자께서는 괴(怪)와 력(力)과 난(亂)과 신(神)을 말하지 않았다.(子不語 怪力亂神-술이편 제20장)

공자사상의 위대함을 보여주는 문구이다. '괴'는 기괴함과 불가사의함이다. '력'은 비상한 힘의 세계이다. '난'은 난세의 온갖 현상과 인과적 사유로써 분석이 되지 않는 혼란스러운 현상이다. '신'은 신비로운 것과 초자연적인 것, 귀신과 관련된 환상이나 주장이다.

도올은 '괴'의 반대는 '상(常. Common Sense)'이요, '력'의 반대는 '덕(德. Ordinary Virtues)'이요, '난'의 반대는 '치(治. Order)'요, '신'의 반대는 '인(人. Humanity)'이라고 했다. 인류의 위대한 스승의 가르침은 혹세무민과는 거리가 멀었다. 오로지 상식과 덕과 질서와 인간이 공자의 관심사였던 것이다.

요즘 우리 사회에 일고 있는 우려스러운 현상 중의 하나는 사주나 점에 의존하려는 사람들이 늘고 있다는 점이다. 복잡하고 힘든 세상을 살아가다 보면 사주나 점에 의탁하고 싶은 생각이 드는 건 어쩌면 자연스러운 일인지도 모른다.

그러나 사주나 점은 그야말로 심심풀이로 볼 일이지 믿고 의탁할 만한 가치는 없는 것이다. 그것들은 공자가 말한 괴력난신에 불과하다. 괴력난신이 인류를 구원했다는 얘기는 들어본 적이 없지 않은가.

우리나라가 오랜 기간 자연재해와 전쟁, 갈등, 빈곤의 참상을 극복하고 세계가 놀랄 만한 경제·문화 대국으로 발전할 수 있었던 원동력은 괴력난신이 아니라 '상덕치인(常德治人)'이었다.

앞으로 사회는 긍정적 비전과 부정적 전망이 공존하게 될 것이다. 경제가 발전할수록 빈부격차는 더욱 커지고 개인의 자유가 신장되는 반면 개인·지역·계층 간 갈등은 더욱 심화될 것이다. 문명이 발달할수록 인간소외 문제도 더 심각해질 것이다.

따라서 이단과 괴력난신에 대한 유혹이 커질 수밖에 없다. 그러나 이런 때일수록 상식과 보편적 미덕과 질서와 인간을 믿고 존중하는 자세가 요구된다.

"내일 비록 세상의 종말이 올지라도 나는 오늘 한 그루의 사과나무를 심겠다"고 말한 스피노자의 자세처럼 오늘 하루하루를 성실하고 긍정적으로 사는 것보다 더 좋은 사주팔자가 또 있겠는가!

추어탕을 안 먹게 된 사연

잊을 만하면 재발하는 광우병, 조류독감(AI), 구제역. 농경사회에선 생각지도 못했던 신종 동물 질병들이 인류의 생존에 새로운 위협이 되고 있다. 이들 질병은 도를 넘은 인간의 육식문화에 대해 자연이 보내는 경고음으로 받아들여야 한다.

그러나 육고기에 대한 인간의 식탐은 좀처럼 멈출 기미가 없다. 제러미 리프킨은 일찍이 『육식의 종말』이란 책에서 물건을 찍어내듯 기계화된 동물사육이 인간의 건강과 생태계를 위협하고 동물권을 침해하는 것은 물론 전 세계적인 식량분배에도 심대한 악영향을 끼친다는 사실을 지적했다.

이제 우리는 과도한 육식에 따른 '불편한 진실'을 모르는 바 아니다. 하지만 앎과 행(行)은 별개인가 보다.

최근 농협경제연구소가 발표한 자료에 따르면 2010년 우리나라 국민 1인당 연간 육류 소비량은 38.8kg으로 1980년 11.3kg에 비해 3배 이상 늘었다. 2000년대 들어서도 증가 속도(21.6%)는 멈출 줄 모르고 있다. 일본은 2000년 들어 육류 소비가 1.1% 증가하는 데 그쳤고 대만은 오히려 8.1% 감소한 것과 대조적이다. 반면 우리나라 1인당 쌀 소비량은 1980년 132.4kg에서 2010년 72.8kg으로 45%나 급감했다. 통계 수치를 나열할 필요도 없다. 식탁에 고기가 얼마나 자주 오르고 있는가!

영국 작가 존 버거는 『본다는 것의 의미』라는 책에서 인간이 동물과 접촉하지 않게 되면서 동물들과 잔인한 관계를 맺게 되었다고 주장했다. 존 버거는 "인간은 동물의 눈을 바라보면 동물들도 우리와 비슷한 감정·고통·존엄한 생명을 가진 존재라는 사실을 인식하게 된다"고 말했다. 그런데 도시가 발달하고 도축장이 도시인들의 삶에서 멀어지면서 동물과 시선 접촉을 해본 적이 없는 도시인들이 점점 잔인한 육식동물로 진화해왔다는 것이다.

나는 존 버거의 견해에 십분 공감한다. 어느 봄에 아내의 성화에 못 이겨 양식 미꾸라지 20여 마리를 냇가에 방생한 적이 있다. 검은 비닐봉지 속에 든 미꾸라지를 귀찮은 듯 냇물에 쏟아 부었다. 거의 죽었을 것으로 생각하고 방생 흉내만 낼 심산이었다. 그런데 웬일인가. 처음엔 어리둥절하게 물 위에 떠 있던 놈들이 몇 초도 지나지 않아 일제히 제 갈 길을 찾아가는 것 아닌가. 힘이 빠져 물살에 떠내려가는 놈도 더러 있었지만 본성을 발휘해 진흙 속으로 마구 파고드는 놈들도 있었다. 오로지 식탁에 오르기 위해 인공으로 태어나 용기 속에서 바글바글 목숨을 부지했을 놈들에게 이런 본성이 살아 있었다니!

그후로 며칠 동안 잠자리에 들면 미꾸라지들이 자꾸 생각나고 그놈들의 생사가 궁금해지는 것이었다. 그날 경험 이후 여러 차례 추어탕을 먹을 기회가 있었지만 다른 곳으로 발길을 돌렸다.

『맹자』「양혜왕장구」 상편에도 비슷한 얘기가 나온다. 흔종(새로 종을 주조했을 때 사용하기 전에 짐승을 죽여 그 피를 종의 틈새에 바르는 의식)을 하기 위해 소가 당 아래로 끌려 지나가는 것을 보고 측은하게 여긴 제선왕이 소를 양으로 바꾸라(以羊易之)고 명령했다. 그런데 왕은 소나 양이나 같은 동물인데, 왜 양은 되고 소는 안 된다고 한 것인지 스스로의 행동을 이해할 수 없었다.

이에 대해 맹자는 제선왕에게 이렇게 말했다. "그것이 바로 인술(仁術)입니다. 소는 보았으나 양은 보지 못했기 때문입니다."

맹자의 논리가 존 버거의 그것과 어쩌면 이토록 상통하는가. '봄과 보지 못함'의 차이! 그것은 천양지차이다.

공자께서 말했다. "군자는 먹음에 배부름을 구하지 아니한다(食無求飽)"[7]

배부르지 않게 먹는다는 것은 참으로 실천하기 어려운 일이다. 그러나 우리가 포식할 때 숱한 동물이 희생당하고 생태계가 파괴되어 감을 인식한다면 조금은 생각이 달라질 것이다.

공자께서는 낚시질은 했으나 그물질을 하지 않았으며, 주살로 새를 잡기는 했으나 밤에 잠자는 새를 쏘지는 않았다.(子 釣而不網 弋 不射宿-술이편 제26장)

공자가 살생 자체를 금지하라고 한 적은 없다. 잡식성 동물로 진화한 인간이 생존하려면 날짐승이든 들짐승이든 잡아먹지 않을 도리가 없다. 하물며 인구가 폭발적으로 늘어난 현대사회에서 채식만을 강요하는 건 무리일 것이다.

그러나 동물을 대함에 있어서도 최소한 예의는 갖춰야 한다는 게 공자의 생각이다. 자연으로부터 물질을 취하되, 적당히 취하고 남겨서 뭇 생명을 유지하는 데 부족함이 없어야 하며 잠자는 새처럼 상대가 예기치 못한 허점을 이용하여 공격을 가하지 말아야 한다는 것이다.

음식은 항상 부끄러운 마음으로 먹어야 한다는 의미도 내포돼 있다. 부끄러운 마음이 있으면 많이 먹지 않을 것이며 먹다가 남는 것을 함부로 버리지도 않을 것이다. 부끄러운 마음이 있으면 될 수 있는 한 덜 부끄러운 음식을 택할 것이다. 즉, 가까이서 기르는 짐승보다 멀리 살면서 번식력이 강한 물고기를, 물고기보다는 채소를 가까이 할 것이다.

동물의 삶과 죽음에 대해 무감각해진 현대인들에게 생명의 소중함에 대한 감수성을 되찾아주기 위해 동물 사육장이나 도살장을 도심으로 다시 가져올 수는 없는 노릇이다. 그것보다는 한 번쯤 물고기 방생을 해보길 권한다. 꼬물거리며 강과 바다 속으로 헤엄쳐 가는 물고기의 모습을 보노라면 생명에 대한 경외감이 절로 일 것이다.

개인 개인이 뭇 생명에 대한 경외감을 느끼지 않는 한 '육식이라는 이름의 전차'를 세울 방도는 없다.

사람 다치지 않았느냐

한국판 '주홍글씨'는 없는가

N. 호손의 장편소설『주홍 글씨』에서 주인공 헤스터 플린은 펄이라는 사생아를 낳는 바람에 간통한 벌로 공개된 장소에서 간통(adultery)을 뜻하는 A 자를 가슴에 달고 일생을 살라는 형을 선고받는다. 17세기 미국의 어둡고 준엄한 청교도 사회를 배경으로, 죄지은 자의 고독한 심리를 탁월하게 묘사한 이 소설은 19세기 미국문학의 백미로 꼽힌다.

이 소설에서 'A'는 사회적 낙인찍기이다. 중세 유럽사회의 마녀사냥을 떠올리게 한다. 마녀사냥에 무고한 시민들이 얼마나 많이 목숨을 잃었던가.

21세기 한국사회에는 A와 같은 낙인찍기가 없는가? '없다'고 단호하게 말할 자신이 없다. 과거 노동계 '블랙리스트'처럼 겉으로 드러나는 낙인은 별로 없지만 눈에 보이지 않는 A가 도처에 널려 있는 게 현실이다.

범죄 경력자들에겐 사회적 냉대가 가혹한 A이다. 2010년 4월 부산 사상구 덕포동에서 발생한 여중생 성폭행 살해 사건의 범인 김길태의 경우를 보자.

김길태는 이전 11년간의 징역살이에도 단 한 번의 직업훈련을 받은 적이 없었다. 고작 받은 교육이라곤 봉투에 풀 붙이는 정도였다고 한다. 김길태는 만기 출소 후 아는 사람의 소개로 경기도 의왕 물류센터에 취직했다. 하지만 곧 전과 사실이 들통났다. 김길태의 전과를 꺼림칙하게 여긴 회사는 곧 김길태를 해고했다.

고향 부산으로 돌아온 김길태는 냉대 속에 사회와 단절된 채 지내다 결국 여중생을 성폭행하고 살해한 혐의로 검거되기에 이르렀다.

교도소를 방문해 김길태와 면회한 적이 있는 박찬종 변호사는 "범죄자가 사회에 나가 잘 적응할 수 있도록 교정행정이 변해야 한다. 전과자라는 낙인이 찍혀 사회에 적응하지 못하면 결국 범죄의 길로 빠져들 수밖에 없다"고 말했다.

전과자들에 대한 사회적 냉대가 비단 김길태만의 문제이겠는가. 젊어서 한때 범죄의 늪에 빠지는 바람에 평생 그 늪에서 허우적대는 사람들이 얼마나 많은가. 최근 심각한 사회문제로 대두되고 있는 '묻지 마 범죄'의 범인 상당수가 전과자라는 사실이 이를 방증한다.

사회적 낙인찍기는 당장엔 편리한 측면이 있다. 범죄를 일으킬 가능성이 있는 사람을 사회 조직으로부터 쉽게 격리시키고 범죄 발생을 사전에 차단할 수 있는 유용한 도구가 되기 때문이다. 그러나 길게 보면 전과자로 하여금 또 다른 범죄를 유발할 개연성이 크다는 점에서 사회 구성원 모두에게 피해가 될 수밖에 없다.

전과 외에 고향, 사는 지역, 학력, 종교, 장애 등 우리 사회에 '주홍글씨'는 수도 없이 많다. 이런 사회는 닫힌 사회이다.

호향(互鄕) 사람들은 더불어 말하기 어렵더니, (호향의) 젊은 청년이 공자를 뵙기를 청하자 공자께서 기꺼이 그를 만나주었다. 공자의 문인들이 이상하게 생각했다. 그러자 공자께서 말했다. "여기에 왔을 때의 것만 상관하고 물러간 뒤의 것은 상관하지 않는 것이니 도대체

    사람 다치지 않았느냐

무엇이 심한가? 사람이 자신의 처신을 깨끗하게 해서 오면 그 깨끗함을 인정하고 과거의 일에 집착하지 말아야 한다(不保其往).”[8]

'호향'은 공자 당시 상식에 벗어난 이상한 문화를 가지고 있어 악명이 높은 지역이었다. 그래서 대부분 사람들은 호향 출신 사람들과 접촉을 꺼렸다.

그러나 공자의 생각은 달랐다. 사람을 평가함에는 현재가 중요하다는 것이다. 아무리 잘못한 사람이라도 과거를 뉘우치고 현재 자신을 깨끗이 한 사람이라면 만남을 허여하지 못할 이유가 없다는 것이 공자의 생각이다. 고정관념에 사로잡히지 않고 열려 있는 성인의 도량에 새삼 숙연해진다.

사람들은 한 번 가진 고정관념을 깨기가 매우 어렵다. 사회적으로 낙인찍히거나 자신이 한 번 싫다고 생각한 사람에 대한 부정적 인식은 좀체 바꾸려 들지 않는다.

그러나 한때 옳지 못한 일을 했다고 해서 그를 나쁜 사람으로 낙인찍고 그의 삶 전체를 부정한다면 이 세상에 무시당하지 않을 사람이 과연 얼마나 될까? 그렇게 무시하는 사람의 과거는 온전하기만 했을까?

공자도 젊어서는 비천한 신분이었지만 오로지 배움을 좋아함으로써 환골탈태한 경우이다.

공자께서는 사람들이 “재주가 많다”고 자신을 평가하는 데 대해 이렇게 말했다. “나는 젊어서 미천했기 때문에 미천한 일에 능한 것이 많은 것이다. 그러나 군자는 많은 일에 능한 사람이 아니다.”[9]

공자는 젊었을 때 세상을 위해 쓰이지 못하고 비천했기 때문에 생활의 수단으로 많은 것을 배웠다고 했다. 그러나 이 같은 재주와 일은 군자의 본업이 아니다. 학문에 힘쓰고 덕을 닦아 세상에 쓰이고 대중을 교화하는 것, 곧 수기치인(修己治人)이 군자의 본업이다.

어쨌든 자신의 젊은 시절이 비천했음을 당당히 밝히고 좋지 못한 남의 과거사에 연연해하지 않는 성인의 모습이야말로 오늘날 우리 사회가 본받아야 할 덕목이 아니겠는가?

공자께서 말했다. "인간의 본성은 비슷하지만 후천적 학습에 의해 서로 멀어지게 된다."(子曰 性相近也 習相遠也 -양화편 제2장)

학습을 하느냐 마느냐에 따라 인간의 삶이 달라진다는 뜻이다. 따라서 사람을 판단할 때, 과거의 모습에 집착하기보다 지금 얼마나 노력하고 있는지, 그래서 앞으로 발전할 가능성이 얼마나 있는지 관찰하는 것이 훨씬 현명한 자세일 것이다.

예악과 염치

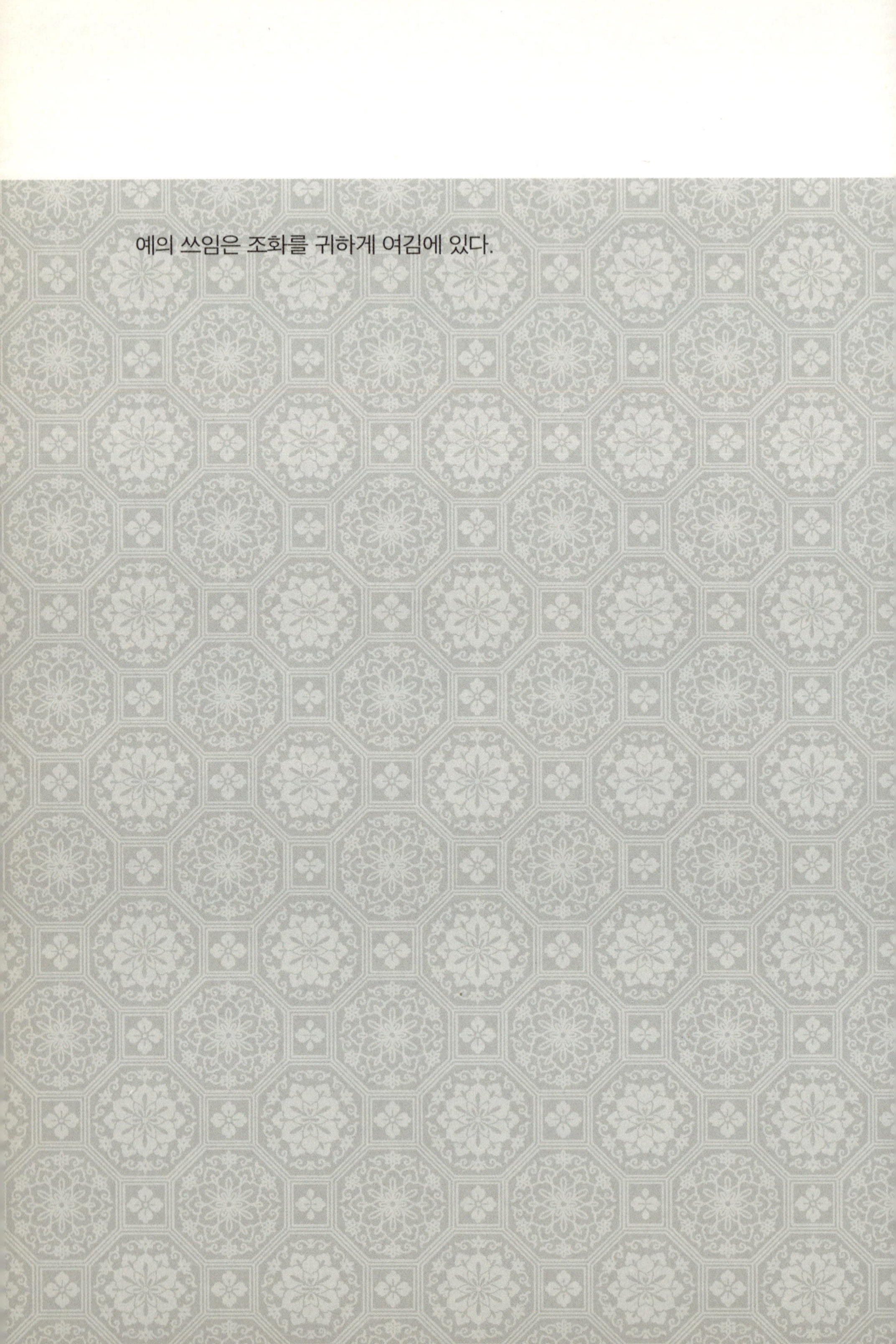

예의 쓰임은 조화를 귀하게 여김에 있다.

대한민국은 동방무례지국(東方無禮之國)

　　　　　내가 초등학교 다닐 적 도덕교과서에는 우리나라가 예로부터 '동방예의지국(東方禮義之國)'으로 불렸다고 적혀 있었다. '동쪽의 예의 바른 나라'라는 뜻으로 막연히 알아듣고 달달 외웠던 기억이 난다. 요즘 초등학교 교과서에도 그런 말이 있는지 궁금하다.

　'동방예의지국'이란 말이 괜히 나오진 않았을 것이다. 공자의 7대손으로 알려진 공빈(孔斌)이 고대 한국에 대한 이야기를 모아 쓴『동의열전(東夷列傳)』에 보면 '동방예의지 군자국(東方禮義之 君子國)'이라는 말이 나온다. '동방예의지국'은 여기에서 유래됐다.

　공빈은 "동의는 나라가 비록 크지만 남의 나라를 업신여기지 않았고 그 나라의 군대는 비록 강했지만 다른 나라를 침범하지 않았다. 풍속이 순박하고 후덕해서 길을 가는 이들이 서로 양보하고 음식을 양보하며 남자와 여자가 따로 거처해 함부로 섞이지 않는다"라고 기술했다. "나의 할아버지 공자께서 동이에 가서 살고 싶어 하셨다"는 말도 나온다.

　사실 그랬다. 1960, 70년대까지만 해도 우리 사회는 동방예의지국이란 말을 들어도 부끄럽지 않을 정도로 예(禮)와 정(情)이 넘쳐났다. 아래위는 물론 이웃끼리도 예를 다했고 사람들의 언행엔 겸손함이 묻어났다.

그러나 1980년대 이후 산업화·도시화가 급속히 진행되면서 우리의 전통문화와 더불어 예도 급속히 사라지고 말았다. 더욱이 1997년 IMF 외환위기 후 개인의 생존에 대해 심대한 위협을 느끼면서 우리 사회는 체면과 염치는 팽개치고 오로지 개인의 이익과 편의만 추구하는 무한경쟁의 장으로 변모하고 말았다. '동방무례지국(東方無禮之國)'이란 말이 더 잘 어울릴 정도로 예를 찾기가 어렵게 되었다.

요즘은 예를 거론하면 고리타분한 사람이나 '수구꼴통' 또는 시대에 뒤떨어지는 사람쯤으로 낙인찍히기 십상이다. 그래서 그런지 예를 강조하거나 비례(非禮)를 지적하는 사람을 찾기가 하늘의 별 따기다. 길거리나 지하철 등 공공장소에서 버젓이 무례한 행동을 해도 나서서 나무라는 사람이 없다.

그러나 예의 본질을 알고 나면 예가 그렇게 고리타분한 것이 아니라, 사회구성원들이 함께 조화로운 삶을 살아가기 위한 필수적 장치임을 깨닫게 된다. 사회 질서와 조화를 유지하는 근간이 예이다.

예는 천리(天理)를 인문(人文)으로 표현한 것이다. 인간의 자발적인 사회적 약속이요 규칙이다. 나보다는 남을 먼저 생각하는 '사양지심(辭讓之心)'의 발로이다.

유자(공자의 제자)가 말했다. "예의 쓰임은 조화를 귀하게 여김에 있다. 선왕의 도가 이것을 아름답게 여겼다. 작고 큰 일이 이것으로 말미암았다. 행하여서는 안 될 것이 있으니 화합만을 알아 화합하고 예로써 절제하지 않는다면 또한 해서는 안 되는 일이다."(有子曰 禮之 用 和爲貴 先王之道 斯爲美 小大由之 有所不行 知和而和 不以禮節之 亦不 可行也-학이편 제12장)

　　　　　　　　　　　　　사람 다치지 않았느냐

　예의 가치는 예 그 자체로서가 아니라 사회의 조화를 꾀함에 있는 것이지만, 지나치게 조화만 강조한 나머지 예로써 절제하지 않으면 그 조화는 추구해서는 안 된다는 뜻이다.

　예는 형식과 내용으로 이루어진다. 너무 형식에 치우치면 허례허식이 되고 너무 내용만 강조하다 보면 결례 또는 무례가 된다.

　공자께서 말했다. "선진의 예악은 촌스러웠고 후진은 군자답다 하니, 내가 만약 예악을 쓴다면 나는 선진을 따르겠노라."(先進 於禮樂 野人也 後進 於禮樂 君子也 如用之則吾從先進-선진편 제1장)

　'선진'이란 주나라 말 공자 이전 시대를 말한다. 공자 당시 사람들은 일반적으로 시대가 가면 갈수록 예악(예와 음악)이 점점 발전하고 세련되어져 군자답게 변한다고 생각하는 경향이 있었다. 후진 사람들은 선진의 예악이 세련되지 못해 촌스럽고 자신들의 예악은 세련돼 군자답다고 생각했던 것이다.

　하지만 공자의 생각은 달랐다. 공자는 형식보다 내용을 중시했다. 물론 예는 형식과 내용이 조화롭게 어우러질 때 아름다운 것이지만, 구태여 하나를 선택할 수밖에 없을 경우에는 내용을 택하겠다는 게 공자의 생각이다. 얼마나 실용적 사고인가! 이런 사실을 안다면 공자를 형식주의자나 수구주의자라고 힐난하기 어려울 것이다.

　그런데 요즘 우리 사회의 예의 모습을 보라. 형식도 내용도 아예 사라져버리고 무질서 그 자체이다. 조금 남아 있는 형식은 허례허식(虛禮虛飾)으로 가득하고, 그러다 보니 사회의 조화는 깨어졌다. 나(我)만 있고 남(他)은 안중에 없는 것이다. '내 것, 내 가족, 내 지역'만 소중하고 '남의 것, 남의 가족, 남의 지역'은 어찌 되든 상관이 없다. 권력자와 부자들은 교만하고 서민과 가난한 자들은 질투한다. 그러니 사회가 조화로울 수 있겠는가!

　선진국치고 무례한 나라는 보지 못했다. 소득만 높아진다고 선진국이 되는 건 아니다. '20-50클럽(1인당 소득 2만 달러, 인구 5천만 명)'에 가입했다고 괜히 우쭐댈 일이 아니다. 아무리 소득이 높아지고 인구가 늘어나도 무례한 나라라면 야만국이나 다름이 없다.

　진정한 선진국이란 대다수 국민들이 예절을 중히 여기면서 함께 행복하게 살아가는 나라이다. 나보다는 남을, 개인보다는 공동체를 먼저 생각하고, 불화보다는 조화를 꾀하고자 하는 예의 근본정신은 반드시 회복해야 할 필요가 있다.

마크 저커버그 결혼식의 여운

　　2012년 5월 열린 페이스북 최고경영자 마크 저커버그의 결혼식이 세계적으로 화제가 됐었다. 창업 8년 만의 기업공개로 200억 달러(약 22조 원)를 손에 쥔 세계적인 갑부 저커버그의 결혼식치고는 너무나 조촐하고 조용했기 때문이다. 저커버그는 기업공개 다음 날 중국계 미국인 프리실라 챈과 결혼식을 올렸다. 자신의 자택 뒤뜰에서 열린 결혼식에는 청첩장도 없었고 화려한 신부 드레스도, 다이아몬드도 없었다. 음식은 동네 단골식당에서 배달해 왔다. 초청 받은 90여 명은 영문도 모른 채 식장에 왔다가 미처 선물을 준비 못 해 당황했다고 외신들은 전했다.

　저커버그 부부는 유럽 신혼여행 중에도 검소한 생활로 세상의 이목을 끌었다. 이 부부는 맥도날드에서 3파운드(한화 약 5400원)의 햄버거 세트로 점심을 해결했다. 챈이 메뉴를 골랐으며 저커버그는 아내가 주문하고 있는 모습을 핸드폰으로 찍기도 했다. 이들은 햄버거 세트를 포장한 후 길가 계단에 앉아 식사를 한 것으로 알려졌다.

　재벌가와 연애인들의 초호화 결혼식만 봐온 우리로서는 상상하기 힘든 모습이 아닐 수 없다. 저크버그의 결혼식을 보면서 우리 사회의 비뚤어진 결혼예식 문화가 오버랩돼 우울해진다.

　일생 한 번뿐인 고귀하고 아름다운 예식(禮式)이 되어야 할 결혼식이 언제부턴가 위험천만한 '이벤트'로 변질되어버렸다. 결혼식을 앞둔 예비부부는 신혼에 대한 기대감보다 예물과 예단 걱정으로 날밤을 새기 일쑤다. 예비부부는 결혼 준비 도중 양가의 싸움으로 곤혹을 겪기도 하고 설령 결혼에 골인해도 혼수문제로 끝내 파경에 이르는 경우도 비일비재하다. 법정 소송으로 비화해 언론에 보도되는 사례도 얼마나 많은가.

체면을 중시하는 우리나라 사람들은 겉과 속이 다른 경우가 많다. 상견례 자리에선 "딸(아들)을 곱게(훌륭하게) 키워주신 것만 해도 고마운데, 예단 같은 게 뭐 필요하겠느냐. 서로 분수껏 하자"라고 점잖게 말한다. 하지만 이 말을 곧이곧대로 믿었다간 낭패를 당하기 십상이다. 속내는 이렇기 때문이다. "내 딸(아들) 이 정도로 번듯하게 키워 당신 아들(딸)에게 시집(장가) 보내니, 그 대가는 해라. 내가 꼭 입으로 말해야 되나. 얼마나 해 오는지 어디 두고 보겠다." 그렇지 않은가?

작금의 결혼문화는 목불인견이다. 체면과 과시를 중시하는 우리 사회의 부조리가 혼례문화에서 여과 없이 노출되고 있는 형국이다. 갈수록 그 도를 더하고 있다. 이러니 결혼을 회피하는 '싱글족'이 늘어날밖에.

'예식(禮式)', '예단(禮緞)', '예물(禮物)', '혼례(婚禮)'. 모두 결혼식과 관련된 용어들이다. 이 용어에 공통으로 들어가 있는 한자가 '예(禮)' 자이다. '禮' 자에게 부끄럽지 않은가? 차라리 솔직하게 사치 사(奢) 자를 사용해 '사식(奢式)', '사단(奢緞)', '사물(奢物)', '혼사(婚奢)'로 바꾸는 게 어떨까?

비뚤어진 예식문화는 '예(禮)'에 대한 잘못된 인식 탓이 크다. 비단

   사람 다치지 않았느냐

결혼식뿐만 아니라, 예에 관련된 대부분의 제도들이 내용보다 형식에 치우친 탓이다.

임방이 예의 근본에 대해 묻자 공자께서 말했다. "큰 질문이로다. 예는 외관상 사치스러운 것보다 검소한 게 낫고, 상례는 형식적으로 잘 치르기보다 전일하게 슬퍼하는 것이 낫다."(林放 問禮之本 子曰大哉 問 禮與其奢也寧儉 喪與其易也寧戚-팔일편 제4장)

'사치'와 '잘 치르는 것'은 형식이요, '검소'와 '전일하게 슬퍼하는 것'은 내용이다. 혼례든 상례든 형식보다 내용에 충실해야 한다는 뜻이다. 혼례의 '내용(본질)'은 곧 검소함에 있는 것이다.

물론 예물과 예단을 아예 없애자는 뜻은 아니다. 이것들은 아름다운 결혼식의 전통이기도 하다. 문제는 결혼식을 아름답게 빛내야 할 예물과 예단이 신랑신부는 물론 양가에 큰 부담으로 작용하고 심지어 파탄에 이르게까지 하는 '요물'로 전락하고 있다는 데 있다.

자공(子貢)이 매월 초하루에 태묘에서 지내는 곡삭(告朔)의 제사에 올리는 희생양을 쓰지 않으려 하자, 공자께서 말했다. "사(賜, 자공의 이름)야, 너는 그 양을 아끼느냐? 나는 그 예를 아끼노라."[1]

이재에 밝은 자공이 이미 유명무실해진 곡삭에까지 구태여 양을 쓸 필요가 있느냐며 쓰지 않으려 하자 공자께서 애석해하는 장면이다. 비록 성의가 부족한 제사라 하더라도 제물을 다 없애버리는 것은 바람직하지 않다는 점을 지적하고 있다. 예의 형식에 관한 내용이다. 공자는 예를 행함에 있어 마음이나 내용이 중요한 것이라고 앞에서 밝힌 바 있지만 그렇다고 형식마저 다 없애버리면 내용마저 부실해지거나 사라질 수 있음을 경계한다.

예물과 예단은 어디까지나 혼례의 한 형식에 불과하다. 이 형식 때문에 결혼식이 부담이 되거나 심지어 파탄에까지 이른다면, 이는 인간의 어리석음이 하늘을 찌르는 짓이며 주객이 단단히 뒤바뀐 것이다.

나는 지금까지 살아오면서 예물과 예단으로 부자가 되었거나 팔자를 고쳤다는 사람을 본 적이 없다. 부부가 몸과 마음을 합쳐 알콩달콩 살아가는 것보다 더 좋은 예물과 예단이 어디 있을까. 부모들도 아들딸이 결혼해서 행복하게 잘 살기를 바라는 것 아닌가?그러면서 아들딸에게 결혼의 부담을 지우는 것은 미혹됨이다. 다른 이유를 대지 말자. 부디 자녀들을 자유롭게 놓아주자.

사람 다치지 않았느냐

참을 수 없는 죽음의 가벼움

이제 지천명(知天命)에 접어들다 보니 문상을 갈 일이 많아졌다. 직장 동료를 비롯한 주변 사람들의 부모나 배우자 부모의 부음을 빈번하게 접하기 때문이다. 불행하게도 입사 동기나 학창시절 친구들의 부음을 접할 때도 더러 있다.

문상을 갔다 오는 날엔 늘 느끼는 것이지만, 삶이란 참으로 덧없다. 사람들은 천년만년 살 것처럼 굴지만 길어야 100년이요, 짧으면 몇 분 뒤가 될 수도 있다. "죽음만큼 확실한 것은 없는데도 사람들은 겨우살이는 준비하면서 죽음은 준비하지 않는다"는 톨스토이의 촌철살인이 폐부를 찌른다. 하루하루 사는 게 팍팍해서 그런지 죽음에 대해 깊이 생각해보는 사람들은 적은 것 같다.

죽음보다 엄숙한 것은 없다. 죽음은 세상에 단 하나뿐인 생명이 영원히 이 세상과 결별하는 것이다. 3~5일간의 장례절차가 끝나면 영혼이 거주했던 육신은 한 줌의 재로 변하거나 땅 속으로 묻히게 된다. 장례는 지상에 남아 있는 자가 세상을 떠나가는 자의 영혼과 육체를 영원히 보내주는 의식이다. 그러니 이보다 더 엄숙한 일이 어디 있겠는가!

그러나 요즘 장례식장을 가보면 그 엄숙함이 예전에 훨씬 못 미친다는 느낌을 지울 수가 없다. 상주 측도 그렇고 문상객도 그렇다. 간

소함을 핑계로 전일의 슬픔이 보이지 않는다. 죽음을 대하는 우리의 자세가 너무 가벼워진 것은 아닌지 모르겠다. 죽음 앞에서 엄숙하지 않다는 건 삶도 그만큼 가볍게 살고 있다는 방증은 아닐는지?

앞 장에서도 얘기했지만 모든 예(禮)는 형식보다 내용(본질)이 더 중요하다. '예의 본질'에 대해 공자께서는 "예는 사치보다는 검소함이 낫고 상(喪)은 일을 잘 처리하는 것보다 전일하게 슬퍼하는 것이 낫다"고 말했다. 장례를 치름에 있어 절문(節文)보다 마음속 깊이 애통해하는 '실질'이 더 중요함을 일깨우는 말이다.

과거 양반들은 부모님이 돌아가시면 3년 동안 상을 지냈다. '3년상'의 유래를 알고 나면 부모의 상이 얼마나 엄숙해야 하는지를 알 수 있다.

제자 재아가 "3년상을 1년으로 줄여도 충분하지 않느냐"며 실용적 입장을 취하자 공자께서 말했다. "자식이 태어나서 3년이 지난 후에야 겨우 부모의 품을 벗어나게 된다. 대저 3년상은 천하의 공통된 상례이거늘, 재아는 그 부모에게서 3년 동안의 사랑을 받음이 있었는가?"[2]

공자의 논리가 가슴에 와 닿는다. 인간은 태어나서 3년 동안 부모 품안에서 애지중지 큰 후에 혼자 걸어 다닐 수 있게 되는 법인데, 그렇게 키워준 부모님이 돌아가시면 3년상을 치르는 게 도리가 아니겠느냐는 뜻이다.

물론 요즘처럼 바쁜 세상에 3년상은 언감생심이다. 하지만 공자께서 말한 3년상의 정신만은 가슴속에 새겨둘 만하다.

유족들도 그렇지만 문상객들의 매너가 상례에 어긋나는 경우가 적지 않다. 문상객 입장에서 꼭 지켜야 할 조문예절 몇 가지는 짚고 넘어가야겠다.

실용성을 따지다 보니 점심시간을 이용해 문상하는 경우가 많다. 식사도 해결하고 조문도 하는 '일거양득'을 나무랄 일은 아니지만 조문보다 음식이 앞서서는 곤란할 것이다. 슬픔과 일 처리로 지쳐 있는 유족들 앞에서 마치 식당에 온 것처럼 음식을 너무 많이 시켜 먹는 것은 보기에 딱하다.

상가에 가면 모처럼 아는 얼굴을 보기 마련이다. 그러나 동창모임에라도 온 것처럼 큰 소리를 지르며 반가워하거나 왁자지껄 떠드는 건 주객이 전도된 처사이다. 특히 건배는 삼가야 한다.

공자께서는 상중에 있는 자 곁에서 일찍이 배불리 먹은 적이 없었고 곡을 한 날에는 노래를 부르지 않았다.(子食於有喪者之側 未嘗飽也 子於是日哭則不歌-술이편 제9장)

배불리 먹지 않는다는 것은 겉치레가 아니라 유족들과의 감정의 조화를 배려하는 것이다. 배부르게 먹거나 노래를 부르며 즐기는 것은 타인의 슬픔을 망각한 채 내 식욕만 채우고 내 즐거움만 추구하려는 것이다.

공자께서 말했다. "윗자리에 있으면서 너그럽지 못하며 예를 행하면서 공경스럽지 아니하며, 상에 임함에 슬퍼하지 않는다면, 내 그를 무엇으로 살필 수 있겠는가?"(子曰 居上不寬 爲禮不敬 臨喪不哀 吾何以觀之哉-팔일편 제26장)

상사(喪事)에는 슬퍼함보다 더 나은 것이 없음을 다시 확인할 수 있는 대목이다.

화장장의 행태에 대해서도 한마디 해야겠다. 지금은 전국의 화장률이 70%를 넘어섰다. 바람직한 일이다. 그러다 보니 화장장마다 몹시 붐빈다. 화장 절차가 짧아질 수밖에 없다. 하지만 유족들의 슬픔을 배려하지 않는 '기계식' 화장은 지양돼야 한다. 고인의 시신을 화장하는 동안 시간을 벌기 위해 유족들에게 아침식사를 하고 오라며 '배려'하는 경우가 많다. 그렇지 않으면 스케줄상 식사할 시간이 없다는 것이다. 엄숙함은 이미 찾아볼 수 없고 화장장에서조차 실용의 이름으로 편의성만 추구하는 우리 사회의 단면을 보는 것 같아 쓸쓸하다. 화장하는 동안은 유족들이 고인의 명복을 빌면서 맘껏 슬퍼해도 괜찮은 시간이 아니겠는가?

진정 슬퍼할 줄 아는 자만이 열락의 기쁨을 누릴 자격이 있음을 명심하자.

사람 다치지 않았느냐

제사는 귀신이 앞에 계신 것처럼

　　　　어릴 적 경험은 평생 가는 법이다. 난 '제사' 하면, 배불리 먹는 것이 생각난다. 아직도 제사 지내는 날에는 입안에 침부터 고인다. 요즘 아이들이야 제사음식에 별 관심이 없을 터이지만.

옛날 고향에선 '묘사(墓祀)'라는 게 있었다. 5대 이상의 조상 무덤에 후손들이 합동제사를 지내는 시제(時祭)를 말한다. 묘사를 지내는 날이면 동네 아이들은 학교를 파한 후 묘사가 열리는 공동묘지로 득달같이 달려갔다. 잔디밭에 쭉 늘어서 앉아 있으면 어른들이 지나가면서 색색의 떡을 무르팍에 툭툭 던져줬다. 친한 친척 어른들은 선심 쓰듯 한두 개 더 던져줬는데, 그게 그렇게 고마울 수가 없었다. 간식이라곤 찾아보기 힘들던 시절, 묘사 떡은 그야말로 꿀맛이었다. 묘샛날은 동네 아이들에게 모처럼 배가 부른 날이었다.

시제는 집안사람들이 공통조상을 추모하고 씨족공동체임을 확인하는 중요한 의례였다. 아직도 많은 집안에선 시제의 전통이 남아 있지만 대부분 아이들에겐 관심 밖의 일이 돼버렸다.

하지만 1년에 한 번 돌아오는 기제(忌祭)는 특별한 경우가 아니면 안 지내는 가정이 거의 없을 것이다. 세상이 아무리 각박하게 돌아가도 각 가정마다 부모 조부모 등 직계 조상에 대한 제사만큼은 사라지지 않고 있는데, 그것은 제사의 의미가 그만큼 각별하기 때문일 것이다.

우리나라 2대 명절을 꼽으라면 당연히 추석과 설날이다. 추석과 설날은 민족의 축제(페스티벌)인 만큼 다양한 민속놀이가 펼쳐지지만, 오프닝 행사는 아침 일찍 조상께 올리는 차례이다.

차례를 지내는 조상의 범위는 돌아가신 부모, 조부모, 증조부모, 고조부모의 4대조까지이다. 차례가 끝나면 차례상에 올렸던 음식을 나누어 먹는데 이것을 '음복(飮福)'이라 한다. 조상신이 드셨던 음식을 받아먹음으로써 그 덕을 물려받는다는 의미가 있다.

제사는 형제자매들이 모처럼 한자리에 모여 직계 조상을 추모하고 그동안 소원했던 동기(同氣)의 정을 확인하는 이벤트로서 중요한 의미가 있다. 하지만 요즘엔 제사의 형식만 겨우 남아 있을 뿐, 그 내용은 점차 사라지고 있어 안타깝다.

모든 예(禮)와 마찬가지로 제사는 조상의 은혜에 보답하는 일인 만큼 예를 갖춘 정성이 가장 중요하다.

제사를 지낼 적에 있는 것 같이 하라 함은, 신을 제사 지낼 적에는 신이 계시는 것처럼 하라는 뜻이다. 공자께서 말했다. "내가 직접 참여하여 제사를 지내지 않았다면 그것은 제사를 지내지 않은 것과 같다."(祭如在 祭神如神在 子曰 吾不與祭 如不祭-팔일편 제12장)

제사와 관련해 많은 의미를 함축하고 있는 문장이다. 예나 지금이나 신(神)은 보이지 않는다. 신은 있다고도 할 수 있고 없다고도 할 수 있다. 하지만 제사 지낼 때에는 마치 신이 그곳에 강림하여 나와 같이 있는 것처럼 생각해야만 그 제사의 의미가 있다는 뜻이다.

도올 김용옥은 이렇게 해석한다. "신의 존재는 오로지 내가 제사에 주체적으로 참여함으로써만 확보되는 것이다. 신은 일방적인 존재

   사람 다치지 않았느냐

가 아니다. 나와 더불어 감응함으로써 그 의미를 갖는 존재인 것이다. 따라서 바쁜 일이 있어 제사에 남을 대리출석 시켰다면, 사실 그 제사는 안 지낸 것과 마찬가지가 되어버리는 것이다."

예컨대 부모 기제사 날 바쁘다는 이유로 형제들에게 돈만 부치고 참석하지 않는다면, 아무리 많은 돈을 보내더라도 본인은 제사를 지내지 않은 것과 같다. 제사는 어디까지나 정성의 산물이기 때문이다.

요즘엔 명절이나 심지어 제삿날에도 제수를 주문하는 가정이 많다. 공자의 가르침대로라면 이 역시 재고해봐야 한다. 주문한 제수가 아무리 푸짐해도, 미천하지만 손수 마련한 음식에는 비할 바가 못 됨을 알아야 한다. 정성이 없기 때문이다.

제사 지낼 때 홍동백서니 어동육서니 좌포우혜니 하는 법도가 있지만, 이런 복잡한 절문보다 지극한 정성이 훨씬 중요하다는 사실이, 바쁜 현대인들에겐 오히려 감사한 일이 아닐까?

하지만 정성스런 제사보다 더 중요한 것이 있으니, 부모님이 살아계실 때 잘 섬기는 일이다.

자로(子路)가 귀신 섬기는 일에 대해 묻자 공자께서는 이렇게 대답했다. "사람 섬기는 걸 제대로 못하면서 어찌 귀신을 섬길 수 있겠는가?" 자로가 "감히 죽음에 관해 여쭙겠습니다"라고 하자, 공자께서는 "아직 삶을 모르는데 어찌 죽음을 알겠느냐?"라고 대답했다.[3]

공자의 현실주의적 인본사상을 극명하게 보여준다. 공자는 귀신을 부정한 적이 없다. 다만 귀신을 섬기기 전에 살아계신 부모를 잘 섬기면 자연히 조상신에 대한 제사를 잘 받들 수 있다는 뜻이다. 죽음에 대한 답변도 같은 맥락이다. 죽음이 중요하지 않다는 뜻이 아니라, 삶의 도(道)를 알면 죽음의 도는 저절로 알게 된다는 말이다.

열심히 잘사는 것이 잘 죽는 길임을 깨우쳐준다.

제삿날은 형제자매들이 모처럼 한자리에 모이는 날이다. 돌아가신 부모나 조부모를 추모하며 정성껏 마련한 음식을 올리는 것이 중요하다.

하지만 더 중요한 것은 형제·자매들이 제사를 통해 한 조상이란 나무에서 뻗어 나온 다른 가지임을 자각하고, 그동안 소원해진 관계를 회복하거나 동기애를 다지는 일일 것이다. 그것이 돌아가신 조상들도 간절히 바라는 바 아니겠는가?

하긴 요새는 자녀를 둘 이상 둔 가정도 드문 편이니, 앞으로는 이 같은 걱정조차 기우인지 모르겠지만.

   사람 다치지 않았느냐

사람 다쳤느냐, 그리고 말에 대해선 묻지 않았다

나의 18번은 안치환의 「사람이 꽃보다 아름다워」
이다. 별로 잘 부르는 건 아니지만, 그 흥겨운 멜로디와 시처럼 아름
다운 가사가 맘에 들어서다.

"지독한 외로움에 쩔쩔매본 사람은 알게 되지, 음, 알게 되지. 그
슬픔에 굴하지 않고 비켜서지 않으며 어느 결에 반짝이는 꽃눈을 달
고 우렁우렁 잎들을 키우는 사람이야말로 짙푸른 숲이 되고 산이 되
어 메아리로 남는다는 것을……."

'사람이 꽃보다 아름다워'라는 가사가 얼마나 멋진가. 흔히 사람
들은 꽃이 세상에서 제일 아름다운 것이라고 생각한다. 꽃은 시에서
도 아름다움, 순수, 정열 따위의 상징물로 자주 등장한다. 그런데 사
람이 꽃보다 아름답다니! 이 노래의 작사자가 사람을 얼마나 좋아
하고 신뢰했으면 '꽃보다 아름답다'고 썼을까?

철학자 파스칼은 일찍이 "인간은 천사와 악마 사이를 오가는 중간
자이다"라고 갈파했다. 인간존재에 대한 깊은 통찰력을 보여주는 말
이다. 사실 그렇다. 인간은 때로는 천사보다 더 선한 존재이기도 했
다가 때로는 악마보다 더 악랄한 존재로 변하기도 한다. 개별 인간
간의 차이이기도 하지만, 『지킬박사와 하이드』처럼 한 개인 속에도
'천사와 악마'가 존재하기 마련이다.

그래서 '사람이 꽃보다 아름답다'는 노랫말이 가슴에 더 뜨겁게 와 닿는 것이다. 사람의 선의지(善意志)에 대한 무한신뢰가 없으면 저런 가사를 쓸 수 없을 터.

그러나 우리 현실을 돌아보면 '사람이 꽃보다 아름답다'는 노랫말은 퇴색하고 만다. 사람이 꽃보다 아름답기는커녕, 자동차나 애완동물보다도 더 천하게 취급받는 경우가 허다하기 때문이다.

차를 운전하다 보면 누구나 한 번쯤 사고 경험이 있을 것이다. 그때 운전자들의 반응을 한번 보라. 차량 사고가 나면 제일 걱정되는 건 운전자가 혹시라도 다치지 않았을까 하는 점이어야 한다. 너무나 당연한 얘기이다. 하지만 너무나 당연한 얘기가 현실에서 종종 그렇지 않다. 많은 운전자들은 상대방 운전자의 안위를 묻는 대신 큰소리부터 치고 본다. 그래야 사고처리 과정에서 유리해진다고 생각하는 모양이다.

특히 고급 외제 승용차와 접촉사고라도 한번 내보라. 외제차 운전자가 안하무인격의 거친 반응을 보이는 경우를 쉽게 목격할 수 있다. 나도 두어 번 그런 경험이 있어서 하는 말이다. 이런 사람들에겐 "사람 나고 돈 났지 돈 나고 사람 났느냐"고 따져봐야 별 소용이 없다. 이런 대답이 돌아올 뿐이다. "그래, 나는 돈 나고 사람 났다 왜!"

우리나라의 경제가 먹고살 만큼 성장하는 동안, 압축성장으로 인한 후유증 탓인지 합리적 자본주의의 정신을 제대로 배울 기회가 없었다. 그러다 보니 돈이나 물건이 목적이 되고 사람이 외려 수단으로 전락하는 병폐가 생겨났다. 외제차가 사람보다 귀한 대접을 받는 세상이 된 것이다.

아무리 비싼 물건이라도 사람보다 귀할 수는 없다. 이유는 간단하

　　　　　　　　　　　　　　사람 다치지 않았느냐

다. 물건이야 또 만들면 되지만, 사람은 아무리 못났다 하더라도 이 세상에 두 번 다시 존재할 수 없다. 유일무이하다. 그래서 사람이 제일 귀한 존재인 것이다. 돈이야 없다가도 있고 있다가도 없어지는 것이지만 사람은 한 번 죽고 나면 다시는 볼 수 없는 존재이다.

(공자의 집) 마구간에 불이 났다. 공자께서 조정에서 돌아와 이를 알고 말했다. "사람이 다쳤느냐?" 그리고 말(馬)에 대해서는 묻지 않았다.(廏焚 子退朝 曰 傷人乎 不問馬-향당편 제12장)

공자의 인본주의 정신을 극명하게 드러내고 있는 구절이다. 공자가 노나라의 대사구라는 벼슬을 하고 있을 때 발생한 사건이다. 마구간에 불이 났으면 말에 대해 물어야 하거늘, 공자는 먼저 사람의 안전부터 챙긴 것이다. 그 당시 말은 출퇴근 교통수단일 뿐만 아니라 강력한 전쟁 도구인 전차의 동력이었다. 말 한 마리 값이 요즘으로 치면 벤츠나 BMW 승용차보다 더 비쌌으면 비쌌지 싸지는 않았을 것이다. 그럼에도 사람의 안전을 먼저 물은 것은 '오직 사람만이 가장 귀한 존재'라는 '유인최귀(唯人最貴)'의 휴머니즘 사상이 몸에 배어 있었기 때문일 것이다.

요즘은 고독한 사회가 되다 보니 애완동물을 키우는 사람들이 많다. 애완동물은 외로운 사람들에게 최고의 반려자가 될 수도 있다. 하지만 남에게 조금이라도 피해를 주어서는 곤란하다. 동물을 별로 좋아하지 않는 사람의 입장을 충분히 헤아려야 마땅하다.

그러나 아파트 엘리베이터에 개를 내려놓거나 공원에서 목줄도 없이 풀어놓는 경우가 허다하다. 심지어 맨발의 개를 벤치에 올려놓는 장면도 자주 목격된다. 공원 곳곳에 동물의 배설물이 그대로 나뒹굴기도 한다.

개인적으로 참 듣기 민망한 것은 호칭이다. 개는 개일 뿐인데, 개한테 '엄마', '오빠', '언니' 따위의 말을 쓰는 경우가 제법 있다. 애완동물을 한 가족처럼 따뜻하게 대하는 건 전혀 나무랄 일이 아니다. 하지만 엄마니 오빠니 언니니 하는 호칭은 사람 사이에만 쓰도록 돼 있다. 사람이 어떻게 개의 엄마, 개의 오빠, 개의 언니가 될 수 있다는 말인가?

개를 존귀하게 여기는 것을 탓할 생각은 전혀 없다. 다만 개를 너무 귀하게 생각한 나머지 자칫 사람을 개보다 덜 존귀하게 여기게 될까 걱정될 뿐이다. 개는 동물일 뿐이다. 아무리 못난 사람이라도 아무리 잘난 개보다는 더 귀한 존재임을 잊어선 안 된다.

사람이 사람을 예(禮)로써 대할 때, '개 같은 세상'이 아닌 '사람 사는 세상'이 될 것이다.

미국의 부자와 한국의 재벌

　　　　　나는 물욕에서 자유롭진 않지만, 그렇다고 큰 부자가 되어야겠다고 생각하면서 살아오지는 않았다. 집 한 채 가지고 가족들이 오순도순 살면서 남에게 빚만 지지 않으면 되는 것 아니냐는 게 평소 지론이다. 부자들을 폄하하지는 않지만 그렇다고 존경하는 것도 아니다. 각자 다 팔자가 있다고 생각하기 때문이다.

　그런데 돈 많은 사람에 대한 존경심이 일 때가 있다. 기업을 해서 평생 번 큰돈을 쾌척했다는 뉴스를 들을 때이다. 그 돈을 벌기까지 얼마나 많은 노고가 있었겠는가! 자식에게 물려주고 싶은 게 인지상정일 텐데, 사회에 다 내놓은 건 대단한 결단이다.

　하지만 이건 어디까지나 바다 건너 미국의 이야기이다. 무한경쟁을 부추기는 미국 자본주의에 대해 비판적 입장을 취하다가도 이 나라 부자들의 통 큰 기부를 보고 있자면 절로 고개가 숙여진다. 미국이 왜 세계 일등국가의 위치를 차지하고 있는지 수긍이 간다.

　일찍이 철강왕 카네기로부터 시작된 미국 기업가들의 기부 전통은 현대에까지 면면히 이어져오고 있다. 현재 살아 있는 '기부천사'로는 '투자의 귀재' 워렌 버핏, 마이크로소프트(MS) 창업자 빌 게이츠, 세계 최대 공항면세점 DFS그룹의 척 피니 등 수없이 많다.

　워렌 버핏은 기부가 습관이자 취미인 사람이다. 지난 2006년 이미 자신의 재산 가운데 85%를 기부하겠다고 발표한 버핏은 그 약속을 철저히 이행해오고 있다. 2004년부터 2012년까지 기부한 총금액이 벌써 500억 달러나 된다.

빌 게이츠는 MS 회장직에서 자진해서 물러난 뒤 개인 재산 291억 달러를 '빌&멜린다 게이츠' 재단에 기부하고 재단을 직접 운영하고 있다. 버핏이 기부한 돈은 대부분 게이츠 재단에 맡겨지고 있는데, 이 재단에 대한 신뢰가 그만큼 크다는 얘기이다.

버핏과 빌 게이츠는 부자들을 상대로 재산의 최소 50%를 자선단체에 기부하라고 권유하는 '기부서약(giving pledge)' 운동을 함께 펼쳐오고 있기도 하다.

버핏은 기부만 하는 게 아니다. 부자들에 대한 증세론을 주창하기도 했다. 버핏은 2011년 8월 14일 『뉴욕타임스』에 기고한 「슈퍼부자 감싸기 정책을 중단하라」는 제목의 칼럼에서 '슈퍼리치'에게 증세를 해 미국 정부의 재정적자 문제를 해결하자고 밝혔다. 버핏은 자신이 작년에 낸 소득세의 세율이 17.4%에 불과한 반면, 자신의 사무실에서 일하는 20명의 직원이 낸 소득세의 평균 세율은 부당하게도 자신의 두 배가 넘는 36%에 이른다고 밝혔다.

72억 달러를 재단에 기부한 척 피니는 정작 자신에게는 인색하기 그지없는 인물이다. 15달러짜리 시계를 차고 일반식당에서 식사를 하며 비행기는 항상 이코노미 석을 타고 다니는 것으로 유명하다.

미국 기업가들의 기부문화는 '노블리스 오블리주(noblesse oblige)', 즉 높은 사회적 신분에 상응하는 도덕적 의무를 이행하는 것이다. 부자는 자신이 열심히 일하고 능력이 뛰어나서 큰돈을 벌었다고 할 수도 있지만, 그 돈을 벌게 해준 것은 사회적 시스템과 직원

　　사람 다치지 않았느냐

들의 노고, 그리고 대중의 신뢰임을 자각해야 한다. 이 자각이 '노블리스 오블리주' 정신이다.

'노블리스 오블리주'는 동양식으로 표현하면 예(禮)와 덕(德)이라고 할 수 있다. 예는 공경하고 사양함이며 덕은 베품이다.

자공이 공자에게 물었다. "가난하면서도 아첨하지 않고 부유하면서도 교만하지 않으면 어떻겠습니까?" 이에 공자께서 대답했다. "괜찮지. 그러나 가난하면서도 즐길 줄 알고, 부유하면서도 예를 좋아하는 것만 같지는 못하니라."[4]

가난한데도 아첨하지 않는 것과 부유하면서도 교만하지 않는 것은 보통사람으로선 매우 힘든 일이다. 더욱이 가난한 가운데 즐거움을 찾고 부유한 가운데 예를 좋아하기는 훨씬 더 어려운 일이다. 하지만 예와 덕을 갖춘 사람에겐 가능한 일이다.

부자가 나보다 못한 사람들에게 부를 자랑하지 않고 그 부를 가져다 준 사회에 다시 되돌려주는 것은 예와 덕을 갖췄기에 가능한 일이다. 미국의 부자들은 이미 사회에 대한 예를 갖추고 덕을 베풀고 있는 셈이다.

그러면 한국의 대표적 부자인 재벌기업들은 어떤가?

나는 재벌 총수가 개인재산을 자발적으로 기부했다는 소리를 들어본 적이 없다. 기업마다 장학재단을 설립하거나 연말 이웃돕기성금을 내놓는 경우는 흔하지만, 그건 어디까지나 기업의 이미지 관리와 절세 전략의 일환일 뿐이다. 기업의 돈으로 생색을 내는 것이다.

기부는커녕 재벌기업들은 2, 3세 편법 상속을 위해 온갖 불법행위를 서슴지 않고 천문학적 비자금을 조성해 로비활동을 벌여 사회적 지탄을 받기도 한다. 총수의 지분이 1%도 되지 않으면서 마치 그룹의 주인인 양 행세하고 사회적 기부에는 매우 인색하다. 그러니 사회적 존경은 언감생심이다.

안연이 인(仁)에 대해 묻자 공자께서 말했다. "자기를 극복하고 예로 돌아가는 것(克己復禮)이 인이다."[5]

'극기복례'라는 말이 여기에서 나왔다.

공자는 사회의 여러 계층을 응집시켜 통일시키는 원리가 인(仁)이고 그것을 행동과 의식으로 구체화한 것이 예(禮)라고 보았다. 각자가 예를 실현할 때, 사회는 조화롭게 되는 것이다. 사회적 영향력이 지대한 재벌기업과 부자들이 예를 갖추지 않으면 사회는 혼란에 빠질 수밖에 없다.

전두환·노태우 씨의 무례

　　　　12·12 군사쿠데타와 광주 민간인 학살의 주범. 대법원에서 반란수괴죄 등 열세 가지 항목에 걸쳐 유죄가 인정돼 무기징역형 확정. 사면 복권됐지만 재임 중 받은 뇌물 2205억 원을 추징당하고도 1672억 원은 아직 미납 상태. 전 재산이 29만 원밖에 없다는 게 미납 사유.

　대한민국 제11, 12대 대통령을 지낸 전두환 씨 얘기이다. 전 재산이 29만 원밖에 없다는 그의 노후생활은 분에 넘친다. 손녀의 호화 결혼식과 육사 발전기금 납부, 골프행각 등으로 구설이 끊이지 않고 있다.

　전 씨의 친구이자 13대 대통령을 지낸 노태우 씨. 내란중요임무종사죄 등으로 17년 형이 확정되었던 노 씨 역시 사면복권되었으나 뇌물 추징액 2629억 원 중 231억 원을 미납하고 있다. 동생과 조카에게 120억 원의 비자금을 맡겼다며 소송을 제기했으나 패소했고 2012년 6월 사돈에게 420억 원의 비자금을 맡겼다고 스스로 검찰에 진정서를 제출했다. 대통령 재임 시 받은 뇌물을 놓고 아직도 골육상쟁 중이다.

　수많은 국민들에게 씻지 못할 정신적·육체적 고통을 안겨준 과거의 잘못을 뉘우치며 조용히 여생을 보내도 시원찮을 마당에, 꼴

사나운 일로 매스컴에 오르내리는 것을 보면 참 딱하다는 생각이
든다. 사람이 나이를 먹는다고 해서 다 철이 드는 것은 아님을 깨닫
게 된다.

전·노 씨는 국란(亂)을 일으킨 주역들이다. 논어에는 난을 일으키
는 경우가 여러 번 나온다. 공자 당시는 춘추전국시대로 곳곳에 난
이 일어났었다.

공자께서 말했다. "용맹을 좋아하고 가난을 싫어하면 난을 일으키
고 다른 사람이 불인한 것을 너무 심하게 미워하면 난을 일으킨다."
(子曰 好勇疾貧 亂也 人而不仁 疾之已甚 亂也-태백편 제10장)

공자는 또 "용맹하나 예가 없으면 난을 일으킨다(勇而無禮則亂)"고
했다.[6]

양화편 제18장에 보면 공자는 '육언육폐(六言六蔽)', 즉 '여섯 가
지의 덕과 그 폐단'을 거론하면서 "용맹을 좋아하면서 배우지 않으
면 그 폐단은 난을 일으키는 것이다(好勇而不學則 其蔽也亂)"라고 말
했다.

용맹은 대장부라면 반드시 갖춰야 할 덕목이다.

공자는 군자가 갖춰야 할 도(道)를 인지용(仁知勇) 세 가지로 꼽으
면서 이렇게 말했다. "인자(仁者)는 근심하지 않고 지자(知者)는 의혹
됨이 없으며 용자(勇者)는 두려워하지 않는다."[7]

용(勇)을 군자가 갖춰야 할 매우 귀중한 덕목으로 간주했음을 알
수 있다. 하지만 예(禮)로써 제약하지 않으면 용(勇)은 자칫 난을 일
으킬 수 있다고 경고하고 있는 것이다.

노·전 씨 두 사람은 육군사관학교 졸업 후 젊어서부터 군 생활을
하며 야전에서 용맹을 길렀을 것이다. 두 사람 모두 군대에서 승승

    사람 다치지 않았느냐

장구하며 엘리트 코스를 밟았다. 대한민국 장군의 용맹스러움이야 두말하면 잔소리다.

그러나 유감스럽게도 두 사람은 예를 배우지 못한 것 같다. 군대 내에서 상사와 부하 사이의 군기는 배웠으되, 인간으로서 갖춰야 할 여러 가지 도리는 배우지 못한 게 틀림없다. 그렇지 않고서야 수많은 인명을 해치는 쿠데타를 일으킬 생각을 했겠는가.

공자는 혁명을 몹시 싫어했다. 하지만 공자의 학통을 이어받은 맹자는 '역성혁명'을 옹호한 급진주의적 성향이 있었다. 『맹자』「양혜왕장구」 하편에 나오는 얘기이다.

제선왕이 물었다. "탕임금이 걸을 내쫓고(湯放桀) 무왕이 주를 정벌했다고 하는데(武王伐紂), 신하가 그 임금을 시해해도 됩니까?" 맹자가 대답했다. "인(仁)을 해치는 자를 일컬어 적(賊)이라 하고, 의(義)를 해치는 자를 일컬어 잔(殘)이라 하며, 잔적(殘賊)한 자를 일부(一夫)라고 합니다. 일부인 주를 죽였다는 말은 들었어도 그 임금을 시해했다는 말은 듣지 못했습니다."

'탕방걸(湯放桀)'은 은나라를 세운 탕임금이 하나라의 폭군 걸왕을 무력으로 쫓아낸 것을 말하며, '무왕벌주(武王伐紂)'는 주나라 무왕이 군사를 일으켜 은나라 주왕을 토벌한 것을 말한다.

맹자는 이 두 경우는 임금을 시해한 것이 아니라 인과 의를 해친 폭군을 내쫓은 것이므로 정당하다는 논리를 펴고 있다. 이후 수많은 왕조의 역성혁명에 대한 정당성의 근거로 작용한 구절이다.

하지만 아무나 혁명을 일으킬 수는 없는 법. 왕면(王勉)은 이 문장에 대한 세주(細註)에서 혁명을 할 수 있는 경우를 이렇게 규정했다. "아랫사람(혁명가)은 탕과 무왕의 인(仁)을 갖춰야 하고 윗사람(쫓겨

날 사람)은 걸·주의 포악함을 가져야 한다. 그렇지 않으면 찬탈의 죄를 면치 못한다.”

자, 전·노 두 사람의 경우를 생각해보자. 법정에서 이미 ‘쿠데타’로 규정해 역사적 심판을 받은 것이지만, 맹자의 관점에서 보더라도 ‘12·12’는 혁명이 아닌 쿠데타에 불과한 것이다. 전·노 두 사람이 탕과 무왕의 인(仁)을 갖추지 못했기 때문이다. 더욱이 윗사람만 해친 게 아니라 선량한 광주시민들까지 해쳤으니 그 죄가 얼마나 무거운가. 작금의 두 사람의 행태만 보더라도 인(仁)과는 너무 거리가 멀다.

예는 저절로 체득되는 게 아니다. 끝없이 배우고 연습해야 몸에 밴다. 그 기본은 효(孝), 공손함(悌), 삼감(謹), 믿음(信) 등이다. 공자는 이런 바탕 위에서 글을 배워야 한다고 했다.

하지만 요즘은 아이들에게 이런 인성의 바탕을 길러주지 않은 채 한글과 알파벳, 수학공식부터 먼저 가르치고 있는 게 현실이다. 이러니 버르장머리 없는 아이들이 양산되고 있는 것이다.

쿠데타만 어찌 ‘난(亂)’이라고 할 수 있을까. 부모와 선생님을 무시하고 아래위 질서를 어지럽히는 게 다 ‘난(亂)’에 해당한다.

　　　　　　　사람 다치지 않았느냐

내 탓이오 내 탓이로소이다

요즘 우리 사회의 갈등과 대립이 도를 넘은 것 같다. 개인의 욕구 실현을 극대화하는 자본주의 사회의 태생적 한계가 있기도 하지만 갈수록 갈등과 대립 구도가 심화되고 있어 우려스럽다.

갈등과 대립 양상을 들여다보면 그 바탕에는 "나는 옳은데 남은 그르다"거나 "나는 선한데 남은 악하다"고 하는 잘못된 이분법적 인식이 깔려 있음을 알 수 있다.

작금의 현상을 한번 생각해보라. 정치인은 국민들 탓하고 국민은 정치인을 탓한다. 여당은 야당을, 야당은 여당을 탓한다. 현 정부는 전 정부를, 전 정부는 현 정부를 탓한다. 보수는 진보를, 진보는 보수를 탓한다. 사용주는 노동자를, 노동자는 사용주를 탓한다. 검찰은 경찰을, 경찰은 검찰을 탓한다. 선생은 학생을, 학생은 선생을 탓한다. 선배는 후배를, 후배는 선배를 탓한다. 남편은 아내를, 아내는 남편을 탓한다.

내 잘못은 없고 잘못은 모두 남의 것이다. 사회 전반적으로 싸움만 있고 성찰은 찾아보기 힘든 지경이다.

고인이 된 김수환 추기경이 서울대교구장이었던 1990년도의 일이다. 천주교 전국평신도사도직협의회가 주도해 '내 탓이오' 캠페인을 벌인 적이 있다. '내 탓이오'라고 쓰인 스티커가 100만 장 이상 배포되며 사회적으로 큰 반향을 일으켰었다.

당시 우리 사회는 노태우 정권하에서 88올림픽 개최 이후 급속한 경제성장과 더불어 노사분규 등 사회적 갈등이 심각한 때였다. 각종 흉악범죄도 빈발하여 사회가 몹시 혼란스러웠다. 모두가 남 탓을 하며 욕구 불만에 가득 차 있을 때, 김 추기경은 '내 탓이오' 운동을 이끌며 사회적 성찰을 유도했다. 스스로 티코 승용차에 '내 탓이오' 스티커를 붙이고 다녔다.

'내 탓이오'는 천주교에서 미사를 올릴 때 하는 다음의 고백기도에서 유래한 것이다. "전능하신 하느님과 형제들에게 고백하오니, 생각과 말과 행위로 죄를 많이 지었으며 자주 의무를 소홀히 하였나이다. 내 탓이오, 내 탓이오, 내 큰 탓이로소이다."

사람들이 일반적으로 자신의 잘못을 '남 탓'으로 돌리는 것은 본능적으로 자기방어 기제가 작동하기 때문이다. 자신이 한 일에 대해 잘못된 경우, 스스로의 책임을 남에게 쉽게 전가시키는 이런 현상을 사회심리학에선 '자기본위적 편향'이라고 부른다. 이는 자신에겐 관대하고 남에겐 엄격한 심리적 상태이다. '내가 하면 로맨스, 남이 하면 불륜', '내가 지각하면 차가 막혀서, 남이 지각하면 게을러서', '내가 하면 현명한 소비, 남이 하면 낭비' 등 일상에서 흔히 볼 수 있는 현상들이 이에 해당한다.

자신에 대한 성찰이 부족한 사람일수록 남 탓하는 경향이 강하다. 그런 사람은 본능적·충동적이기 때문이다. 반면 인격적으로 성숙하거나 성현 반열에 오른 사람일수록 절대 남 탓을 하지 않는다. 모든 원인과 결과는 자기 자신에게서 비롯됨을 알기 때문이다.

사람 다치지 않았느냐

공자께서 말했다. "군자는 자기 자신에게서 구하고, 소인은 남에게서 구한다."(子曰 君子 求諸己 小人 求諸人-위령공편 제20장)

군자는 일이 잘못되면 자신에게서 그 원인을 찾는 반면 소인은 남에게서 그 원인을 찾는다는 뜻이다. 비단 잘못뿐만 아니다. 즐거움도 군자는 자신의 내면에서 찾는 반면 소인은 남의 칭찬이나 아부에서 찾는다.

공자는 남을 탓한 적이 없었다. 천하를 철환하며 도(道)와 인정(仁政)을 전하려 노력했으나 제후국의 어떤 군주도 공자를 중용하거나 그의 정치철학을 수용하지 않았다. 그러나 끝내 세상 탓을 하지 않았다.

공자께서 말했다. "나를 알아주는 사람이 없구나." 그러자 자공이 말하기를 "어찌하여 선생님을 알아주는 이가 없다고 하십니까?" 공자께서 대답했다. "나는 하늘을 원망하지 않고. 사람을 탓하지 않는다. 아래서 배워 위로 통달하니, 나를 알아주는 이는 하늘이구나."(子曰 莫我知也夫 子貢曰 何爲其莫知子也 子曰 不怨天 不尤人 下學而上達 知我者 其天乎-헌문편 제37장)

자신의 뜻을 몰라주는 세상에 대한 원망이 왜 없을 수 없겠는가. 그러나 끝내 세상도 하늘도 원망하지 않는다. 다만 '下學而上達(하학이상달)'의 지고한 경지를 개척했다고 하는 자부심을 하늘만은 알아줄 것이라고 자위하고 있다.

『중용』에는 이런 대목이 나온다.

공자께서 말했다. "활쏘기는 군자의 태도와 비슷함이 있으니, 그 정곡을 맞히지 못하면 돌이켜 그 원인을 자신에게서 찾는다(反求諸己身)."

그렇지 않은가. 활을 쐈는데 과녁에 맞지 않으면 누구를 탓할 것인가? 상대를 탓할 것인가, 바람을 탓할 것인가, 활을 탓할 것인가? 군자는 무릇 남 탓을 하지 않음을 여기서도 확인할 수 있다.

모든 일을 내 탓으로 돌리면 원망할 일이 없다. 그러면 남의 시선과 평가로부터 자유로워질 수 있다. 내면의 성장에 눈을 돌림으로써 외부의 유혹에 쉽게 흔들리지 않는다.

스스로를 되돌아보자. 나는 과연 잘못을 나에게서 찾는 '구저기(求諸己)'형 인간인가, 남 탓으로 돌리는 '구저인(求諸人)'형인 인간인가? '내 탓'으로 돌리면 원망할 일이 없어지고, 그러면 조금 더 행복해질 것이다.

위에서부터 아래에까지 우리 사회의 모든 구성원들이 '내 탓이오'를 외친다면 얼마나 아름다운 사회가 되겠는가! "내 탓이오!"라며, 긴 인중 위로 자비로운 미소를 짓던 '바보' 김수환 추기경이 그리운 시절이다.

K-POP 유감

나는 토요일 밤에 KBS2 TV에서 방영하는 「불후의 명곡-전설을 노래하다」를 좋아해서, 웬만하면 '본방 사수'를 하려고 노력하는 편이다. 이 프로그램의 미덕은 크게 두 가지이다.

무엇보다 불리는 노래가 좋다. 대부분 70, 80년대 노래들이다 보니 귀에 익숙하고 듣기에 편안하다. 그 옛날 가수들의 얼굴을 모처럼 볼 수 있는 것도 반갑다. 시처럼 아름다운 노랫말은 덤이다.

또 요즘 신세대 가수들의 노래 실력을 감상할 수 있다는 것도 장점이다. 이 프로그램은 신세대 가수들이 옛날 노래를 편곡해 부르는 특이한 형식이다. 그러다 보니 눈에 익숙하지 않은 신세대 가수들을 많이 알게 되었다. 놀라운 것은, 나의 선입견과는 달리 요즘 가수들의 가창력이 결코 만만치 않다는 점이다. 옛날 노래를 자유자재로 편곡해 제 스타일로 부르는 모습을 보면 세계적인 K-POP 열풍이 괜한 허풍이 아님을 알게 된다,

이 프로그램이 좋은 결정적 이유는 보는 시간이 고등학교에 다니는 막내아들과 대화를 할 수 있는 소중한 시간이어서다. 아들도 이 프로를 굉장히 좋아한다. 아들이 아이돌 가수들의 노래에만 관심이 있는 줄 알았는데 그건 나의 선입견이었다. 한번은 이런 말을 했다. "아빠, 옛날 노래 가사가 더 좋은 것 같아요."

이 프로를 함께 시청하면서 아들에게서 요즘 가수에 대한 정보도 많이 전해 들을 수 있었고, 나는 아들에게 70, 80년대 가수와 노래에 얽힌 이러저런 사연들을 얘기해줄 수 있었다.

음악이란 그런 것이다. 세대와 인종을 넘어 소통을 할 수 있는 도구인 것이다.

동양에선 예로부터 예(禮)와 악(樂)은 바늘과 실처럼 붙어 다녔다. 예가 행해지는 곳엔 반드시 악이 있었다. 전통사회에선 관혼상제 예식에 반드시 음악이 따랐다. 종묘제례악이 대표적인 경우이다. 상여소리는 합창이고 곡소리는 한국의 재즈음악이라 할 수 있다.

예만 있고 악이 없다면 예는 세상을 숨 막히게 할 뿐이다. 반대로 악만 있고 예가 없다면 세상은 광란에 빠질 것이다. 예와 악이 조화로운 관계를 형성할 때, 사회는 풍요로워지고 질서가 잡히게 된다.

음악의 기능은 예를 부드럽고 풍성하게 해주고 사회의 화합을 도모하며 일체감을 조성하는 데 있다고 하겠다.

유교의 창시자인 공자도 음악에 상당한 소질을 가지고 있었다.

공자께서 제나라에 있을 때, 음악 소(韶)를 듣고 그것을 배우는 석 달 동안은 고기 맛을 몰랐으며 이렇게 말했다. "음악을 하는 것이 이러한 경지에 이를 줄은 몰랐다."(子在齊聞韶 三月不知肉味 曰 不圖爲樂之至於斯也-술이편 제13장)

공자께서 제나라에 갔다가 순임금이 만든 음악인 소(韶)를 듣고 진선진미(盡善盡美)해 그 것을 배우는 석 달 동안은 고기 맛을 모를 정도로 심취했다는 뜻이다.

공자는 심지어 학문의 마지막 관문을 음악으로 보았다.

공자께서 말했다. "사람은 시에서 감흥을 일으키고 예에서 일어서

며 악에서 삶을 완성한다.”(子曰 興於詩 立於禮 成於樂-태백편 제8장)

유교 학문의 완성 단계를 잘 보여준다. 시를 통해 선을 좋아하고 불선을 미워하는 성정을 기르고, 예를 통해 성인으로서 홀로 일어설 수 있게 되며 음악을 통해 최종적으로 인격을 완성하게 된다는 의미이다. 음악은 나와 남이 하나가 되는 인(仁)의 경지로 이끌기 때문이다.

우리 민족은 예로부터 가무에 능했다. 원시종합예술인 동맹과 무천이 행해지던 고대부터 명절이나 제사 때마다 음주와 가무를 즐겼다.

그런 유전자 덕분인지 요즘 주변에서 노래를 못하는 사람을 별로 못 봤다. 세계에서 우리나라만큼 노래방이 많은 곳이 또 있을까?

아이돌 스타들이 무섭게 세계로 나아가고 있다. K-POP은 이제 아시아를 넘어 유럽, 미주 등 세계 곳곳에서 맹위를 떨치고 있다. 뿌듯한 일이다.

그러나 곰곰이 따져볼 게 있다. 과연 K-POP의 정체는 뭘까? K-POP이 한국문화를 세계에 알리는 전도사 역할을 제대로 하고 있으며, 그 유행은 지속될 수 있을까?

개인적으로 다소 비관적이다. K-POP에는 한국의 혼이 담겨 있지 않다고 보기 때문이다. 아이돌 가수 대부분은 외국에선 감히 흉내 낼 수 없는 엄격한 규율 속에서 ‘사육’되고 있다고 해도 과언이 아니다. 일사불란한 춤동작과 성형술로 만든 빼어난 외모, 시류에 부합하는 멜로디가 인기의 비결 아닌가?

무엇보다 노랫말을 들어보면 말장난에 불과한 것들이 많다. 우리 말과 영어가 뒤섞여 뜻이 알쏭달쏭하다. 오래 지속되는 대중음악치고 노랫말이 아름답지 않은 것이 있는가? 여전히 사랑받는 70, 80년대 팝송들은 하나같이 시처럼 아름다운 노랫말을 지녔다.

K-POP 대부분이 10대와 일부 20대들에게만 호응을 받고 있는 것도 한계다. 명곡으로 남으려면 좀 더 폭넓은 세대의 호응을 얻어야 한다. 음악은 세대를 연결하는 역할을 해야 하건만, 세대를 단절시키는 건 훌륭한 음악이 아니다.

K-POP이 세계 속에서 한국의 문화상품으로 오래도록 살아남으려면 무엇보다 아름다운 우리말 가사를 정확하게 사용할 필요가 있다. 그리고 우리 전통음악을 차용하되, 멜로디 속에 우리의 정서와 영혼을 듬뿍 담을 수 있어야 할 것이다. 가장 한국적인 것이 가장 세계적이니까!

험한 세상의 오아시스, 가정

공경함이 없으면 개나 말을 기르는 것과 무엇이 다르겠는가?

흔들리며 피는 꽃

10여 년 전만 해도 음식점 등 공공장소에서 흔하게 볼 수 있던 한자성어가 '가화만사성(家和萬事成)'이었다. 그런데 요즘엔 허름한 액자 속의 이 한자성어를 구경하기가 쉽지 않다. '가정의 화목(家和)'을 화두로 삼기에는 우리네 삶이 너무 팍팍해진 걸까? '가정이 화목하면 모든 일이 잘 이뤄진다'는 이 경구는 동서고금을 통해 의심의 여지가 없는 명제일 것이다. 가정에서 행복을 찾지 못하는 사람치고 사회에서 제 역할을 반듯하게 하는 경우를 별로 못 봤다.

존 하워드 페인이 작사하고 비숍이 작곡한 「즐거운 나의 집(Home Sweet Home)」은 우리나라에서도 잘 알려져 있는 세계적인 명곡이다. 이 노래의 가사는 이렇게 시작한다. "즐거운 곳에서는 날 오라 하여도/내 쉴 곳은 작은 집 내 집뿐이리." 가정의 소중함은 동·서양이 다르지 않다.

동양에선 예부터 가정을 사회생활과 행복의 근원으로 여겼다. 사서(四書)의 하나인 『대학(大學)』은 '격물(格物)·치지(致知)·성의(誠意)·정심(正心)·수신(修身)·제가(齊家)·치국(治國)·평천하(平天下)'를 8조목으로 삼아 집안의 다스림을 강조했다. 격물에서 수신까지는 개인적인 차원이고, 제가에서 평천하까지는 공동체에서의 역할을 말한다.

그러나 이처럼 사회적·개인적으로 중요한 위치에 있는 가정이 크게 흔들리고 있다. 몇 가지 숫자만 보더라도 우리나라 가정의 위기를 쉽게 짐작할 수 있다. 이혼율 세계 2위, 출산율 세계 최하위, 청소년 자살률 세계 1위, 초혼 연령 상승과 독신 증가…….

결혼은 꺼리고, 하더라도 쉽게 이혼하고, 아이 낳기는 꺼리고, 낳더라도 아이들은 쉽게 목숨을 버리고 있는 현실.

신문을 봐도 가정불화로 인한 사건·사고가 끊이질 않는다. 부부싸움 끝에 아이들과 동반 자살한 아내, 유산을 노리고 부모를 살해한 아들, 성적을 비관해 아파트에서 뛰어내린 중·고교생, 청소년 가출과 미혼모 문제.

요즘 사회적 이슈가 되고 있는 학교폭력 문제만 해도 내막을 들여다보면 학교의 문제가 아니라 가정의 문제임을 쉽게 알 수 있다.

가정의 위기는 사회문제와 불가분의 관계에 있다. 우리 사회가 무한경쟁과 적자생존의 장으로 변하면서 가정의 각 구성원들도 각자 무한경쟁 속에 뛰어들어야 하며 그로 인한 심한 압박과 스트레스에 시달릴 수밖에 없다.

또 여성의 사회활동이 늘어나면서 부부의 역할이 심하게 변하고 있는 것도 한 원인이다. 전통적 가부장 제도가 붕괴된 자리에 부부의 역할에 대한 새로운 모델이 창출되지 못하면서 가정의 정체성이 크게 흔들리고 있다. 한마디로 가정 리더십이 사라진 것이다.

성장가도를 달리던 한국경제에 엄청난 충격을 준 사건인 1997년의 IMF 외환위기는 수많은 가정의 해체를 가져왔다. 가장의 실직과 가계 빚의 증가, 개인파산 등 경제적 어려움은 가정 해체의 큰 원인이었다. 그래서 최근 몇 년 새 급증한 가계 부채도 보통 심각한 문제가 아닌 것이다.

한부모가정, 조손가정, 소년소녀가장 등 결손가정의 증가는 가정 해체의 결과물이자 또 다른 가정 문제의 시발점이다. 가정의 위기는 가정에서만 끝나지 않는다는 데 문제의 심각성이 있다. 가정이 흔들리면 사회 근간이 흔들리고 그러면 다시 가정의 위기가 증폭되는 악순환이 이어지게 된다. 정부를 비롯해 제반 사회조직과 구성원 모두가 건전하고 행복한 가정 만들기에 발 벗고 나서야 하는 이유이다.

하지만 뭐니 뭐니 해도 가정을 지켜야 할 주체는 부부이다. 아무리 경제적 어려움에 처해도 부부가 서로 믿고 중심을 잡으면 자녀들은 절대로 흔들리지 않는다. 그러나 아무리 재산이 많아도 부부가 서로 미워하고 갈등하면 자녀들은 빗나가게 돼 있다.

전통사회가 붕괴되면서 성인 남녀가 부부 역할과 부모 역할을 제대로 배우지 못한 상태에서 결혼을 하고 아이를 낳아 기르다 보니, 부부 관계와 부모·자식 관계에서 어려움을 겪는 경우가 허다하다. 따라서 지역사회가 '부부학교'나 '부모학교' 등의 프로그램을 많이 개발해 예비부부나 부모들에게 교육의 기회를 제공하면 건전한 가정 만들기에 큰 도움이 될 것이다.

사회학자 클린턴 가드너의 말이 사뭇 가슴에 와 닿는다. "모든 것을 다 잃어도 가정을 잃지 않으면 아직 다 잃은 것은 아니지만 모든 것을 다 가져도 가정을 잃으면 모든 것을 다 잃는 것이다."

가정 내에서 자신의 역할을 충실히 하면서 행복한 가족 구성원의 한 사람으로 살아가는 사람이라면 사회생활도 충실히 잘해나갈 수 있다. 그래서 공자는 일찍이 가정을 잘 다스리는 것(齊家)도 '정치'라고 했다.

혹자가 공자에게 "선생님은 어찌하여 정치를 하지 않습니까?" 하고 물었다. 그러자 공자께서 말했다. "서경에 효에 관해 말했소. '효도하며 형제간에 우애하여 정사를 베푼다' 했으니 이 역시 정치를 함이니 어찌 꼭 벼슬하는 것만이 정치이겠소."(惑謂孔子曰子奚不爲政 子曰 書云孝乎 惟孝 友于兄弟 施於有政 是亦爲政 奚其爲爲政-위정편 제21장)

효도하고 형제간 우애를 좋게 하는 것이 정치의 기본이라는 뜻이다. 효도와 우애는 인격수양(수신)과 어진 마음이 없이는 어려운 일이다. 이런 덕목을 갖추지 못하면 가정도 제대로 간수하기 어렵거늘, 사회조직에서 더 큰 역할을 하기는 어려울 것이다.

뭇 짐승들도 낮에 먹이활동을 하다가 밤이 되면 제 보금자리를 찾아가듯, 우리가 낮 동안 지친 심신을 이끌고 밤에 찾아들 곳은 가정 외에 또 어디 있겠는가?

부부, 그 원수 같은

'부부의 나이 합이 215세.'

광둥성의 한 지역언론은 중국 노인학회가 2012년 초 구이저우성에 사는 양성중(109세) · 진저펀(106세) 부부를 세계 최장수 부부로 기네스 신청할 계획이라고 보도했다. 그 뒤 기네스북에 등재됐는지 여부는 알려지지 않았다.

이 부부의 나이를 합하면 215세. 이 부부는 양 씨가 20세 때 만나 89년간 결혼생활을 해오고 있다. 슬하에 2남 6녀의 자녀를 두었고 손자만 14명, 증손자만 10명이라고.

장수 비결에 대해 부부는 "매일 일하며 어떤 어려움이 있어도 조급해하지 않았다"며 "아직도 아침 일찍 일어나 집안일과 밭일을 소홀히 하지 않는다"고 말했다. 회혼(回婚 · 결혼 60주년)만 해도 백년해로(百年偕老)라 할 만한데, 89년 동안 부부생활을 함께했으니 여한이 없겠다.

이 세상에 부부보다 더 묘한 관계가 또 있을까. 함께 몸과 마음을 섞는 사이니, 친할 때는 지구가 두 조각이 나도 헤어질 수 없는 사이였다가, 갈라설 때는 원수가 되어 두말 없이 떠나는 사이가 부부이다. 그래서 부부는 무촌(無寸)인가 보다. 좋을 땐 너무 가까워 영촌(零寸)이지만, 헤어지면 남보다 더 멀어지니 '무한대촌(無限大寸)'이라고나 할까?

'부부싸움은 칼로 물 베기'는 이제 옛말이 되었다. 이혼을 식은 죽 먹듯 하는 세상이다. 통계마다 들쭉날쭉하지만, 한국의 이혼율이 세계 최상위권임은 틀림없다. 특히 50대 이상 황혼이혼이 급증하고 있다는 보도가 심심찮게 나오고 있는 것을 보면, '검은 머리 파 뿌리 되도록' 산다는 과거 결혼식의 맹세도 씁쓸한 추억으로만 남게 되었다.

기실 결혼생활이란 가시밭길을 부부가 함께 걸어가는 것이리라. 30년 가까이 다른 가정환경과 생활습관 속에서 살아온 두 사람이 어느 날 갑자기 한 집에서 살아가자면 갈등이 없을 수 없다.

어디 두 사람만의 문제인가. 얼마 지나지 않아 자식문제, 시댁·친정 문제, 경제적 문제 등 복잡다단한 문제들이 순서도 없이 밀려든다. 두 사람이 웬만한 내공을 갖추지 않고는 오래 버틸 수 없는 게 요즘의 가정 세태이다. 백년해로한 부부들이 그동안 겪었을 갈등이 얼마나 많았겠는가! 그래서 나는 언제부턴가 백년해로하면서 자식들까지 반듯하게 키워낸 부부들을 보면 마음속 깊이 존경의 마음을 가지게 됐다.

백년해로한 부부들을 보면 마치 오누이처럼 닮았다. 이들도 처음부터 닮진 않았을 것이다. 오랜 기간 같은 환경에서 같은 음식을 먹고 서로의 생각과 감정을 교환하다 보니 점점 닮아간 것 아닐까?

나와 아내는 모든 것이 정반대이다. 나는 혈액형이 B형이고 아내는 A형이다. 나는 시골 출신인데 아내는 도시 출신이다. 나는 감성적이고 아내는 이성적이다. 나는 일단 떠나고 보자 형인데 아내는 떠나기 전에 모든 것을 먼저 검색하는 형이다. 하나도 맞는 게 없다. 그

     사람 다치지 않았느냐

래서 결혼 초에는 수도 없이 싸웠다. 결혼 후 만 23년이 된 지금에는 다툴 일이 거의 없어졌다. 서로가 서로에게 조금씩 동화되었기 때문일 것이다.

과연 부부란 무엇일까? 이이다 후미히코의 『사는 보람의 창조』라는 책을 보면 부부란 '각종 시련과 경험을 통해 서로 성장하는 관계'라는 말이 나온다. 나는 이 말에 전적으로 공감한다. 나는 삶 자체가 배움의 연속이라고 생각하는 축에 속한다. 삶에는 즐거운 일보다 힘든 일이 더 많다. 인간은 부부관계를 통해 서로 부족한 부분은 채워주고 채우면서 점차 완성된 인격체로 성장해가는 것이리라.

'찰떡궁합'이란 말도 있지만, 부부가 처음부터 너무 닮아 있으면 사는 재미가 없을 것이다. 진짜 '찰떡궁합'은 '열려 있는 마음'끼리의 결합일 것이다. 서로의 자라온 환경과 타고난 성정이 다름을 인정하는 자세가 중요하다. 서로의 장점은 배우는 대신 단점은 날카롭게 지적하기보다 부드럽게 감싸고 격려해줄 때, 원만한 부부관계를 유지할 수 있다.

예로부터 부부관계의 덕목으로 '부부유별(夫婦有別)'이 있다. 남편과 아내는 서로 분별함이 있어야 한다는 뜻이다. 분별이란, 남편은 남편으로서 본분이 있고 아내는 아내로서 본분이 따로 있으니 이를 헤아려 서로 침범하지 않고 잘 지켜야 한다는 뜻으로, 남녀유별은 남녀차별과는 근본적으로 다르다. 남편은 남편으로서의 특장과 역할이 있고 아내는 아내로서의 특장과 역할이 있다는 의미이다.

서로에 대한 입장을 헤아려주는 것도 부부관계에서 중요한 일이다.

중궁이 인(仁)에 대해 묻자 공자께서 말했다. "자기가 하고자 하지 않는 일은 남에게 베풀지 말라(己所不欲 勿施於人)."

'자기가 하고자 하지 않는 일을 남에게 베풀지 않는 것'은 상대방에 대한 배려이다. 역지사지의 정신이다. 예를 들면, 남편은 내 부모만큼 장인·장모를 잘 모시는 게 아내의 입장을 헤아리는 것이며, 아내는 내 부모 흉을 안 보듯 시부모 흉을 안 보는 게 남편의 입장을 헤아리는 것이다.

역지사지 정신은 비단 부부 사이에만 필요한 것이 아니다. 모든 인간관계에서 역지사지하면 갈등이 확 줄어들 것이다.

더불어 구이경지(久而敬之),[1] 즉 '시간이 오래 지나도 공경으로 대하는 것'이야말로 백년해로의 첩경이 아니겠는가. 그런 면에서 부부가 서로 존댓말을 사용하는 것은 매우 좋은 일이라고 생각한다. 말이 공손하면 행동도 공손해지는 법.

시간이 오래 지날수록 맛이 나는 건 포도주뿐만 아니다. 부부도 그렇게 시간에 따라 성숙하며 묘한 빛깔과 향을 빚어가는 아름다운 관계가 아닐까?

   사람 다치지 않았느냐

애일당에서 효를 생각하다

　　　　　　몇 년 전 식구들과 함께 경북 안동으로 여름휴가를
간 적이 있다. 안동에 가면 도산서원과 하회마을을 빼놓을 수 없지
만 자녀들과 함께라면 도산면 분천리에 있는 '애일당(愛日堂)'이라는
누각도 가볼 만한 곳이다. 아이들 교육에 그저 그만이기 때문이다.
　애일당은 조선 중종 때의 문신이며 학자인 농암(聾岩) 이현보(李賢
輔)의 별당이다. 농암은 46세 때 부모와 마을 어른들을 위하여 경로
당격인 애일당을 지었다. 농암은 90세를 넘긴 노부의 늙어감을 아쉬
워하여 '하루하루를 아낀다'는 뜻에서 당호(堂號)를 애일당으로 명
명하였다고 한다. 부모의 늙어감이 얼마나 아쉬웠으면 '애일'이란 당
호를 썼을까, 가슴이 짠하다.
　공자의 말씀도 이와 맥이 닿는다.
　공자께서 말했다. "부모의 연세는 알지 못하면 안 되니, 한편으론
(오래 사셔서) 기쁘고 한편으론 (언제 돌아가실까) 두려워서이다."(子曰
父母之年 不可不知也 一則以喜 一則以懼-이인편 제21장)
　부모의 연세를 늘 기억하면 장수하시는 것을 기뻐하게 되지만 동
시에 노쇠해지는 것을 두려워하여 하루하루 정성을 다해 모실 수밖
에 없다는 뜻이다.
　효 얘기를 하자니 한물 간 생선을 조리하는 것처럼 내키지 않는다.

요즘엔 효를 얘기하면 시대에 뒤떨어진 사람 취급받기 딱 좋기에 하는 소리다. 그래도 효는 강조하지 않을 수 없다. 누가 뭐래도 효는 동양사회에서 으뜸가는 덕목이다.

유자(有子·공자의 제자)가 말했다. "그 사람 됨됨이가 효성스럽고 공손하면서 윗사람 범하기를 좋아하는 자는 드물다(其爲人也孝弟 而好犯上者鮮矣)."[2]

퇴계 이황은 "효는 모든 행동의 근원(孝者百行之源)"이라 했고 율곡 이이는 "효는 모든 행동의 바탕(孝者百行之道)"이라고 했다. 위대한 성현들이 괜히 효를 들먹였겠는가?

하지만 '베이비 부머(1955~1963년생)' 세대를 끝으로 효는 더 이상 한국인의 덕목이 아니라는 지적이 나온다. '베이비 부머' 세대를 두고 '효도하는 마지막 세대, 효도 못 받는 첫 세대'라고들 한다. '낀 세대'의 서러움이다. 최근엔 부모에 얹혀사는 30~40대가 급증하고 있다는 소식이다. 부모를 부양하기 위해서가 아니라 경제적인 부담 때문에 어쩔 수 없이 부모와 함께 산다는 것이다. 소위 '캥거루족'이 급증하고 있다. 이러니 65세 이상 노년층도 예전처럼 효도를 기대하기는 틀린 것 같다.

하지만 여기서 생각해봐야 할 것이 있다. '효'와 '부양'은 엄연히 구별해야 한다는 점이다. 부양은 물질적 측면이 강하지만 효는 정신적 측면이 강하다. 부양은 부모를 모시고 살거나 부모에게 경제적 도움을 주는 것이지만 효는 반드시 부모와 같이 살거나 금전적인 도움을 주는 것을 뜻하는 것은 아니다.

작금의 사람들이 효 하면 우선 물질적 측면을 생각해서 돈이 없으면 효를 할 수 없다는 극단적 생각을 하는 경향이 강한 것은 서구적

  사람 다치지 않았느냐

물질숭배에 빠져 허우적대는 우리들의 자화상일 것이다.

맹무백이 효에 대해 묻자 공자께서 말했다. "부모는 오직 자식이 병들까 근심하신다."(孟武伯 問孝 子曰 父母唯其疾之憂-위정편 제6장)

평소 허약한 맹무백의 건강은 부모의 근심거리였다. 그 부모에겐 맹무백이 건강한 것이 곧 효인 셈이다.

자하가 효에 대해 묻자 공자께서 말했다. "얼굴빛을 온화하게 하는 것이 어려우니, 부형에게 할 일이 있거든 자제들이 그 수고로움을 대신하고 술과 밥이 있거든 부형이 먼저 드시게 하는 것을 효라고 여길 수 있겠는가?"(子夏問孝 子曰 色難 有事 弟子服其勞 有酒食 先生饌 曾是以爲孝乎-위정편 제8장)

강직하지만 부드러움이 부족한 자하가 효에 대해 묻자 공자는 얼굴빛을 온화하게 해 부모가 걱정하는 일이 없도록 하는 것이 효라고 가르치고 있다.

아래의 대답은 효가 물질적 부양만을 뜻하는 것이 아님을 분명하게 보여준다.

자유가 효에 대해 묻자 공자께서 말했다. "요즘의 효라는 것은 부모를 잘 부양하는 것을 말하는데, 개와 말에 이르러서도 모두 능히 길러줌이 있으니, 공경함이 없으면 개나 말을 기르는 것과 무엇이 다르겠는가?"(子游問孝 子曰 今之孝者 是爲能養 至於犬馬 皆能有養 不敬 何以別乎-위정편 제7장)

아무리 물질적 부양함이 있다 해도 공경함이 없으면 개와 말의 그것과 차이가 없다는 뜻이다.

과거 농경사회에선 부모를 평생 부양하는 일이 어렵지 않았다. 그러나 핵가족이 대세인 현대 산업사회에선 결코 쉽지 않은 일이다. 더욱이 자기 가족 먹여 살리기도 벅찬 젊은 세대들에게 부모의 부양을 강요하는 건 가혹한 일일 수 있다. 시대의 흐름에 따라서 효의 양태도 달라질 수밖에 없다.

하긴 요즘 나이 든 부모들도 자식이 찾아오는 것보다 현금이 더 좋다고들 한다니, 효도가 말처럼 쉽지는 않겠다는 생각이 든다.

그러나 나를 낳고 길러준 부모를 '공경'하는 마음만은 어떠한 경우에도 버려선 안 될 일이다. 그래야만 인간이 '개와 말'과는 다른 동물임을 스스로 입증해 보이는 일이 되기 때문이다. 우러나오는 공경함만 있다면 물질적인 부양은 각자의 처지에 맞게 하면 되는 일일 테니까.

자식, 사랑하면 수고롭게 하라

"김성관 목사는 2012년 4월 20일자로 은퇴 연령이 지났으므로, 이제는 2012년 12월 31일부로 충현교회 당회장, 재단 이사장을 비롯한 교회의 모든 직책에서 떠나라, 물러나라. 너는 임기 연장을 꿈도 꾸지 마라. 나는 충현교회 설립자요, 원로목사요, 아버지로서 강력하게 명령하는 바이다."

국내의 대표적인 대형교회이자 '교회 세습의 원조'로 불리는 서울 역삼동 충현교회 김창인 원로목사(95)가 2012년 6월 아들 김성관 목사(70)에게 교회를 물려준 사실을 회개하며 낭독한 성명서 내용이다. 김 원로목사는 "목회 경험이 없고, 목사의 기본 자질이 되어 있지 않은 아들 김성관 목사를 무리하게 지원하여 목사로 세운 것을 나의 일생일대 최대의 실수로 생각하며, 그것이 하나님 앞에서 저의 크나큰 잘못이었음을 회개합니다"라고 밝혔다. 김 원로목사는 2012년 10월 2일 별세했다.

노목사가 자신의 아들에게 교회를 세습한 일이 '일생일대 최대의 실수'라고 회개하며 눈시울을 붉히는 장면을 TV를 통해 보면서, 아버지와 아들의 관계를 새삼 생각해보지 않을 수 없었다.

농사 중에서 제일 어려운 게 '자식농사'라는 말은 지금도 유효한 것 같다. 내 개인적으로도 오십 평생 살아오면서 가장 어려운 일을 대라고 하면 서슴없이 자식농사를 대겠다. 아직도 현재진행형이어서 자식농사가 풍년이 들지 흉년이 들지 도무지 알 수가 없는 노릇이다.

성인 공자도 자식농사만큼은 마음대로 되지 않았다. 외아들 백어(伯魚)는 50세에 먼저 세상을 떠났다. 그때 공자 나이는 70이었다. 백어는 학문적으로도 그렇게 뛰어난 편은 아니었다. 공자 문하에서 숱한 인재들이 길러져 이름을 남겼지만 정작 자식 교육은 어쩔 수 없었던 모양이다.

진항이 백어에게 물었다. "당신은 (공자의 아들이니) 역시 좀 특별한 것을 배우는 것이 있겠군요." 이에 백어가 대답했다. "아무것도 없다. 아버지께서 일찍이 홀로 서 계실 때 내가 빠른 걸음으로 집 뜰을 지나가는데 아버지가 물었지. '시를 배우고 있느냐?'라고. 내가 '아직 배우지 못했습니다' 라고 말씀드렸더니 '시를 배우지 않으면 말을 제대로 할 수 없다'고 하시더군. 그래서 나는 물러나자마자 시를 배웠지. 또 다른 날에 뜰을 지나가는데 아버지께서 물었지. '예를 배우고 있느냐'라고. 내가 '아직 배우지 못했습니다'라고 말씀드렸더니 '예를 배우지 않으면 홀로 설 수 없다'고 말씀하시더군. 그래서 나는 물러나자마자 예를 배웠지. 이 두 가지를 아버지로부터 들었노라." 진항이 물러나와 기뻐하면서 말하였다. "하나를 물어 셋을 들었으니 아니 기쁜가! 시를 들었고 예를 들었고, 또한 군자는 아들을 멀리함을 들었노라."(계씨편 제13장)

위의 내용을 보면 공자가 아들 백어에게 특별교습을 시키지 않았을 뿐만 아니라 적당한 거리를 두었음을 알 수 있다. 다만 흘러가는 말로 한마디씩 툭툭 던져 아들이 알아서 공부하게 했다는 사

사람 다치지 않았느냐

실이 유추된다. 그래서 진항은 "군자는 아들을 멀리한다"고 생각했으리라.

　부모와 자식은 피로써 맺어진 천륜의 관계이다. 따라서 도(道)로써 맺어지는 스승과 제자 사이가 될 수가 없다. 부모는 자식에게 공부의 중요성을 얘기할 수는 있어도 공부를 직접 가르칠 수는 없는 노릇이다. 부모가 직접 공부를 가르치다가 자칫 부모·자식 간의 천륜의 정이 끊어질 수도 있기 때문이다.

　아무리 못난 자식이라도 그 부모에겐 세상에서 가장 사랑스러운 존재이다. 아무리 뛰어난 수제자라도 자식보다 더 귀할 수는 없다.

　공자가 가장 아낀 수제자 안연이 죽자 안연의 아버지 안로(顔路)가 공자에게 찾아와 "수레를 팔아 아들의 곽(관 둘레에 대는 매장시설)을 만들어 달라"고 요청했다. 이에 공자는 "재주가 있거나 없거나 간에 아버지의 입장에서 보면 각자 자기 아들이다. 리(백어의 다른 이름)가 죽었을 때 관만 있었지 곽은 없었다"라며 거절했다.[3]

　공자는 학문적으로는 아들 백어보다 훨씬 뛰어난 안연을 사랑했지만, 학문을 떠나서 인간적 도리에서는 아들보다 제자를 더 높게 대우할 수 없다는 뜻을 분명히 했다. '못나도 내 자식'인 것이다.

　요즘은 부모들이 너도나도 자식을 '영재'로 키우기 위해 직접 공부를 가르치는 경우가 많다. 초등학교 때까지야 그럴 수 있는 일이다. 하지만 사춘기 지나서까지 부모가 공부에 지나치게 간섭하다간 부모·자식 사이, 그 태생적이고 오묘한 정(情)마저 끊기 쉬우니 주의해야 한다. 특히 공부하는 데 방해가 될까 봐 자식들이 손끝도 까딱하지 못하게 하는 부모들이 많다. 반쪽짜리 인간으로 만들지 않을까 걱정된다.

공자께서 말했다. "사랑한다면 수고롭게 하지 않겠는가? 진실로 대한다면 깨우쳐주지 않겠는가?"(子曰 愛之 能勿勞乎 忠焉 能勿誨乎—헌문편 제8장)

이에 대해 북송의 소식(蘇軾)은 "사랑하기만 하고 수고롭게 하지 않는다면 금수가 그의 새끼를 사랑하는 것에 지나지 않는다"고 풀이했다.

자식이 공부만 잘하는 반쪽짜리가 아니라 원만한 인격을 갖춘 군자로서 세상을 슬기롭게 살아갈 수 있기를 원한다면, 봉사활동이든 심부름이든, 수고로운 일을 시키는 것을 마다하지 않아야 할 것이다.

그러나 말은 이렇게 하고 있지만, 너무 가깝지도 너무 멀지도 않게 대하면서 사랑의 '당근'과 수고로움의 '채찍'을 동시에 줘야 하는 자식농사가 여전히 세상에서 제일 어렵게 느껴진다.

형제, 그 오묘한 관계

　　　　"건희가 어린애 같은 말을 하는 것을 듣고 몹시 당황하였다. 앞으로 삼성을 누가 끌고 나갈 건지 걱정이 된다. 한 푼도 안 주겠다는 그런 탐욕이 이 소송을 초래한 것이다."

"여러분들은 이맹희 회장과 나를 일대일로 생각하는 것 같은데, 그건 큰 오산이다. 그 양반은 30년 전에 나를 군대에 고소를 하고, 아버지를 형무소에 넣겠다고 했다. 청와대 그 시절에 박정희 대통령한테 고발했던 양반이다. 우리 집에서는 이미 퇴출당한 양반이다. 자기 입으로는 장손이다 장남이다 그러지만 나를 포함해서 누구도 장손이라고 생각하는 사람이 없다. 이 사람이 제사에 나와서 제사 지내는 꼴을 내가 못 봤다."

고 이병철 삼성그룹 창업주의 장남인 이맹희 씨와 동생인 삼성전자 이건희 회장이 2012년 4월 서로를 비난한 말들이다.

'자연인' 이맹희 씨의 말은 그렇다손 치더라도, 세계 일류를 지향하는 삼성전자 이건희 회장의 말은 아무래도 지위에 걸맞지 않다는 비판 여론이 거세게 일었다.

이맹희, 이건희 형제의 싸움은 재산 때문이다. 2008년 삼성 비자금 특검을 통해 이 회장이 천문학적 상속재산을 차명 관리해온 것으로 드러나자 맹희 씨가 "아버지 생전에 제3자 명의로 신탁한 주식을 동생이 알리지 않고 혼자 차지했다"며 7천억 원대의 주식반환 소송을 제기한 것이다.

우리나라 재벌가 형제들의 재산다툼은 이번이 처음이 아니다. 대부분의 대기업에서 창업주가 세상을 떠나고 나면 재산 분배를 놓고 2세들끼리 '형제의 난'을 벌여왔다. 마치 약속이나 한 것처럼.

국내에서 가장 오래된 그룹인 두산은 회장직 승계를 싸고 형제들이 다툼을 벌이다 끝내 박용호 전 회장이 자살했다. 현대그룹은 고 정주영 회장 사후 후계자 문제로 싸우다 결국 그룹이 쪼개졌다. 이 외에 금호아시아나, 롯데, 한화, 대림 등 국내 굴지의 그룹 대부분이 형제간 재산 분쟁을 한 번 이상 겪었다.

서민들로서는 상상도 할 수 없는 엄청난 재산을 가진 재벌 2세들이 재산을 놓고 골육상쟁을 벌이는 모습을 보면서 인간의 욕망은 어디서 끝나는 것인지 새삼 궁금해진다.

비단 재벌이 아니라도 부모님이 돌아가신 뒤 유산 다툼으로 형제간 의를 끊는 모습을 주변에서 흔하게 목격할 수 있다.

조선 성종 때 편찬된 『동국여지승람』에 나오는 '형제투금(兄弟投金)' 설화는 형제 사이에 재물이 얼마나 위험하며 어떻게 해야 우애를 버리지 않는지를 교훈으로 남긴다.

고려 공민왕 때 어떤 형제가 길을 가다가 동생이 금덩어리 두 개를 발견했다. 그 가운데 하나는 형님에게 주고 하나는 자신이 가졌다. 그런데 배를 타고 강을 건너던 중 동생이 갑자기 금덩어리를 강에 던져버렸다. 깜짝 놀란 형이 그 이유를 묻자 동생은 이렇게 대답했다. "형님이 없었다면 내가 금덩어리 두 개를 다 차지할 수 있었을 텐데, 라는 생각이 들었습니다. 이런 생각이 드는 것은 오로지 이 금

사람 다치지 않았느냐

덩어리 때문입니다. 이 금덩어리라는 것이 좋지 않은 것이구나, 하는 생각에 버렸습니다." 그 말을 들은 형도 "네 말이 옳다. 나 혼자 길을 왔으면 금덩어리 두 개를 차지할 수 있는데, 하는 나쁜 생각이 들었다"라며 금덩어리를 강에 던져버렸다.

재물은 원래 위험한 것이지만, 특히 형제간의 우애에 재물은 매우 위험한 존재이다. 동서고금을 통해 재물과 권력 때문에 형제들이 골육상쟁을 벌였다는 얘기는 수없이 많다.

형제는 소위 '동기(同氣)'라고 한다. 부모님의 같은 기운을 타고난 사이라는 뜻이다. 같은 어머니 뱃속에서 열 달간 보낸 사이이자, 어릴 적 같은 어머니 젖을 빨고, 같은 음식을 먹고, 같은 방에서 잠을 자면서 오랜 세월 동고동락한 사이이다. 이보다 더 귀하고 끊을 수 없는 인연이 어디에 또 있겠는가.

하지만 각자 가정을 꾸리고 제 새끼들이 생겨나면 물욕에 눈이 어두워 '동기'의 귀함을 잊어버린 채 형제가 남보다도 못한 원수지간이 되어버리는 경우가 허다하니, 서글픈 일이다.

공자는 이런 점을 경계하여 형제간 우애를 각별히 강조했다.

공자께서 말했다. "태백은 지극한 덕을 지닌 사람이라 할 수 있다. 세 번씩이나 천하를 양보했으나, 그 일이 은미하여 자취가 없어서 백성들이 그 덕을 칭송할 수 없게 했으니."(子曰 泰伯 其可謂至德也已矣 三以天下讓 民無得而稱焉-태백편 제1장)

태백은 주(周)나라 태왕(太王) 고공단보(古公亶父)의 큰아들이다. 고공단보에겐 태백, 중옹, 계력 등 세 아들이 있었다. 그런데 고공단보는 내심 막내 계력에게 왕위를 전했으면 하고 바랐다. 맏아들인 태백은 아버지의 의중을 간파하고 동생 중옹을 데리고 오(吳)나라로도망가 숨어 살았다. 태백은 문신을 새기고 머리카락을 잘라 스스로 임금이 될 수 없다는 것을 표시함으로써 저절로 동생에게 왕위가 돌아가도록 배려했는데, 태백의 양보가 너무나 자연스러워 백성들조차 눈치챌 수 없었다고 한다. 공자는 태백의 이러한 덕행을 칭송하고 있다.

재벌가의 다툼과는 달리 서민들 중엔 형제자매끼리 동기애가 각별한 경우도 많다. 형제 우애는 보기만 해도 흐뭇하다. 이는 모든 부모님들의 한결같은 바람일 것이다.

요즘 경제난으로 서민들의 삶이 갈수록 팍팍해지고 있지만, 서민들은 형제끼리 다툴 재산도 없으니 오히려 재벌보다 더 행복한 편이라고 한다면 지나친 억설일까.

   사람 다치지 않았느냐

계급에 갇힌 아이들

스마트폰이 대세이다. 휴대폰 소지자 중 절반가량 이 스마트폰을 가지고 있다는 뉴스를 봤다. 나 같은 기계치야 아무리 기능이 뛰어난 휴대폰을 가진들 그게 그거인데, 그래도 유행에 뒤질 수 없어 스마트폰을 구입한 지 2년은 된 것 같다. 기껏 통화하고 페이스북과 카톡 하고 뉴스검색 하는 정도지만.

기기값만 100만 원 전후 고가의 스마트폰이 학생들 사이에서도 대세인 모양이다. 일반 휴대폰을 가지고 있으면 놀림감이 되는 세상이니, 아이들의 스마트폰 욕구를 이해 못할 바도 아니다.

그런데 학생들 사이에 스마트폰이 계급화하고 있다니, 황당하다. 어떤 스마트폰을 갖고 있느냐에 따라 친구들 사이에 서열이 정해진다는 것이다. 고가의 최신 스마트폰을 가질수록 서열이 높은 아이로 대접받는다.

한 대학생이 만든 '스마트폰 기종 계급도'라는 어플리케이션이 인터넷에 올라오면서 초등학생들 사이에 급속도로 퍼졌다. 이 계급도에 따르면 가장 높은 서열의 스마트폰이 '임금'이고 밑으로 '세자', '상왕', '대군', '선비', '서자', '노비' 등 12개의 서열이 있다.

스마트폰을 매개로 아이들 사이에 자기들만 아는 계급구조가 형성되고 있는 것이다. 단순히 재미로 보기에는 사회적 함의가 적지 않다. 이 같은 '계급' 현상은 학생들의 옷차림에서도 이미 나타나고 있는 터다.

요즘은 강도가 좀 약해지긴 했지만 중고등학생들 사이에 노스페이스 패딩점퍼가 대유행했었다. 한참 많이 입을 땐 한 학교 학생의 3분의 2가량이 노스페이스 점퍼를 걸치고 다녔다.

외국 상표인 이 점퍼의 명칭이 기발하다. '등골 브레이커!' 부모의 등을 휘게 한다는 의미이다. 한 벌 가격이 최소 20만 원에서 최고 80만 원대에 이르고 보면 가뜩이나 사교육 부담에 어깨가 짓눌려 있는 부모들의 등골이 휠 만하다.

스마트폰과 노스페이스 '계급도'는 또래집단만의 특수한 유희 내지 흉내 내기 정도로 치부할 수도 있다. 하지만 아이들이 왜 하필 계급을 소재로 유희를 즐기는 것인지 성찰할 필요가 있다. 비뚤어진 계급의식을 나중에 성인이 될 때까지 가지고 간다면 우리 사회의 건전성이 크게 위협받을 수도 있기 때문이다.

스마트폰과 노스페이스 계급은 '사는 곳이 어딘가', '아파트 평수는 몇 평인가', '모는 차는 외제인가 국산인가'에 따라 서열을 매기는 기성세대의 계급의식이 학생들에게 투영된 결과이다. 기성세대의 천박한 의식이 고스란히 아이들에게 전이됐을 뿐이다.

아이들은 어른들의 거울이다. 거울은 가치중립적으로, 대상을 있는 그대로 비출 뿐이다. 앞에 선 사람이 웃으면 거울도 웃고, 울면 거울도 운다. 학생들은 아직 성장 중이다. 어른(부모)들의 모습을 그대로 비추며 모방하고 있는 중이다.

지구상에서 우리나라처럼 명품에 목을 매는 나라가 또 있을까? 명품시계, 명품생수, 명품양주, 명품몸매, 명품베이비…… 가히 명품공

화국이다. 명품은 글자 그대로 '뛰어나거나 이름난 물건'이다. 그런데 한국에서 명품은 '비싸고 사치스러운, 그래서 아무나 구입할 수 없는'이란 뜻으로 기의(記意)가 변해버렸다. 비쌀수록 통하는 게 한국이다. 짝퉁이 양산되는 것도 명품에 대한 선망이 강한 탓이다.

명품에 목을 매는 건 우리네 삶이 그만큼 남의 눈치를 보고 체면에 얽매여 있다는 증거이다. 경제 등 외형은 성장했으나 국민의식은 오히려 퇴보하고 있다는 뜻이다.

수년 전 로터리클럽 관련 일로 캐나다의 10여 가정에서 달포 동안 홈스테이를 한 적이 있다. 대체로 중산층 이상의 가정들이었다. 그런데 이들의 사는 모습은 극히 검소하고 단정했다. 손님에게 과도한 친절을 베풀지도 않았고 그렇다고 무시하지도 않았다. 평소 먹는 것을 그대로 내놨고 평소 사는 모습 그대로를 보여줄 뿐이었다.

공자께서 말했다. "내가 성인을 만나볼 수 없으면 군자만이라도 만나볼 수 있으면 좋겠다. 선인을 내가 만나볼 수 없다면 나는 한결같은 사람만 만나도 좋겠다. 없으면서 있는 체하고 비어 있으면서 가득한 체하고 빈곤하면서 풍요로운 체하는 인간은 한결같음을 유지하기가 어렵다."(子曰 聖人 吾不得而見之矣 得見君子者 斯可矣 子曰 善人 吾不得而見之矣 得見有恒者 斯可矣 亡而爲有 虛而爲盈 約而爲泰 難乎有恒矣-술이편 제25장)

한결같음(恒心)을 가지고 있다는 것은 삶의 원칙이 있다는 뜻이다. 없으면서 있다 하고, 빈 것을 찼다 하고, 빈곤하지만 풍요롭다 하면서 상황에 따라 둘러대는 것은 삶의 원칙이 없기 때문이다. 원칙이 없으니 항상 남의 눈치를 살피고 체면을 중시하고 남과 경쟁하게 된다.

큰 아파트, 외제차, 명품 핸드백에 연연하면서 그것이 마치 사회의 신분이라도 되는 양 여기는 것은 삶의 원칙이 없기 때문이며, 이미 선진국에선 일반적 현상인 '탈 물질주의'를 향한 정신적 진보를 하지 못하고 있기 때문이다.

이제는 우리 사회도 달라질 때가 되었다. 이미 1인당 국민소득 2만 달러를 넘어섰고 굶어 죽는 사람도 없다. 오히려 비만이 사회적 문제가 되고 있는 실정이다. 이제는 정신을 살찌워야 할 단계이다.

삶의 패러다임을 근본적으로 바꿀 때가 됐다. "우리는 풍성하게 소유해야 하는 것이 아니라 풍성하게 존재해야 하는 것이다."(에리히 프롬, 『소유냐 존재냐』)

발레리노 이원국과 어머니

　　　　　2012년 봄 EBS의 「어머니傳(전)」을 우연히 보는데, 세계적인 발레리노 이원국의 어머니 김금자 씨 편이 방영되고 있었다. 아내와 나는 프로그램을 시청하는 내내 눈시울을 적셨다. 한국 발레리노의 대명사가 된 이원국의 오늘이 있기까지 그 어머니가 치러야 했던 희생과 인고의 세월이 가슴에 진한 감동으로 다가왔기 때문이다.

이원국은 고교 2학년 마칠 무렵 자퇴를 하고 가출을 단행했다. 짜장면 배달, 막노동 등을 하며 전국을 떠돌았다. 아들의 가출과 방황에 큰 충격을 받은 어머니 김 씨는 공예 작품에 매달리며 아픔을 삭여야 했다. 이원국은 2년간의 방황 끝에 집으로 돌아왔다. 이원국의 회고.

"우연히 난지도로 갔어요. 해가 넘어가고 있었는데, 석양이 너무 아름다운 거예요. 불현듯 집으로 돌아가야겠다는 생각이 들었습니다."

어머니는 집으로 돌아온 이원국이 그렇게 고마울 수가 없었다. 아들을 데리고 다니며 적성을 찾아주기 위해 전전긍긍했다. 결국 이원국은 춤에 소질이 있음을 알아내고, 그때부터 춤에 빠져들기 시작했다. 그 뒤 그는 승승장구했다.

이원국은 발레리노로선 '환갑'이라 할 수 있는 마흔여섯에도 발레 단을 이끌며 직접 춤을 추고 있다.

"늦게 시작한 춤이라 절박함이 있어요. 그래서 집념을 불태우는 것 같아요."

이원국이 질풍노도의 시기, 방황을 끝내고 발레리노로 대성할 수 있었던 것은 어머니의 무한한 인내와 기다림, 그리고 아들에 대한 믿음이 있었기에 가능했다. 김 씨는 이렇게 회고했다.

"현실을 인정하고 받아들였어요."

방황하는 아들의 모습 그대로를 인정하고 새로운 길을 모색했기에, 아들의 숨겨진 끼를 발견할 수 있었던 것이다. 어머니의 위대함은 거기에 있다.

대한민국 최고의 '딴따라' 박진영. JYP엔터테인먼트 대표로 원더걸스, 2PM, 2AM 등 정상의 인기그룹들을 직접 키워냈다. 춤, 노래, 작사, 작곡 등 다방면에서 독특한 음악세계를 구축했다.

그런 박진영에게도 사춘기 방황의 시기가 있었다. 스피드광인 박진영은 오토바이를 타고 내달리다 다치는 일도 잦았고 친구들과 어울려 다니며 사고도 많이 쳤다. 들어가기 어렵다는 대원외고 합격증을 버리고 일반계 고교에 진학하기도 했다. 그때 학생회장에 당선돼 당선사례로 친구들을 나이트클럽에 데리고 가 놀게 한 일은 유명한 일화.

하지만 그의 부모는 조바심을 내지 않았다. 어머니 윤임자 씨의 회고.

"고3때 시험공부를 한다면서 도서관에 갔는데, 늦게까지 귀가하지 않았어요. 밖으로 나가보니 4차로 아스팔트 위에서 친구와 춤 삼매

경에 빠져 있는 거예요. 한데 그 표정이 굉장히 행복해 보였어요. 몰래 숨죽이며 지켜보면서 '진영이는 저 길이 아니면 안 되겠구나'란 생각이 들더군요. 지금 진영이가 가수로 사업가로 성공한 것도 좋지만, 그보다 자신이 좋아하는 일을 하면서 행복해 하는 게 부모로선 뿌듯해요."

IQ가 153이라는 박진영. 학창시절 공부도 잘했다. 그 부모가 아들에게 춤을 추지 못하게 억압하고 명문대에 가라며 공부만 강요했더라면 박진영은 어떻게 되었을까?

시인 도종환이 "흔들리지 않고 피는 꽃이 어디 있으랴"라고 노래했듯이, 예술분야의 일가를 이룬 사람들은 대체로 사춘기 시절을 거칠게 보냈다.

우리나라 제도권 교육은 학생들에게 오로지 공부만을 강요한다. 학교 공부의 길에서 조금만 벗어나도 '불량' 학생으로 낙인 찍어 학교 밖으로 내몰기 일쑤다. '범생이'가 되지 않으면 학교생활에 적응하기 힘들고 일류대학에 들어가기가 하늘의 별 따기다. 그러니 창의력과 개성이 요구되는 예능분야에 관심이 있거나 소질 있는 학생들은 일반계 학교에선 적응하기가 너무나 힘들다. 이상과 현실 사이에서 방황하지 않을 도리가 없는 것이다.

이런 경우, 부모가 어떤 태도를 취하느냐에 따라 학생의 장래는 크게 달라질 수 있다. 부모가 자식의 넘치는 열정과 끼를 재빨리 알아채고 키워주려고 힘쓴다면 자식은 능력을 맘껏 발휘할 수 있을 것이다. 이원국과 박진영의 경우가 이에 해당한다. 부모들이 자식의 '광기(狂氣)'를 억압하지 않고 살려준 케이스이다.

반면 부모가 자식의 숨겨진 재능에는 아랑곳없이 구태의연하게 학교공부만 강요한다면, 자식은 좌절하거나 방황할 확률이 높아진다. 부모의 독선과 아집은 오히려 무관심보다 못한 경우가 많다.

일찍이 공자도 이런 '광기'를 높이 평가했다.

공자께서 말했다. "중도(中道)를 행하는 선비와 함께 할 수 없다면, 반드시 광자(狂者)나 견자(狷者)와 함께 할 것이다. 광자는 진취적이고 견자는 하지 않는 바가 있다."(子曰 不得中行而與之 必也狂狷乎 狂者進取 狷者有所不爲也-자로편 제21장)

'광자(狂者)'란 한마디로 '미친 놈'이다. 정상에서 벗어나 무언가에 엄청난 집중력을 보이는 사람이다. 보통 사람들의 상식으로는 이해하기 힘든 사람이다. 공자는 중행을 실천할 수 있는 이상적 인물을 만나기 힘들 바엔, '광자'와 함께 하겠다고 했다. 얼마나 진취적이고 모험적인 사고의 소유자인가!

문명의 진보는 이 같은 '광자'들의 몫이었다. 하지만 우리나라 교육현실에서 '광자'의 입지는 그다지 넓지 않다. 자식에게서 '광자'의 소질을 발견하고 키워주는 건 역시 부모의 몫일 것이다. 부모의 열린 마음과 자식에 대한 무한신뢰가 관건이다.

입대를 앞둔 아들에게

　　　　　닷새 뒤면 논산훈련소에 입소하겠구나. 네 엄마는 벌써부터 울상이다. 엄마 우는 모습이 보기 싫다며 혼자 훈련소로 가기로 한 네 결정에 동의한다. 네가 대학에 입학했을 때 서울에 방을 얻어주고 내려오면서도 훌쩍거린 엄마가 아니더냐. 하물며 군대를 보내는 마음이야 오죽하겠느냐.

　요즘 군대 좋아졌다고들 하지만, 군대는 군대다. 구타는 없어졌을지 모르나 듣자하니 교묘한 욕설과 괴롭힘은 더러 있는 모양이더라. 상명하복의 엄정한 규율이야 당연히 있어야 하는 것일 테지만 차가운 날씨만으로도 훈련소 생활이 힘들 것이다. 넌 유달리 추위를 많이 타지 않느냐.

　시기도 영 마뜩잖구나. 북한의 연평도 포격 도발로 일촉즉발의 긴장감이 팽팽하다. 지금은 미국의 항공모함 조지 워싱턴호의 가공할 위력 앞에 북한이 숨죽이고 있지만 조지 워싱턴호가 물러가고 나면 어떤 도발을 할지 종잡을 수가 없다. 무기력한 대응으로 여론의 비판을 받은 우리 정부도 화난 사자처럼 갈기를 바짝 세우고 있어 북의 추가 도발 시 확전되지 말란 보장도 없지 않겠는가.

　국지전이나 사소한 사건이 전면전으로 비화된 경우를 역사는 종종 보여주고 있다. 그러니 아들을 군에 보낸 부모들의 속이 타들어

갈밖에. 연평도에서 해병 생활을 하는 남자친구를 둔 '고무신'(남자친구를 군에 보낸 여성을 일컫는 인터넷 용어)들의 온라인 모임 '고무신 카페'엔 북의 포격 이후 우려의 글들이 쏟아지고 있다더라. 초등학교 입학식 때처럼 바짝 얼어 훈련소 문을 들어설 너를 생각하면 마음이 짠하다.

그래도 군 생활을 긍정적으로 생각하며 자원입대하는 너를 보면 대견하다는 생각이 든다. 넌 확실하게 군 생활을 하겠다며 해병대를 지원했으나 아쉽게도 낙방했었지. 요즘 해병대 경쟁률이 무척 세다고 하더구나. 군대 중에서도 훈련이 고되기로 유명한 해병대에 젊은 이들이 몰리는 것은 무슨 연유인지? 우리 젊은이들이 어른들의 생각과는 달리 그렇게 유약하지 않다는 증거가 아닐까. 이번 연평도 포격 와중에도 임준영 상병의 감투정신이 유난히 빛났다. 임 상병은 철모가 타들어 가는 줄도 모른 채 한 치 흔들림 없이 대응사격에 몸을 바치지 않았겠니.

군대생활을 '시간 때우기'라고 말하는 이들이 종종 있다. 난 이 말에 동의하지 않는다. 군대 복무기간은 결코 짧은 시간이 아니다. 이 기간을 어떻게 활용했는가에 따라 제대 후 네 삶이 크게 달라질 수 있다.

군 생활 동안, 무엇보다 흐트러진 몸과 마음을 다잡기 바란다. 입시공부와 대학의 불규칙한 생활로 인해 몸도 마음도 많이 망가졌을 터. 규칙적인 생활은 심신의 건강을 선사할 것이다. 특히 집단생활과 통제를 통해 순종할 줄 아는 법을 배웠으면 한다. 사회생활에서 순종은 꼭 필요한 덕목이니까.

군대라는 공간은 많은 자유를 빼앗을 것이다. 하지만 이를 불평하

   사람 다치지 않았느냐

기보다 잘 활용하는 현명함이 필요하다. 현명한 사람은 공간의 제약을 사유 확장의 기회로 삼는다. 공간이 극단적으로 제약된 감옥 속에서 위대한 사상과 문학이 숱하게 탄생한 것도 이 때문이다. 신영복 교수의 『감옥으로부터의 사색』은 20년간의 옥중생활이 길어 올린 사유의 진수다. 20세기 최고의 사상가로 평가받는 안토니오 그람시는 감옥에서 3천 쪽에 이르는 방대한 분량의 『옥중수고』를 남겼다. 무솔리니 정권은 그를 잡아넣고 "이 자의 두뇌를 정지시키겠다"며 엄포를 놓았지만 소용이 없었다. '의미요법'이라는 정신치료 이론인 로고테라피의 창시자 빅터 프랭클은 끔찍한 나치의 강제수용소 경험을 위대한 이론 정립의 기회로 삼았다.

물론 군대를 감옥에 비유할 수야 없겠지. 또 이 위대한 사상가들과 너를 어찌 비교할 수 있겠느냐. 다만 군대생활을 적당히 보내려 하지 말고 적극 활용해 자아 발전의 기회로 삼기를 바라는 마음에서 해 본 소리다.

"부모형제 나를 믿고 단잠을 이룬다"(군가 「진짜 사나이」)는 사실만으로도 얼마나 뿌듯한가. 대한남아로 소임을 다하기 위해 집을 떠나는 네 뒷모습이 아름답다.

제대를 앞둔 아들에게

　　　　2년여 전인 2010년 12월 2일자 부산일보에 「입대를 앞둔 아들에게」라는 제목의 칼럼을 쓴 적이 있는데, 벌써 「제대를 앞둔 아들에게」라는 제목으로 네게 편지를 쓰게 되는구나. 내가 '벌써'라는 수식어를 썼지만, 네겐 22개월의 세월이 '아직'으로 느껴졌을 수도 있겠다. 시간은 상대적인 것이니까 말이다.

9월 25일이면 드디어 제대를 하는구나. 미리 축하한다. 네 군 생활은 결코 평탄하지도 쉽지도 않았음을 잘 안다. 무사히 군복을 벗을 수 있어서 다행이라고 생각한다. 대견하기도 하고.

그러나 축하를 주고받기엔 현실이 너무 팍팍한 것 같아 마음 한 켠이 시큰하다. 나나 네 엄마가 아무런 말을 하지 않아도 네 스스로 현실의 부담을 느끼는 것 같아 더 그렇다. 말년휴가를 나와서도 푹 쉬지 않고 영어를 공부하고 한 푼이라도 벌겠다며 아르바이트를 하고 있는 모습을 보면, 한편으로 대견하기도 하지만 한편으론 미안하구나.

이제 제대를 하는 만큼 너도 한결 성숙해질 것으로 믿는다. 하지만 너무 일찍 '철' 드는 것은 원치 않는다. 아직 대학 3년을 더 다니면서 진로도 선택하고, 해야 할 공부도 많이 남아 있으니, 안정보다는 도전을 선택하길 바란다. 남은 대학생활과 향후 네 삶에 도움이 될까 싶어 몇 가지만 당부한다.

우선 삶을 길게 봤으면 좋겠다. 눈앞의 이익만 생각하다 보면 큰 것을 놓치기 쉽다. 졸업하고 당장 취업하는 것도 중요하지만, 정말 자신이 평생 하고 싶은 일, 평생 즐겁게 할 수 있는 직업을 발견하는 게 더 중요하다.

자하가 거보의 읍재가 되어 공자께 정치에 대해 묻자 공자는 이렇게 대답했다. "속히 성과를 내려고 하지 말라. 작은 이익에 구애받지 말라. 속히 성과를 내려 하면 통달할 수 없고(欲速則不達) 작은 이익에 구애되면 큰일을 이루지 못한다."(見小利則大事不成-자로편 제17장)

'욕속부달(欲速不達)'이 비단 정치에만 해당하는 말이겠느냐. 개인의 삶에서도 뭐든 서두르거나 작은 일에 연연하다가 큰일을 놓치는 것을 자주 목격하게 된다.

그리고 언제 어디서나 도전정신을 갖기를. 나의 경험으로 봐서 예비역들은 대체로 '중늙은이' 같은 행동을 할 때가 많다. 제대를 하면 마치 세상을 통달한 듯 달관의 태도를 취하고 매사에 소극적인 사람들을 종종 볼 수 있다. 그러나 이는 꼴불견이다. 제대를 했으니 군대를 가지 않은 후배들에게 모범을 보이는 건 당연하겠지만, 꿈도 희망도 잃어버리고 현실에 안주하는 모습을 보이는 건 젊음을 욕되게 하는 일이다. 넌 아직도 인생의 초반이다. 갈 길이 멀다. 원대한 꿈을 꾸며 패기만만하게 도전해야 할 나이이다. '젊어서 고생은 사서도 한다'는 속담이 있듯이 젊은 시절의 경험과 실패는 돈으로도 살 수 없는, 네 삶의 큰 자산이 될 것이다.

그러나 명심할 것이 하나 있다. 근거가 희박한 무모한 도전은 봄

날 아지랑이와 같이 허망함을 알아야 한다. 무모함과 도전은 분명히 다르다. 철저한 노력과 준비가 없는 도전은 공자가 말한 '호랑이를 맨손으로 잡으려 하고 큰 강을 맨몸으로 건너려는 것(暴虎馮河. 포호 빙하)'이나 다름없다.[4]

그러니 준비를 성실하게 한 후 과감하게 도전을 해야 실패를 해도 그 실패가 삶의 자산이 되지, 그렇지 않으면 허망한 모험이 될 뿐이다.

무엇보다 공부를 열심히 해라. 그것이 가장 가치 있는 준비요 확실한 경쟁력이다. 공부란 비단 영어나 전공과목에 대한 지식만을 말하는 것은 아니다. 문학, 사회과학, 철학 등 다방면의 책을 부지런히 읽는 것을 포함한다. 직접경험이 가장 확실한 공부가 되겠지만, 인간은 시간적·공간적·경제적 한계 때문에 그럴 수 없다. 책을 통한 간접경험을 통해서 지식의 폭을 넓히고 사유를 웅숭깊게 할 수 있는 것이다.

지식과 경험, 이론과 실천의 조화는 젊은이뿐만 아니라 나와 같은 중장년들에게 반드시 필요한 덕목이다.

"배우기만 하고 생각하지 않으면 어둡고 생각만 하고 배우지 않으면 위태롭다."고 한 공자의 말씀이 그 뜻이다.(學而不思則罔 思而不學 則殆-술이편 제15장)

부지런히 배우되 스스로 사유하는 힘을 길러야 하고, 여러 이론을 섭취하되 다양한 실천으로 그 이론을 뒷받침해야 한다는 의미일 것이다. 백면서생이 물정에 어두운 것은 '학이불사(學而不思)' 탓이요, 현장 운동가들 중에 과격한 행동을 일삼는 이가 적지 않은 것은 '사이불학(思而不學)' 탓이다.

      사람 다치지 않았느냐

마지막으로 한 가지만 당부한다. 인간관계를 잘하도록 해라. 넌 나보다 더 현명하게 잘하고 있는 듯하지만, 노파심에서 해보는 소리이다. 대인관계에서 가장 중요한 덕목은 겸손이다. 좀 잘났다고 우쭐대지 말고 좀 못났다고 비굴하지 말길. 늘 조직이나 남과의 조화를 생각하면서 스스로를 낮추면 결코 낭패 보는 일은 없을 것이다. 특히 윗사람들에겐 겸손함보다 더 나은 예법이 없다.

유자(有子)가 "공손함이 예에 가까워야 치욕을 멀리할 수 있다"고 한 말도 그 뜻이리라.[5]

네 장래에 대한 고민과 걱정이 많은 줄 안다. 연기를 계속할 것이냐, 공부를 할 것이냐, 참 어려운 문제이다. 나는 너의 선택과 결정을 전적으로 존중한다. 네 삶은 고스란히 너의 것이기 때문이다. 무엇보다 너 자신을 깊이 성찰해보면 답이 나올 것이다. 네 마음의 명령을 믿고 따라가 보도록 하렴.

다시 한 번 제대를 축하한다. 네 가는 길을 아빠와 엄마가 항상 멀리서 지켜보며 응원하고 있음을 상기하며 자신 있고 당당하게 나아가기를 기원한다.

아름다운 관계

덕은 외롭지 않다. 반드시 이웃이 있다.

경쟁을 넘어 공존으로

불과 30, 40년 전만 해도 농촌에선 두레, 품앗이, 계, 향약 같은 말들을 쉽게 들을 수 있었다. 농촌공동체사회에서 상부상조 정신을 구현하기 위한 사회적 결속체들이다. 지금은 계 외에는 그 흔적을 찾아보기가 쉽지 않지만, 내가 어렸을 때 고향 마을에선 농번기에 일손을 서로 빌려주는 두레가 일상화돼 있었다. 마을사람들이 함께 모내기를 하다가 들판에 둘러앉아 새참을 먹던 풍경이 아직도 눈에 선하다. 공동경작을 하거나 저수지, 마을회관 등을 함께 만들던 두레도 흔히 볼 수 있었다.

두레나 품앗이가 행해지던 농촌사회에선 '경쟁'이란 단어 자체를 알지 못했다. 남들보다 앞서 가야 할 일이 없었고 남들을 밟고 올라서야 할 일도 없었다. 이웃과 협동함으로써 농사일을 수월히 할 수 있으면 그만이었다. 아이들은 저절로 협동심을 배웠다.

21세기 무한경쟁 시대, 이제 '협동'이란 말이 무색해졌다. 경쟁력을 갖추지 않으면 생존이 어려운 시대가 되어버린 탓이다. '만인의 만인에 대한 투쟁'의 사회, 아침부터 밤까지, 요람에서 무덤까지, 숙명처럼 경쟁에 시달려야 하는 사회.

우리 사회는 '경쟁이라는 이름의 전차'를 타고 무한질주 중이다. 누군가 브레이크를 밟아야 하는데, 그럴 용기가 나지 않는다. 경쟁에서 탈락하면 곧장 죽음의 나락으로 떨어질 것 같은 두려움이 엄습하기 때문이다.

무한경쟁의 부작용은 인간성 상실이다. 각종 강력범죄의 발생과 세계 최고의 자살률이 이를 말해준다. 더욱 심각한 것은 청소년 자살률이 세계 1위라는 점이다. 단순하게 말하면 살인은 억압된 분노를 타인에게 배출하는 행위이고 자살은 구원받기 힘든 절망감을 자신에게 배출하는 행위이다. 결과는 다르지만 지나친 경쟁에서 빚어진 자아상실이라는 동기는 동일하다.

우리 사회가 선진국으로 나아가기 위해서는 과열경쟁 시스템을 빨리 식혀야 한다. 급변하는 세계정세에 대응하기 위해서는 경쟁이 불가피하겠지만, 경쟁 시스템을 넘어 경쟁과 협동이 공존하는 새로운 패러다임을 창출해야 한다. 경쟁은 협동을 통해서면 의미를 가지고, 협동을 잘해야 경쟁력이 있는 사람으로 인정받는 사회적 공감대를 형성해나가야 한다.

'경쟁·협동 시스템'은 초중고 교육에서부터 시작해야 한다. 초등학교부터 무한경쟁을 독려하는 입시위주 교육정책의 근본 틀을 바꾸지 않으면 절대로 공존사회를 만들 수 없다. 경쟁은 필연적으로 패배자를 낳을 수밖에 없다. 패배자는 자포자기하거나 사회에 보복할 가능성이 높다. 그러면 많은 사람들이 범죄의 피해자가 된다.

학교에서 배운 경쟁의식은 몸에 배기 때문에 사회에 나와서도 버릴 수가 없다. 우리 아이들이 평생 경쟁의식 속에서 산다고 생각해보라. 얼마나 끔찍한 일인가.

그러나 교육제도만 탓하고 있을 계제는 아니다.

직장생활을 하고 있는 당신은 현재 경쟁의식에서 얼마나 자유로

 사람 다치지 않았느냐

운가? 옆 동료를 도울 자세가 되어 있는가, 아니면 경쟁자로 의식하고 있는가? 작은 이익 때문에 동료를 배신하거나 남에게 험담한 일은 없는가? 지금 직장생활이 행복한가, 불행한가?

기실 직장생활에서 크게 성공한 사람들의 공통점은 경쟁심이 뛰어난 사람이 아니라 협동심이 뛰어난 사람들이다. 자신의 이익을 추구하는 사람이 아니라 조직의 이익을 추구하는 사람들이다. 아무리 경쟁사회라 하더라도 크게 성공하는 사람들은 경쟁의식보다 공동체의식을 지닌 사람들임을, 우리는 경험으로 알 수 있다.

공자께서 말했다. "군자는 다투지 않는다. 반드시 다툰다면 활쏘기 정도인데, 서로 절하고 사양하며 올라가서 (활을 쏘고) 내려와 이긴 자가 진 자에게 벌주를 마시게 하는 법이니, 그 싸움이 군자답다."(子曰 君子無所爭 必也射乎 揖讓而升 下而飮 其爭也君子-팔일편 제7장)

군자는 덕(德)이 있는 사람이니 남과 싸울 일이 없다. 매사에 양보하고 겸손하며 관용을 베푸는 까닭에 시비가 생기지 않는다. 부득이 남과 경쟁해야 한다면 활 시합 정도이다. 활쏘기는 무예다. 군자의 필수적 교양인 육예(六藝)에는 예악사어서수(禮樂射御書數)라 해서 활쏘기가 반드시 들어갔다. 그러나 그 싸움도 선의의 경쟁을 하는 법을 익히기 위한 수단이어서 예를 다 갖췄다. 경쟁하되 서로를 공경했다.

공자께서는 또 이렇게 말했다. "대저 인(仁)한 자는 자기가 서고자 하면 남도 서게 하고(己欲立而立人) 자기가 달성코자 하면 남도 달성케 해준다(己欲達而達人)."[1]

'자기가 서고자 하면 남도 서게 하고, 자기가 달성코자 하면 남도

달성케 해준다'는 말은 경쟁 지상주의 사회에선 이해하기 힘든 말이
다. 남보다 먼저 서려고 하고, 남보다 먼저 달성하고자 하는 게 경쟁
사회의 일반적인 윤리가 아닌가?

그러나 덕을 갖춘 사람은 그렇지 않다. 남과 나를 구별하지 않고
남도 나만큼 존중하기 때문이다.

공자께서 말했다. "덕은 외롭지 않다. 반드시 이웃이 있다"(子曰 德
不孤 必有隣-이인편 제25장)

덕을 베풀어 남에게 양보하면 처음엔 조금 손해를 볼 수도 있을
것이다. 하지만 시간이 지나면 그 덕은 결국 자신에게로 돌아오게
돼 있다. 물론 덕이 있는 자는 덕을 베풂으로써 보답을 받을 마음이
없지만, '음덕양보(陰德陽報)'는 세상사의 원리인 것이다.

경쟁의식을 내려놓고 타인과 협동하고 공존하겠다는 마음을 가지
는 순간, 개인의 삶도 윤택해지고 우리 사회, 나아가 인류의 평화도
앞당겨질 수 있을 것이다.

소통을 하려면 아집을 버려야

　　　　　몸이 아파 한의원에 가면 한의사로부터 "기(氣)가 잘 통하지 않는군요"라는 말을 종종 듣는다. 한방에서 예방과 치유에 중요하게 여기는 게 '기혈(氣血)'이다. 몸이 건강하려면 오장육부가 잘 작동해야 하지만, 오장육부 사이에 기혈이 잘 통하느냐 아니냐가 무엇보다 중요하다고 보기 때문이다.

『동의보감』에 '통즉불통(通卽不痛), 통즉불통(痛卽不通)'이란 말이 있다. '통하면 아프지 않고 아프면 통하지 않는다'는 뜻이다. 오장육부가 각자의 기능에 충실하면서 동시에 상호간의 연결 및 지원 기능에 충실할 때, 즉 서로 통할 때 건강한 몸을 유지할 수 있다는 말이다.

'통(通)'을 인간 세상에 적용하면 '소통(疏通)'이 될 것이다. 사회도 마찬가지다. 소통이 잘 되면 흐름에 막힘이 없어 건강해지는 반면 소통이 안 되면 흐름이 막혀 병이 들고 결국 파국으로 치닫게 된다.

요즘엔 소통의 도구들이 과거에 비할 수 없이 발달돼 있다. 스마트폰의 출현으로 트위터니 페이스북이니 하는 소셜네트워크서비스(SNS)의 발전이 눈부실 정도이다. 마음만 먹으면 전국 방방곡곡, 아니 지구촌 어디에 사는 사람과도 친구가 될 수 있다. 강원도 산골에 있는 이외수 작가와 인도 다라살람에 있는 달라이라마도 금방 친구가 되는 것이다. 나도 페이스북 친구가 1300명이 넘는다.

어디 그뿐인가. 회사 회식을 비롯해 동문·동창 모임, 계모임, 집안 모임, 동호회 모임, 포럼 등 우리 사회의 모임의 종류는 아마 세계 최고일 것이다.

그럼에도 우리 사회가 소통이 안 된다고 야단이다. 대통령과 국민 사이, 사용주와 노동자 사이, 부모와 자식 사이, 지역과 지역 사이…… 각종 집단 내에서 수평적인 소통도 갈수록 어렵다는 푸념들이 많다.

소통부재의 가장 큰 원인은 "나는 옳고 너는 그르다"라고 하는 아집에 있다고 생각한다. 이명박 대통령의 가장 큰 실패는 아집과 독선 때문이었다. 집권 초반 광우병 파동부터 시작해 '고소영 강부자' 및 '돌려막기' 인사, 4대강 사업 강행, 반대 쪽 여론 무시하기 등 대중의 생각과 동떨어진 아집이 결국 파국을 불렀다. "내 생각이 절대 옳은데 국민들이 몰라준다"고 생각하는 비뚤어진 '소명의식'이 소통부재를 불렀다.

중앙정부는 말할 것도 없고 지방정부, 회사, 학교, 가정 등 크고 작은 모든 집단의 운영에서 불통의 가장 큰 원인은 리더들의 아집과 독선이다.

잘나가는 회사엔 소통의 달인인 사장이 있고, 잘되는 집안엔 소통의 달인인 가장이 있다. 소통의 달인들은 "나는 옳고 너는 그르다"고 하는 아집이 없는 사람들이다. 공자도 소통의 달인이었다.

공자께서는 네 가지가 일체 없었다. 사사로운 견해, 반드시 해야 함(기필), 고집, 아집이 없었다.(子絶四 無意 無必 無固 無我-자한편 제4장)

   사람 다치지 않았느냐

위 문장에 대한 주자의 해석이다. "의(意)는 사사로운 의도나 견해이다. 필(必)은 기필코 무엇을 관철시키려는 것이다. 고(固)는 고집하여 응체되는 것이다. 아(我)는 사사로운 자기를 고집하는 것이다. 이 네 가지는 서로 시작과 끝이 맞물려 있다. 사사로운 뜻에서 생각을 일으키면 그것을 반드시 무리하게 관철시키려 하고, 그리고 변통 없는 고집에 머무르게 되며 그렇게 해서 나라는 아집을 형성하게 된다."

공자 같은 성인조차도 무엇을 고집함이 없었거늘, 보통 사람들이야 반드시 하지 않으면 안 될 무엇이 있을 수 있겠는가? 소통은 '절사(絶四)', 즉 '意, 必, 固, 我(의필고아)'를 끊는 데서 시작해야 할 것이다.

공자께서 말했다. "군자의 세상 살아가는 모습은 해야만 한다는 것도 없고 하지 말아야 한다는 것도 없고, 의(義)에 더불고 따른다."
(子曰 君子之於天下也 無敵也 無莫也 義之與比-이인편 제10장)

군자는 항상 조화로운 삶을 살려고 노력하는 사람이기 때문에 전체의 입장에서 해야만 한다고 주장해야 할 상황이면 주장하고 하면 안 된다고 주장해야 할 상황이면 안 된다고 주장함으로써 전체적 상황에 따라 조화를 이루는 것이지, 특정한 주장에 고집하지 않는다는 뜻이다.

그렇다고 '좋은 게 좋다'고 하는 무소신과는 다르다. 그 원칙은 바로 '의(義)'이다. 그것이 의로운 일인가 그렇지 않은가가 판단의 기준이 된다. 나에게 이로운가 해로운가가 아니라, 내가 속한 조직에 이로운가 이롭지 않은가가 판단의 기준이 된다는 뜻이다.

성인들은 모두 소통의 달인이었다. 왕이나 귀족을 만나도 대화가 됐고 거지나 걸시를 만나도 대화가 됐다. 그것은 대화 상대자의 눈높이에 맞춰 마음을 주고받았기 때문이다. 아집과 독선이 없었기에 상대의 말을 경청할 수 있었고 그러기에 상대도 마음의 문을 열었던 것이다.

'성인(聖人)'의 한자를 보라. 聖은 귀 이(耳)'와 드릴 정(呈)의 회의(會意)문자이다. 성인은 '귀를 남에게 드리는 사람', 즉 남의 말을 잘 듣는 사람이라는 뜻 아니겠는가. 말을 잘 듣는 것이야말로 소통의 첫걸음임을 나타낸다 하겠다.

남의 말은 듣는 둥 마는 둥하면서 자신의 말만 뇌까리는 사람은 절대로 군자, 즉 위정자나 리더가 될 수 없음을 명심해야 한다. 우선 듣는 연습부터 할 일이다.

  사람 다치지 않았느냐

「부러진 화살」과 패거리문화

　　　　2012년 1월 개봉된 영화 「부러진 화살」은 우리 사회의 폐쇄적 조직문화를 다시 한 번 생각해보게 했다. 「부러진 화살」은 대학 입학시험에 출제된 수학문제의 오류를 지적한 뒤 해고된 한 교수가 교수지위 확인소송에 패소하고 항소심마저 기각되자, 담당 판사를 찾아가 공정한 재판을 요구하며 석궁으로 위협한 일명 '석궁 사건'을 소재로 한 영화이다. '석궁 사건'은 지난 2007년 세상을 떠들썩하게 한 실제 사건으로, 성균관대 김명호 전 수학과 교수가 그 주인공이다.

　나는 이 영화가 나오기 훨씬 전에 이미 책으로 출간된 『부러진 화살』(지은이 서형)을 탐독했기에 영화를 보다 실감나게 관람할 수 있었다.

　영화가 상영되고 법원에 대한 국민적 반감이 거세지자 대법원은 신속하게 입장을 밝혔다. "기본적으로 흥행을 염두에 둔 예술적 허구다. 1심에서 이루어진 각종 증거조사 결과는 의도적으로 외면한 채 항소심의 특정 국면만을 부각시킴으로써 전체적으로 사실을 호도하고 있다. 결과적으로 사법테러를 미화하고, 근거 없는 사법 불신을 조장하는 것이어서 심히 유감스럽다"는 게 요지다.

　그러나 다수 국민들의 생각은 달랐다. 이 영화는 사법부의 폐쇄적 조직문화와 조직 이기주의를 신랄하게 비판한 것으로, 영화 내용이 현실과 매우 부합하는 것으로 받아들였다. 뿐만 아니라 '석궁 사건' 의 근본 원인이 된 김 교수 해고 사건과 관련, 대학의 폐쇄적 조직문화에 대해서도 곱지 않은 시선들이 많았다.

우리 사회의 대표적 지성집단이라 할 수 있는 사법부와 대학에 대한 국민적 신뢰가 그렇게 높지 않은 게 현실이다. 끼리끼리만 어울리면서 동질성을 강요하고 다른 집단은 철저히 배척하면서 기득권을 지키는 '패거리 문화'에 젖어 있다고 생각하는 국민들이 많은 탓이다.

사실 패거리문화는 한국사회의 특징이자 사회악의 근원이다. 이명박 정권을 도덕적으로 망쳐놓은 장본인도 '영포회(영일·포항 출신들의 모임)'라고 하는 패거리이다. 향우회나 동창회니 계모임이니 하는 각종 회합들이 다 패거리이다. 외국에선 찾아보기 힘든 한국만의 독특한 문화이다. 밤마다 식당과 술집이 불야성을 이룰 수 있는 건 패거리 모임 덕분이다.

표면적으로 패거리문화는 한국의 역동적 발전을 견인하는 촉매제 역할을 한다고도 볼 수 있다. 하지만 그 속내를 들여다보면 패거리문화는 한국의 민주주의와 합리적 경제 질서를 어지럽히는 암적 요소라고 하지 않을 수 없다. 패거리는 학연·지연·혈연 등 각종 연고주의의 숙주 역할을 하고 있기 때문이다. 각종 부정부패와 경제적 특혜가 패거리를 통해 이뤄지고 있음은 부인하기 어렵다. 우리사회가 전근대성의 잔재를 버리지 못하고 있는 것은 선진국에선 찾아보기 힘든 패거리문화 때문이다.

인간은 누구나 동류의식과 동질감을 가지고 싶어한다. 그래서 끊

 사람 다치지 않았느냐

임없이 모임을 결성하고 만남을 시도한다. 그런 차원이라면 패거리를 탓할 이유는 없을 것이다. 문제는 우리의 패거리는 친목도모를 넘어 부당한 이익과 특혜를 추구한다는 데 있다.

공자께서 말했다. "군자는 두루 어울리나 편당을 짓지 않고 소인은 편당을 지으나 두루 어울리지 않는다."(子曰 君子 周而不比 小人 比而不周-위정편 제14장)

'주(周)'나 '비(比)' 모두 사람들과 친하고자 하는 뜻이지만, '周'는 공적 성격인데 반해 '比'는 사적 성격이다. 즉, 군자는 많은 사람들과 잘 어울리지만 사적인 이익을 도모하지 않는 반면 소인배들은 모임을 사적 이익 추구의 수단으로 생각한다는 뜻이다.

공자께서 말했다. "군자는 화합하되 부화뇌동하지 않고, 소인은 부화뇌동하되 화합하지 않는다."(君子 和而不同 小人 同而不和-자로편 제23장)

'화(和)'는 다양성을 인정하는 관용과 공존의 논리인 반면 '동(同)'은 획일적인 가치관만을 용납하는 지배와 합병의 논리이다.

난무하는 패거리들은 과연 어떤가? 두루 어울려 사회 발전에 기여하기 위한 논쟁을 하거나 사회봉사에 나서기보다 편당을 지어 이권에 개입하거나 부당 이득을 챙기기에 혈안이 돼 있지 않은가? 또 어울려 서로 화합하면서 서로의 다름을 인정하기보다는 '우리가 남이가' 하는 집단주의에 서로를 매몰시키고 있지는 않은가?

선거철만 되면 나타나는 지역주의도 패거리의 전형이다. 거의 완벽하게 지역에 기반하는 정당정치가 행해지는 곳은 세계에서 우리나라가 유일할 것이다. 지역주의를 극복하지 못하는 한 선진사회로의 진입은 요원한 일이다.

이제 학연·지연·혈연으로 맺어진 패거리들이 인식을 전환해야 한다. 집단의 이익만 추구하는 데서 벗어나 공동체의 발전을 도모하는 모임으로 거듭나야 한다. 그렇지 않으면 차라리 해체하는 게 낫다.

공자께서 말했다. "여러 사람이 하루 종일 함께 있으면서 말이 의에 미치지 않고 작은 사적인 지혜를 행하기만 좋아한다면 어려움이 따를 것이다."(子曰 羣居終日 言不及義 好行小慧 難矣哉-위령공편 제16장)

모름지기 국가나 지역사회를 위해 어떤 의로운 일을 할 수 있을까 고민하거나 행동하지 않고 오로지 자신들의 친목이나 이익만을 추구하는 연줄 패거리들이 반드시 명심해야 할 말이다. 패거리를 통해 이익만 추구하다 보면 반드시 화를 입게 되는 것을 우리는 경험을 통해 잘 알고 있다. 각 패거리들이 이로움보다 의로움을 추구하는 데 앞장선다면 우리 사회는 얼마나 아름다워지겠는가!

아랫사람의 덕목은 공손함

고등학교나 대학 동기생들 몇몇은 벌써 대기업 임원이 돼 있다. 거개는 고참 부장이 돼 혹시라도 명퇴 압박을 받지 않을까 전전긍긍하고 있지만, 임원이 된 녀석들은 억대 연봉에 주말마다 골프를 치고 다니며 떵떵거린다. 부장급과 임원은 하늘과 땅 차이다. 대기업 임원은 흔히 '별'로 불린다. 월급쟁이로선 한마디로 출세를 한 셈이다.

물론 대기업 임원이 되었다고 해서 성공한 인생이라고 단정하기는 어렵다. 성공이란 어디까지나 주관적 기준이기 때문이다. 남이 뭐라고 하든지 자신이 행복하다면 성공한 삶이 아니겠는가?

하지만 평생을 월급쟁이로 보낸 이상, 기업체 임원이나 전문경영인(CEO)이 되어 자신의 뜻을 펼칠 수 있다면 이보다 더 큰 보람도 없을 터.

재벌 2세가 아닌 이상 평사원을 거치지 않고 임원이 된 사람은 거의 없다. 신입사원에서 시작해 한 단계 한 단계를 거쳐 임원까지 올라간 사람은 행운도 따랐겠지만 남모르는 노력을 기울였음에 틀림없다.

나의 친구나 동기생 또는 사회 지인들 중 임원까지 승진한 사람들의 공통점을 딱 한 가지만 꼽으라면 나는 주저 없이 '공손함'을 대겠다. 학벌, 지능, 성실함, 사교성, 업무능력 등 출세에 필요한 요소들이 한두 가지가 아니겠지만 그 무엇도 공손함에는 미치지 못한다.

공손함이란 예를 다해 사람을 대하는 것이다. 공손은 비굴이나 아첨처럼 무조건적인 고개 숙임과는 차원이 다르다. 공손은 상황과 절도에 맞아 예에 어긋나지 않는다. 이와 달리 비굴이나 아첨은 예가 아니라 과공비례(過恭非禮)이다.

공손하면 적이 생기지 않는다. 공손하면 나보다 남을 먼저 앞세운다. 자기 자랑을 하지 않는 대신 남의 장점을 칭찬한다. 공손한 사람에겐 침을 뱉을 수가 없다. 그래서 공손은 치욕을 면할 수가 있다.

유자가 말했다. "약속이 의리에 가까우면 그 말을 실천할 수가 있으며 공손함이 예에 가까우면 치욕을 멀리할 수 있고 의지한 자가 그 친함을 잃지 않으면 또한 종주로 삼을 수 있느니라."(有子曰 信近於義 言可復也 恭近於禮 遠恥辱也 困不失其親 亦可宗也-학이편 제13장)

언(言)과 행(行)과 교제에 있어서의 도리에 관한 말이다. 약속을 하면 반드시 지켜야 한다. 그러려면 약속이 이치에 합당해야만 한다. 공손은 도리와 이치에 어긋나지 않도록 예의에 맞게 해야 한다. 비례를 하면 모욕을 당한다. 가까운 어른이나 연장자를 모시기로 작정했으면 끝까지 최선을 다해야 한다. 가장 가까운 사람의 마음을 잃는다면 다른 사람의 마음을 얻지 못하는 것은 당연한 이치이다.

실력이 아무리 뛰어나다 하더라도 공손하지 못하면 그 조직에서 절대로 클 수 없다. 공손하지 못하다는 건 잘난 체한다는 것이다. 잘난 체하는 사람은 조직의 화합과 단결을 깨뜨리기 때문에 상사와 동료들의 호감을 얻을 수가 없다. 실력은 있는데 승진 때 누락되는 사람은 십중팔구 불손한 사람이다.

사람 다치지 않았느냐

아랫사람이 가져야 할 또 하나의 덕목은 분수 지키기이다. 아랫사람은 제 할 일만 묵묵히 하면 되는데, 제 일도 제대로 하지 못하면서 윗사람이나 옆 동료의 일에 사사건건 간섭하는 경우가 있다. 이것도 겸손하지 못한 탓이다.

공자께서 말하였다. "그 지위에 있지 않으면 그 정사를 도모하지 않는 법이다."(子曰 不在其位 不謀其政-태백편 제14장)

자신의 직책과 이름에 걸맞게 행동을 하라는 얘기이다. 말단직원에게는 말단직원이 할 일이 있고 사장에게는 사장이 할 일이 따로 있다. 말단직원이 사장 일에 간섭하고 사장이 말단직원의 일에 간섭한다면 이 회사는 어떻게 될까?

물론 아랫사람이라고 해서 윗사람의 올바르지 못한 처사까지 눈 감고 있어야 한다는 얘기는 아니다. 윗사람이라고 해도 의롭지 못한 일을 한다면 간할 수 있어야 한다. 그것이 용기이다. 다만 이때도 공손함을 잃어선 안 된다.

자하가 말했다. "군자는 신뢰를 얻은 후에야 백성을 부릴 수 있으니, 신뢰를 얻지 못하면 백성은 자기를 괴롭힌다고 생각한다. 윗사람의 신뢰를 얻은 후에야 간할 수 있으니, 신뢰를 얻지 못하면 자기를 비방한다고 생각한다."(子夏曰 君子信而後勞其民 未信則以爲厲己也 信而後諫 未信則以爲謗己也-자장편 제10장)

아랫사람이 윗사람에게 섣불리 간했다가 잘못하면 역효과를 볼 수 있다는 얘기이다. 사전에 윗사람과 신뢰관계를 구축한 연후에 간해야 진정성이 받아들여진다는 뜻이다.

물론 요즘엔 많이 달라졌다. 의사소통 구조가 단순해지고, 아래위가 흉허물 없이 의견을 개진하는 회사가 많아졌다.

그러나 세상이 아무리 달라져도 아래위 위계는 없어질 수가 없다. 윗사람들은 아랫사람들에게 항상 이렇게 말한다. "아무런 기탄없이 할 얘기 다 해라. 툭 터놓고 소통하자." 그러면서 아랫사람들의 태도를 눈여겨보고 있음을 알아야 한다. 아무리 발전적인 의견을 개진한다고 해도 공손함이 결여돼 있으면 윗사람들에게 인정받기는 어렵다.

선배는 실력이 있고 예의바른 후배를 원한다. 그런데 만약 실력만 있고 예의 없는 후배와 예의만 바르고 실력이 없는 후배 중 택일을 하라고 한다면, 후자를 택할 선배가 더 많은 게 현실이다.

윗사람의 덕목은 관대함

직장생활에 신물이 난 사람들이 많을 것이다. 아침마다 출근길에 콧노래가 나온다는 사람이 있다면, 그는 매우 행복한 사람이다. 나는 어느새 25년째 월급쟁이 직장생활을 하고 있지만 아직도 출근하는 일이 버거운 것 같다. 출근하는 버스나 지하철 안에서 방향을 바꿔 멀리 훌쩍 떠나고 싶다고 생각할 때가 적지 않다. 그러나 월급쟁이는 그렇게 할 수가 없다. 자기 몸이 자기 것만이 아니기 때문이다.

일본 현대문학의 '작가정신'으로 불리는 소설가 마루야마 겐지는 한 무역회사의 텔렉스 오퍼레이터를 하다 그만두고 전업 작가가 되었다. 그는 월급쟁이를 지독하게 혐오했는데, 『소설가의 각오』라는 수상집에서 이렇게 독설을 퍼부었다.

"어떤 회사조직이든 그 안에 속해 있는 사람은 삶의 보람이 어쩌니 저쩌니 해봐야 결국은 허망한 것이다. 누군가를 위해서 일한다는 점에서 서로가 아무 다를 바 없는 비참한 존재들이다."

나는 그의 독설을 반은 이해하고 반은 이해하지 못하겠다. 월급쟁이의 비애를 많이 경험했기에, 회사생활을 과감하게 청산하고 소설가로 전업해 성공한 그가 부럽기 짝이 없다. 월급쟁이가 아니어도 다른 일로 성공할 수 있다는 확신만 있으면 누군들 그렇게 하고 싶지 않겠는가. 하지만 말이 쉽지, 회사를 박차고 한번 나가 보라. 세상은 그렇게 호락호락한 놀이터가 아니다. 회사를 그만둔 많은 사람들이 "그래도 월급쟁이 때가 좋았다"고 후회하는 소리를 많이 들었다. 마루야마 겐지 정도 되니까 할 수 있는 허세가 아니겠는가.

요즘처럼 경제가 어렵고 자영업이 죽을 쑤고 있을 때에는 제때 꼬박꼬박 급여가 나오는 직장에 자리가 있다는 것만 해도 큰 행운인지도 모른다.

'월급쟁이 논쟁'을 하고자 하는 뜻은 아니다. 우리가 월급쟁이 생활을 하지 않을 수 없는 바엔, 어떻게 하면 조직생활을 슬기롭게 해나갈 수 있을지 같이 생각해보고자 한다.

아래 있을 때보다 위로 올라갈수록 더 어려운 게 직장생활이다. 최고경영자(CEO)는 월급을 가장 많이 받지만 그만큼 책임이 가장 큰 위치에 있는 사람이다. 직장의 리더(윗사람)들은 어떤 자질을 갖춰야 할까? 입사하고 몇 년 지나지 않으면 누구나 리더가 된다. 팀장도 리더요 사장도 리더다. 높고 낮음의 차이만 있을 뿐, 리더십의 요체는 같은 것이다.

리더십 관련 책자나 글들을 보면 리더의 자질로 용기, 결단력, 통제력, 책임감, 자상함 등 다양한 요소들이 있다. 이들 요소를 다 갖추려면 아마도 '슈퍼맨'이 되어야 할 것이다. 한 사람이 어떻게 이 모든 요소들을 다 갖출 수 있단 말인가?

나는 가장 이상적인 리더상으로 일찍이 공자께서 말한 '섬기기는 쉽고 기쁘게 하기는 어려운 군자'를 꼽고 싶다.

공자께서 말했다. "군자는 섬기기는 쉬워도 기쁘게 하기는 어렵다. 기쁘게 하는 것은 도(道)로써 하지 않으면 안 되나, 사람을 부림에

   사람 다치지 않았느냐

있어서는 군자는 (아랫사람의) 그릇에 맞게 하기 때문이다. 소인은 기쁘게 하기는 쉬우나 섬기기는 어렵다. 기쁘게 하는 것은 도(道)가 아니어도 되지만, 사람을 부림에 있어서는 소인은 (아랫사람이) 완전히 갖추기를 원하기 때문이다.”(子曰 君子易事而難說也 說之不以道 不說也 及其使人也 器之 小人難事而易說也 說之雖不以道 說也 及其使人也 求備 焉-자로편 제25장)

훌륭한 리더와 나쁜 리더를 명쾌하게 정의 내리고 있어 그 통찰력이 놀랍다. 위에 말한 ‘군자’는 요즘 말로 하면 훌륭한 리더이고 ‘소인’은 모자라는 리더에 해당한다

군자는 남의 섬김을 바라지 않으며 도(道)가 아니면 쉽게 기뻐하지 않는다. 또한 군자는 책임감이 강하고 아랫사람들에게 책임을 떠넘기지 않는다. 아랫사람들의 장단점을 파악해 적재적소에 부린다. 한마디로 국량(局量)이 크다. 이 때문에 아랫사람들이 모시기에 편하다.

반면 소인은 섬김 받기를 좋아한다. 아랫사람이 아부하고 입에 발린 소리를 하면 금방 기뻐한다. 도(道)가 아니어도 자신에게 이익이 되면 입이 벌어진다. 그러나 소인은 사람을 부림에 있어 능력과 자질을 살피지 않고 완벽하기를 기대한다. 자신의 그릇은 모르고 남의 탓만 한다. 한마디로 국량이 작다. 이 때문에 아랫사람들이 모시기에 벅차다. 위와 같은 ‘군자’가 되려면 무엇보다 관대함이 있어야 한다. 윗사람이 되어서 관대함이 없다면 결코 훌륭한 리더가 될 수 없다.

공자께서 말했다. “윗자리에 있으면서 관대함이 없고 예를 행하면서 경건함이 없고 상을 당해 슬퍼함이 없다면 무엇으로 그를 살필 수 있겠는가?”(子曰 居上不寬 爲禮不敬 臨喪不哀 吾何以觀之哉-팔일편

제26장)

또 자장이 인(仁)에 대해서 묻자 공자는 '다섯 가지'를 행할 수 있으면 된다고 했는데, '恭寬信敏惠(공관신민혜)'가 그것이다. 역시 관대함과 은혜로움이 중시된다.

관대하다고 해서 자신에게도 관대한 것은 아니다. 남에겐 관대하고 자신에겐 추상같아야 훌륭한 리더이다.

공자께서 말했다. "자기 잘못을 꾸짖기를 두터이 하고 남의 잘못을 책하기를 엷게 하면 원망이 멀어진다(子曰 躬自厚而薄責於人則遠怨矣-위령공편 제14장)."

훌륭한 리더들의 공통점은 아랫사람에겐 관대하고 스스로에겐 엄격하며 윗사람에겐 공손하다는 점이다. 반대로 아랫사람에겐 엄격하고 스스로에겐 관대하며 윗사람에겐 불손하다면 최악의 리더가 될 것이다.

사람 다치지 않았느냐

칭찬은 고래만 춤추게 할까

몇 년 전 켄 블랜차드가 지은 『칭찬은 고래도 춤추게 한다』라는 제목의 책이 인기를 끈 적이 있다. 이 책의 줄거리는 대강 이렇다.

주인공인 웨스 킹슬리가 플로리다 주의 해상 동물원에서 사납기로 유명한 범고래 쇼를 본 뒤 조련사 데이브 야들리를 만나 대화를 하게 된다. 킹슬리는 조련사를 통해 상호신뢰를 바탕으로 한 '긍정적 기대와 칭찬'이 범고래로 하여금 놀랄 만한 재능을 펼치게 만드는 원동력이라는 사실을 알게 된다. 직장과 가정에서 심각한 상황에 처해 있던 킹슬리는 이후 칭찬과 격려의 실천을 통해 매우 긍정적 변화를 맞게 된다.

칭찬!

칭찬이 어찌 고래만 춤추게 하겠는가? 인간사회에도 칭찬은 훌륭한 자극제가 된다. 칭찬은 잘만 활용하면 한 개인의 자아를 크게 성숙시킬 뿐만 아니라 한 조직을 활성화시켜 공동목표를 실현하는 데도 결정적 역할을 기대할 수 있다.

그런데 한국인들은 칭찬에 매우 인색한 편이다. 웬만해선 남을 잘 칭찬하지 않는다. 말 많은 것을 경계하고 체면을 중시하는 유교문화의 영향 탓인지 모르겠으나, 주변에서도 좀처럼 칭찬의 목소리를 듣기 힘들다.

이에 반해 서양 사람들은 칭찬을 입에 달고 산다. 수년 전 국제로 터리 교환프로그램(GSE)으로 캐나다에 간 적이 있다. 지역 로터리클 럽 정례모임에서 여러 차례 영어로 발표를 해야 했다. 그들은 발표 때마다 우레 같은 박수를 보냈다. 발표가 끝나면 다가와 '굿'은 기본 이고 '베리 굿', '엑설런트'를 연발했다. 나의 '콩글리쉬'가 훌륭해 봐 야 얼마나 훌륭했겠는가. 그래도 칭찬을 들으면 용기가 났고 더 열 심히 발표를 준비한 기억이 난다. 그들의 칭찬이 설령 사탕발림이었 다고 해도 묵묵부답이나 냉소적 반응보다는 낫지 않았겠는가?

칭찬을 싫어할 사람은 아무도 없을 것이다. 칭찬을 들으면 우쭐해 지고 자신감이 생기는 건 당연하다. 교육심리학 용어 중에 '피그말리 온 효과'라는 게 있다. 피그말리온이라는 조각가가 자신이 만든 아 름다운 조각상을 열렬히 사랑했더니 그 조각상이 진짜 여자가 되었 다는 그리스로마 신화에서 유래한 말로, 어떤 사람에게 주변 사람 들이 긍정적 기대를 표시하면 그 사람은 그 기대에 부응해 바람직한 방향으로 변해가는 것을 말한다. 긍정적 기대와 칭찬의 중요성을 강 조할 때 자주 인용된다.

사실 칭찬은 아무나 할 수 있는 게 아니다. 관대함과 여유가 있어 야 칭찬을 할 수 있다. 타인에 대한 애정과 관심이 있어야 칭찬거리 를 찾아낼 수 있다.

공자께서 말했다. "군자는 다른 사람의 좋은 점을 완성하도록 도 와주고 나쁜 점은 감추어준다. 소인은 그 반대이다."(子曰 君子 成人 之美 不成人之惡 小人 反是-안연편 제16장)

군자는 다른 사람의 훌륭한 점을 더욱 발전하도록 이끌어주고 격

　　　　　　　　　　　　사람 다치지 않았느냐

려한다. 남이 잘 되면 같이 기뻐한다. 남의 슬픔을 내 슬픔으로 여기고 남의 실수는 관대하게 받아들인다. 소인은 그 반대이다. 남의 장점은 애써 외면하고 약점은 집중 공격한다. 남이 실수하면 침소봉대하고 남이 나보다 잘되면 배 아파한다.

자신이 군자인지 소인인지, 스스로 점검해보자. 만약 남의 장점을 칭찬하고 남의 성취를 같이 기뻐하는 데 인색하지 않다면 군자에 가깝다. 반대로 남의 단점을 비난하고 남의 실패를 기뻐한다면 소인임을 자각해야 한다.

자공이 "군자도 미워하는 것이 있습니까?" 하고 묻자 공자는 이렇게 대답했다. "있고말고. 남의 나쁜 점을 들추어내는 자를 미워한다(惡稱人之惡者)."[2]

군자는 웬만해선 남을 미워하지 않는 사람이다. 남과 나에 대한 분별심이 없고 경쟁보단 조화를 우선시하는 사람이 군자이다. 그러나 군자도 남의 나쁜 점을 들추어내는 자는 미워한다고 했으니, 남에 대한 험담이 얼마나 큰 잘못인지를 알 수 있다.

하지만 무조건적인 칭찬은 결코 바람직하지 않다. 마음속으로는 욕을 하면서 말로만 칭찬하는 것은 위선이요 구밀복검(口蜜腹劍)이다. 그것은 침묵보다 더 나쁘다. 칭찬은 안에서 우러나오는 것이어야 한다. 진심이 담긴 칭찬과 격려라야 상대방을 감복시킬 수 있다. 그렇지 않으면 불쾌감만 줄 뿐이다.

그러자면 평소 스스로 인격도야에 힘을 써야 할 것이다. 경쟁보다는 조화로운 삶을 추구하고 자기중심적 태도에서 벗어나 주변과 이웃에 대한 관심을 가지도록 노력해야 한다. 경쟁심으로 가득 차 있고 칭찬을 받으려고 전전긍긍하는 사람은 절대로 마음속에서 우러나오는 칭찬을 할 수 없다.

　당신은 얼마나 자주 칭찬하고 있는가? 만약 칭찬에 인색하다면 자신의 삶이 너무 각박하지 않은지 돌아볼 필요가 있다. 칭찬하지 않으면 칭찬받을 일도 없다.

덕(德)으로 사귀어야 오래 간다

법륜스님의 '즉문즉설(卽問卽說)'을 들으러 간 적이
있다. 스님의 책을 즐겨 읽지만 연설을 직접 듣기는 처음이었다. 스
님은 워낙 달변가인 데다 유머 감각도 뛰어나 2시간 넘는 연설이 전
혀 지루하게 느껴지지 않았다. 그중 세월이 지나도 기억에 남는 말
씀이 있다.

경찰서장 출신의 한 남성이 스님을 찾아와서 하소연했다.

"스님, 이렇게 억울한 일이 있습니까? 제 자식의 결혼식에 옛날 부
하직원들이 아무도 찾아오지 않았지 뭡니까? 아무래도 제가 잘못
산 것 같습니다."

스님이 물었다.

"선생님이 서장 시절, 부하들과 어떤 관계였는지 말씀해보세요."

그 남자가 대답했다.

"어떤 관계라뇨? 서장과 직원의 관계지 특별한 관계가 있겠습니
까?"

"그게 아니라, 서장과 부하라는 직위로서가 아니라 인간 대 인간
으로 대한 적이 있느냐 말입니다."

"그런 건 없었던 것 같습니다. 저는 엄격한 서장으로 제 일을 열심
히 했을 뿐입니다."

"그러니까 경조사가 있을 때 과거 부하들이 찾아오지 않는 건 당연하지 않습니까? 당신이 서장 직위에 있는 한 부하들이 찾아오겠지만, 서장 자리를 그만두는 순간 관계도 끝나는 것입니다."

비로소 그 남자는 뭐가 잘못됐는지 알아들었다고 했다.

제법 오래전의 일이라 정확하게 옮긴 것은 아니지만 대강의 줄거리는 맞을 것이다. 사람을 사귈 때는 직위나 직책보다 인간적으로 사귀어야 그 관계가 오래 지속될 수 있다는 게 스님의 말씀 요지였다.

참 공감 가는 얘기가 아닌가? 비단 위에 언급된 서장만의 문제이겠는가. 정년퇴임하거나 직장을 옮기고 나면 그 많던 직장 동료들과 관계를 유지하는 건 결코 쉬운 일이 아니다. 심지어 30년 넘게 한 직장에서 얼굴을 맞대고 지낸 동료들도 직장이라는 공동체를 떠나고 나면 남남처럼 지내는 경우를 많이 봤다.

왜 그럴까? 대부분의 직장은 아래위 위계의 관계로 이뤄지는 이익 집단이다. 상사와 부하의 명령과 지시 관계로 움직이는 조직이기 때문에 회사를 그만두고 나면 아래위 관계도 끝난다. 이 때문에 상사나 부하들과 인간적 관계를 맺지 못하고 위계적 관계만 가져온 사람일수록 정년퇴임 후 옛 동료들과의 단절감을 더욱 깊이 맛볼 수밖에 없다.

직장만 그런 게 아니라, 현대사회의 인간관계는 매우 이해타산적이다. 자신에게 조금만 이익이 되면 간이라도 빼줄 듯하다가 이익이 없거나 손해가 된다 싶으면 언제 봤냐는 듯 안면을 바꾸기 일쑤다. 그래서 현대인들은 모두 '군중 속의 고독'을 느낄 수밖에 없다.

정현종 시인은 「섬」이라는 제목의 시에서 "사람들 사이에 섬이 있

　　사람 다치지 않았느냐

다/그 섬에 가고 싶다"고 노래했다. 현대인의 단절감과 소통부재를 멋지게 표현했다.

현대인들은 고독감을 해소하기 위해 향우회나 동창회에 기웃거리고 동호회에 가입도 해보지만, 소외감은 쉽게 해소되지 않는다. 그럴수록 사람에 대한 배신감만 더 쌓인다고 하소연하는 사람도 많다.

그러나 사람은 어차피 사람과의 관계 속에서 삶의 의미를 찾을 수밖에 없다. 사람으로부터 도피한다고 해서 더 즐거워지고 행복해지는 건 절대 아니다. 고립감만 더 느낄 뿐이다.

지금까지와는 다른 차원의 관계를 맺어보는 건 어떨까? 어떤 관계를 통해 내가 남으로부터 뭔가 이익을 얻으려는 차원에서 내가 남에게 먼저 이익을 주려는 태도를 가져보기를 권한다.

공자께서 말했다. "덕은 외롭지 않다. 반드시 이웃이 있다."(子曰 德不孤 必有隣-이인편 제25장)

'덕(德)'이 있는 사람은 겸손하고 양보심이 많은 사람이다. 자신의 주장을 분명히 하되 남과 화합하기를 좋아한다. 나보다 항상 남을 높이 평가하고 약한 자와 가난한 자를 기꺼이 도우려 한다. 이익이 생기면 나보다 남을 먼저 생각한다. 이런 사람은 절대로 고립되지 않는다. 어려운 일이 생기면 주변 사람들이 달려와서 도와주려 하기 때문이다.

'덕(德)'이란 무엇인가? '德'은 '행할 행(行)'과 '곧을 직(直)'과 '마음 심(心)'이 합쳐진 회의자이다. 이를 미루어 '곧은 마음을 행하는 것'이 곧 덕임을 알 수 있다. 개인의 수양과 사회적 실천이 동반될 때 덕이 있는 사람, 즉 유덕자(有德者)가 될 조건을 구비하는 셈이다.

우리 주변에서도 덕이 있는 사람을 종종 볼 수 있다. 이런 사람은

남과 경쟁보다는 화합하기를 좋아하고 동료의 불행을 외면하기보
다는 같이 슬퍼하고 남이 어려운 처지에 빠지면 적극 도와주려고 나
선다. 나의 즐거움을 지나치게 드러내지 않으니 어디를 가나 적이 생
기지 않고 환영받게 된다.

지금 당장 돈과 권력이 있다고 자만해서는 결코 좋은 인간관계를
가질 수 없다. '돌고 도는 게 돈'이라는 말이 있듯이, 돈이란 있다가
도 없어지고 없다가도 생길 수 있다. 권력 또한 마찬가지이다. '권불
십년(權不十年)'이란 말은 옛말이 되었다. 요즘은 권력의 흥망성쇠의
순환이 더 빨라졌다. 돈과 권력은 일장춘몽에 불과하다. '정승 집 개
가 죽으면 문상객이 문 앞을 막지만 정승이 죽으면 문상객이 끊긴
다'는 속담은 만고불변의 진리이다.

반면 덕은 세월이 지나도 변하지 않고 오히려 더 빛난다. 덕으로
맺은 관계보다 더 아름다운 인연은 없을 것이다.

모든 사람이 좋아하는 사람은 향원(鄕原)

연예인들은 인기를 먹고 산다. 대중의 인기가 곧 몸값이다. 그러나 인기는 물거품과 같다. 하늘을 찌를 듯하다가 어느 날 벼랑으로 뚝 떨어지기도 한다. 그래서 젊은 연애들 중엔 이 같은 추락을 견디지 못해 생을 마감하는 경우가 왕왕 있다. 세상인심의 덧없음을 미처 깨닫지 못한 탓이다.

신혼 시절, '당신 없는 세상은 오아시스 없는 사막'이라며 뜨겁게 사랑을 불태우던 남녀가 세월이 흘러 철천지원수가 되어 갈라서는 일을 심심찮게 목격할 수 있다. 금석지계(金石之契)를 맹약한 우정도 영원한 경우는 별로 보지 못했다.

인간의 마음은 갈대와 같은 것이다. 바람 부는 데로 흔들리기 쉽고 한창 푸르던 사랑도 계절의 변화에 따라 퇴색하기 마련이다. 마음의 작용인 호(好), 즉 좋아함과 오(惡), 즉 미워함은 동전의 앞뒤와 같다. 호(好)가 오(惡)가 되고 오(惡)가 호(好)가 되는 건 시간문제이다.

이처럼 마음은 믿을 만한 게 못 된다. 늘 변한다. 그런데도 인간은 한번 좋아지면 영원히 좋아할 것 같고, 한번 미워지면 영원히 미워할 것 같은 착각에 산다. 좋아하고 미워함이 마음의 작용에서 나오는 것임을 안다면, 사람을 판단하는 데 있어서도 보다 신중해질 필요가 있다.

그래서 공자께서는 "오직 인자(仁者)만이 사람을 좋아할 수 있으며 미워할 수 있다."(惟仁者 能好人 能惡人-이인편 제3장)라고 말했던 것이다.

사람을 사랑하고 미워하는 것은 누구나 할 수 있다. 그러나 제대로 사랑하고 제대로 미워하는 것은 아무나 할 수 있는 것이 아니라는 뜻이다. 일반적으로 사람은 자기와의 사적 관계에 따라 호오를 달리한다. 혈연·지연·학연에 좌우되기도 하고 이해득실에 따라 달라지기도 한다. 또 욕심에 눈이 멀어도 호오의 판단이 흐려질 수밖에 없다.

반면 인자(仁者)는 사심이 없고 공평무사한 까닭에 좋아하고 미워하는 것이 이치에 맞다. 선(善)을 좋아하고 불선(不善)을 미워한다. 인자라고 해서 사람을 무조건 좋아하는 것은 아님을 알아야 한다. 불의(不義)나 불선을 일삼는 사람이 있다면 단호하게 미워한다.

위 공자의 말씀을 통해 알 수 있는 흥미로운 사실 하나는 동양적 세계관에서는 선(善)과 악(惡)이 대립적 가치로 나타나지 않는다는 점이다. 선의 대립적 개념은 불선(不善)일 뿐, 악이 아니다. 오와 악은 같은 한자임을 유의해서 볼 필요가 있다. 즉 악과 오는 하나의 몸에서 나온 다른 모습이다. 악은 나의 마음의 작용인 오(惡, 미워함)의 결과물이라는 것이다.

인자(仁者)만이 호오(好惡)를 정확하게 할 수 있으므로, 예로부터 현인들은 사람을 판단하는 데 매우 신중했다. 어떤 사람이나 무리가 특정인을 좋게 얘기해도, 나쁘게 얘기해도 휘둘리지 말고 주체적으로 판단하려고 노력했다.

공자께서 말했다. "대중이 모두 미워하는 사람이라도 반드시 신중히 살펴야 하며, 대중이 모두 좋아하는 사람이라도 반드시 신중히 살펴야 한다."(衆惡之 必察焉 衆好之 必察焉-위령공편 제27장)

비록 절대다수가 미워한다 해도 좋아한다 해도, 공통의 이익 앞에 눈이 멀어 바르게 판단하지 못할 때가 있음을 경계한 말이다. 선거가 늘 정의롭고 선한 선택을 하는 것이 아님을 우리는 너무나 자주 봐오지 않았던가.

그러면 어떻게 사람을 판단하는 것이 현명한 일일까?

자공이 물었다. "향인(고을 사람)이 모두 좋아하는 사람은 어떻습니까?" 공자께서 답했다. "그것으로 부족하다." 자공이 물었다. "향인이 모두 미워하는 사람은 어떻습니까?" 공자께서 답했다. "그것으로도 부족하다. 향인 중에 선한 사람들이 그를 좋아하고, 선하지 못한 사람들이 그를 미워하는 것만 같지 못하다."(子貢問曰 鄕人皆好之 何如 子曰 未可也 鄕人皆惡之 何如 子曰 未可也 不如鄕人之善者好之 其不善者惡之-자로편 제24장)

한 조직 내에서 모든 구성원들에게 사랑을 받는다는 것은 매우 힘든 일이다. 만약 그런 사람이 있다면 그는 위선자일 가능성이 높다. 구차하게 영합을 한 증거이다. 정의로운 자는 선하지 못한 자들의 지탄을 받을 수밖에 없다. 이래도 흥, 저래도 흥 하면서 무골호인인 양 행동하거나 시세에 아부하는 자들을 경계해야 할 일이다.

공자께서 말했다. "향원은 덕의 적(賊)이다."(子曰 鄕原 德之賊-양화편 제13장)

위선자들에 대한 혐오감을 강하게 드러내고 있는 말씀이다. '향원'은 남 앞에서는 덕담을 골라 하며 짐짓 훌륭한 척하지만 자기 잇속만 챙기는 이중인격자들을 말한다. 이들은 겉으로는 군자연하면서 시류를 쫓고 때로는 더러운 타협을 일삼는다. 앞에서는 세상 사람들의 칭송을 한 몸에 받으면서 뒤에서는 권모술수를 일삼는다. 소위 우리 사회의 지식인이라고 하는 사람들 중에 특히 향원이 많다.

반면 모든 구성원들에게 미움을 받는 것도 사실상 어려운 일이다. 만약 그런 사람이 있다면 그 사람은 지극히 타락했거나 극단적 이기주의자여서 좋아해야 할 구석이 전혀 없기 때문일 것이다. 일고의 가치가 없는 부류에 속한다고 하겠다.

사람에 대한 판단은 결코 쉽지 않다. 칼로 두부 자르듯이 호오를 분명히 하는 건 위험한 일이다. 자신의 판단에 오류가 있을 수도 있고, 사람은 늘 변하는 인격체이기도 하기 때문이다. 남을 판단하려고 섣불리 덤비기보다 스스로 시비(是非) 분별력부터 기르려 노력하는 게 우선일 것이다.

시를 알아야 소통이 된다

한국교육과정평가원(이하 교과평)이 2012년 7월 민주당 국회의원인 도종환 시인의 시를 교과서에서 삭제토록 권고했다가 여론이 악화되자 방침을 철회했다. 교과평은 본전도 못 건진 꼴이다. 교과서 삭제 논란은 일단락됐지만 이번 사태를 계기로 각박한 요즘, 사회적 소통을 위해 시가 어떤 역할을 할 수 있는지 생각해 봤으면 한다.

언제부턴가 소통부재라는 말이 일상어가 됐다. 정치지도자와 국민, 좌와 우, 부모와 자식, 선생과 학생, 윗사람과 아랫사람 사이의 소통이 힘들다는 목소리가 높다. 소통이 안 되는 사회는 말이 안 통하는 사회다. 말이 안 통하니 갈등을 해소할 길이 없다. 결국 냉소주의가 횡행하거나 분노가 폭발할밖에. 곳곳에서 일어나고 있는 갈등과 폭력은 소통 부재가 큰 원인이다.

소통을 하려면 말이 통해야 한다. 말이 통하려면 우선 뜻을 정확하게 표현할 수 있어야 한다. 그런 후에 상대방의 말을 정확하게 이해해야 한다. 뜻하는 바를 표현하지 못하고 말귀를 못 알아들으면 소통은 불가능하다. 흔히 말하는 '열린 마음'은 그 다음의 일이다.

이 대목에서 시의 효용 가치가 빛을 발한다. 모든 문학은 언어예술이지만, 그중에 시는 으뜸 자리에 있다. 시에는 의미가 있고 감흥이 있고 상징이 있고 가락이 있다. 그래서 옛 성현들은 학문의 맨 앞에 시를 두었다. 선비들은 둘만 모여도 시를 지었고 시를 읊조렸다. 시가 곧 소통이었다.

공자는 시의 달인이었다. 전래의 시 300편을 『시경』으로 편집했고 제자들과 아들에게 시를 배우라고 독려했다.

공자께서 말했다. "애들아, 너희들은 어찌하여 시를 배우지 않느냐? 시는 인간의 감정을 흥기시키며(興) 사물과 역사를 통관케 하며(觀) 사람들과 더불어 무리 짓게 하며(群) 나의 슬픔을 나타낼 수 있게 한다(怨). 가까이는 어버이를 섬길 수 있게 하며 멀리는 임금을 섬길 수 있게 한다. 그리고 새와 짐승, 풀과 나무의 이름을 많이 알게 한다."(子曰 小子 何莫學夫詩 詩 可以興 可以觀 可以群 可以怨 邇之事父 遠之事君 多識於鳥獸草木之名-양화편 제9장)

시의 정의와 효용을 멋지게 나타냈다. 현대 시학의 이론으로 삼아도 손색이 없는 개념 정의일 것이다.

공자는 아들 백어에게 "시를 공부하지 않으면 말을 제대로 할 수 없고(不學詩 無以言) 예를 배우지 않으면 혼자 설 수 없다(不學禮 無以立)"며 시 배울 것을 독려했다.[3]

여기에서 '자식이 아버지로부터 받는 교훈'이란 뜻의 '시례지훈(詩禮之訓)'이란 말이 나왔다.

공자께서 백어에게 말했다. "주남과 소남(시경 맨 앞 편명)을 배우고 있느냐? 사람이 되어 주남과 소남을 배우지 않으면 마치 담벼락을 마주하고 서 있는 것과 같다."(子謂伯魚曰 女爲周南召南矣乎 人而不爲周南召南 其猶正牆面而立也與-양화편 제10장)

'담벼락을 마주하고 서 있는 것(正牆面而立)'이란 견문과 학식이 적

 사람 다치지 않았느냐

어 도무지 통하지 않게 된다는 의미이다.

우리 격언 중에 "알아야 면장(面長)을 하지"라는 말이 여기에서 유래한다. 시골의 작은 벼슬도 배우지 않으면 제 역할을 제대로 할 수 없다는 의미를 나타낼 때 쓰이는 말이다. 그러나 '면장(面長)'은 '면장(免牆)'이 잘못 쓰인 말이다. '면장(免牆)', 즉 '담벼락을 마주하고 서 있는 것을 면한다'는 뜻이 '면장(面長)', 즉 '말단 행정조직인 면의 으뜸자리'로 와전된 것이다. 어찌 됐든 옛날부터 학문의 과정에 시의 효용을 무엇보다 높게 평가했음을 알 수 있다.

송복 연세대 명예교수는 수년 전 『시와 시학』에 기고한 글에서 "학교에서 시를 가르치지 않는 것은 학생을 모두 '재주 부리는 곰새끼'로 만들려고 함에서다. 학교에서 시를 낭송하지 않는 것은 학생을 모두 '요령 피우는 뻐꾸기'로 만들려 함에서다"라고 비판했다. 그러면서 인구 370만 명의 아일랜드가 노벨문학상 수상자를 네 명(예이츠, 버나드 쇼, 셰이머스 히니, 사무엘 베케트)이나 배출하고 세계적인 IT 강국이 된 것은 시의 힘이라고 지적했다.

송 교수의 지적이 아니어도, 아닌 게 아니라 이 땅의 학교 현장에서 시 교육은 엉터리다. 엉터리도 이런 엉터리가 없다. 시를 낭독하고 짓게 해서 시의 즐거움을 가르치는 것이 아니라 시의 주제부터 파악하게 하고 수사법을 분석하고 시대적 배경을 외우게 한다. 오로지 시험 대비용이다. 그러니 아이들에게 시는 즐거움이 아니라 고통이다. '시를 읽지 않는 사회'는 그 연원이 학생시절에 가닿아 있는 셈이다.

시인들의 책임도 적지 않다. 시인이 독자보다 많다고 할 정도로 넘쳐나지만 감동을 주는 시는 드물다. 어려운 시를 써야 대가연하는 세상이다. 매달 쏟아져 나오는 시들을 읽노라면 암호처럼 해독 불가하거나 정제되지 않은 독백인 경우가 다반사다. 가뜩이나 복잡한 세상, 시마저 골칫거리가 되어서야 쓰겠는가. 말장난류의 시들은 세상을 정화하기는커녕 어지럽게만 한다.

그런 면에서 도종환 시인은 귀한 존재이다. 그의 시는 쉽다. 그러면서도 의미가 있고 감동이 있고 운율이 살아 있다. 서정시의 정수를 보인다.

그런데 교과서 검정 기관이 정치적 이유로 그의 시를 삭제하라고 종용했으니, 말문이 꽉 막힌다. 이명박 정권의 소통부재가 어디에서 유래하는지 알 만하다.

교육현장에서 시를 쓰고 읽는 즐거움만이라도 아이들에게 줄 수 있다면 세상은 확 달라질 것이다. 그러면 소통은 저절로 이뤄질 것이므로.

   사람 다치지 않았느냐

자족하는 삶

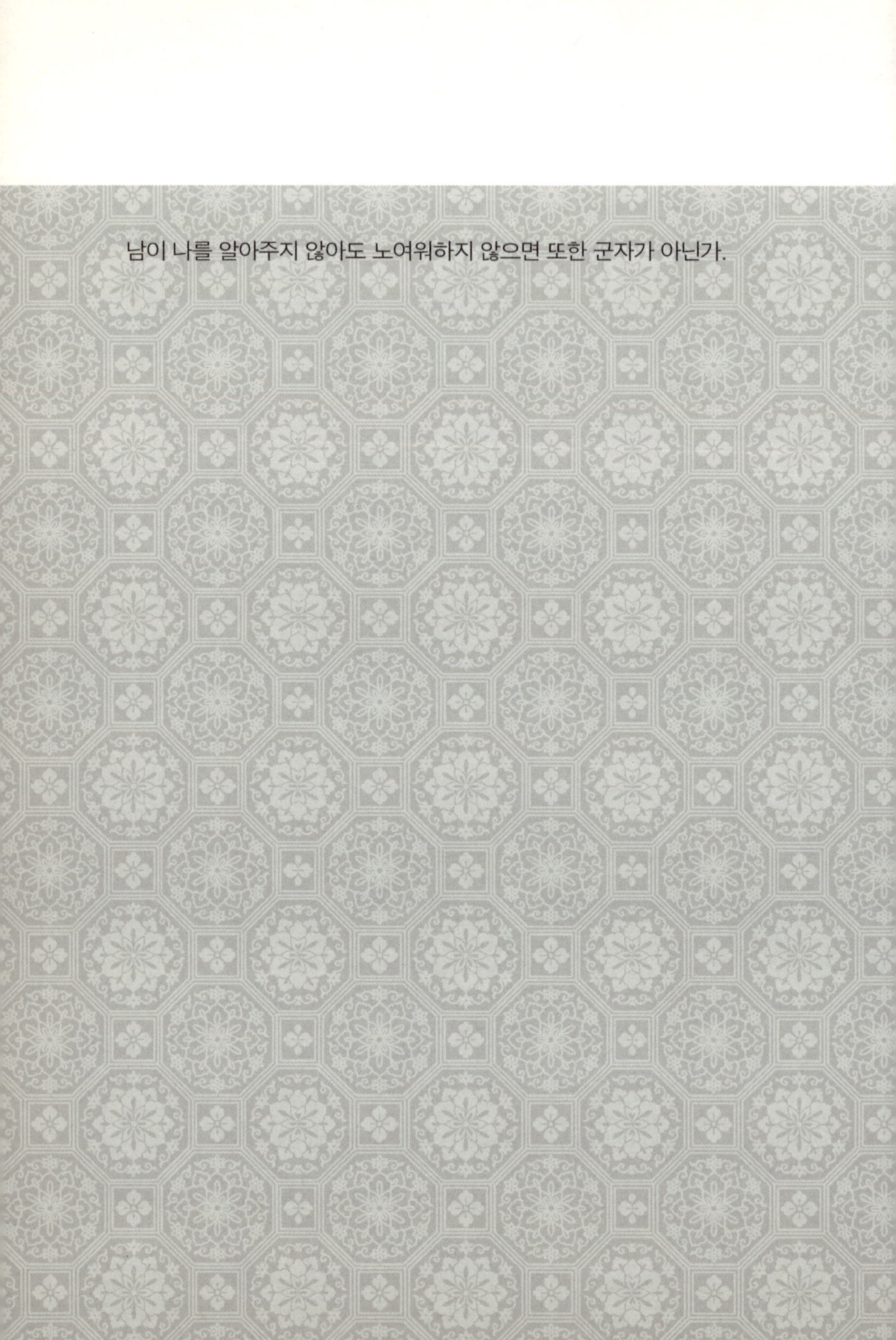
남이 나를 알아주지 않아도 노여워하지 않으면 또한 군자가 아닌가.

남이 나를 알아주지 않을지라도

　　　　　　"남이 나를 알아주지 않아도 노여워하지 않으면 또한 군자가 아닌가."(人不知而不慍 不亦君子乎)

　나를 『논어』에 홀딱 반하게 한 구절이다. 맨 첫 장인 「학이」편의 제1장에 나오는 이 구절을 읽는 순간 말할 수 없는 감동이 밀려왔다. 긴 암흑의 터널 속에서 불빛 한 점을 발견했을 때의 환한 설렘 같은 기쁨이랄까. 이 구절로 인해 점점 논어의 마력에 빨려들고 말았다. 주옥 같은 공자의 말씀 중에서 나는 이 구절을 가장 사랑한다. 살면서 마음이 흔들릴 때마다 흥얼거리면 주술처럼 나를 즐겁게 한다.

　이 구절은 나의 삶의 방향을 단번에 바꿔놓았다. 그동안 나는 남에게 인정받기 위해 전전긍긍했다. 20여 년의 기자생활을 돌이켜보면, 사회적 정의 구현은커녕 남들에게 좋은 평판을 얻기 위해 애를 쓴 시간의 흔적뿐이었다. 남이 알아주면 우쭐해 하고 남이 알아주지 않으면 우울해하면서 남의 평가에 일희일비 해오지 않았던가?

　이 구절을 만나는 순간, 나의 낭패감과 우울감은 미농지에 사물이 드러나듯 분명하게 모습을 드러냈다. "아, 바로 이것이구나. 그동안 남의 눈을 너무 의식하면서 살아왔구나. 남에게 인정받으려고 아등바등했구나." 강한 인정 욕구가 나를 옥죄고 있었던 것이다.

사실 남에게 인정받으려는 욕구가 나만의 본능은 아니다. 남과 관계를 맺고 있는 대부분의 사람들은 인정 욕구를 가지고 있다. 어려서는 부모나 선생님으로부터 인정을 받으려 하고 직장에선 상사나 동료로부터 인정을 받으려 한다. 아내는 남편에게 남편은 아내에게 인정을 받기 위해 노력하기도 한다.

인정 욕구는 긍정적인 측면이 있다. 강한 성취동기로 작용하기도 하고 삶의 활력소가 되기도 한다. 하지만 인정 욕구가 지나칠 경우, 자칫 삶의 굴레가 되기 쉽다. 타인의 마음은 절대로 고정불변하는 것이 아니다. 시시각각 변한다. 나를 칭찬하거나 호평하던 마음도 내일이면 비난이나 악평으로 돌변할 수가 있다. 남의 마음에 나를 맡겨놓으면 절대로 행복에 이를 수 없다.

'人不知而不慍 不亦君子乎(인부지이불온 불역군자호)!'

물론 공자의 이 말씀은 그 의미가 훨씬 크고 넓다. 공자의 일생은 인(仁)을 바탕으로 하는 자신의 정치적 이상을 실현해줄 명군(名君)을 만나기 위하여 천하를 주유한 삶이었다. 그러나 그의 이상을 받아줄 군주는 그 어디에도 없었다. 말년에 공자는 정치적 꿈을 접고 후학을 기르는 데 전념한다. 그의 일생은 분노와 회한으로 점철돼 있었다고 해도 과언이 아니다. "남이 나를 알아주지 않아도 노여워하지 않으면 또한 군자가 아닌가" 하는 말씀은 가늠하기 힘든 무게로 다가온다. 나와 같은 소인들이 함부로 단장취의(斷章取義)할 만큼 가볍지 않은 구절이리라.

하지만 이 구절을 탐독한 이후 내 자신도 남의 평가에 연연하지 않고 주체적으로 살아갈 수 있는 힘을 얻었으니, 이만하면 군자는 아니어도 소인의 삶에서 벗어나고 있는 중이라고는 자부한다.

인정 욕구는 소금물이나 탄산음료와 같다. 소금물이나 탄산음료를 마시면 마실수록 목이 마르듯이, 인정 욕구는 강하면 강할수록 심신을 피폐케 한다. 목이 마르면 시원한 냉수를 마셔야 하듯이 삶이 목마를 때에는 남의 칭찬이 아니라 스스로의 격려와 자존을 들이켜야 한다. 그것이 군자의 태도이다.

그래서 공자께서는 "군자는 자기 자신에게서 구하고, 소인은 남에게서 구한다."고 말한 것이다.(君子 求諸己 小人 求諸人-위령공편 제20장)

군자는 기쁨도 슬픔도 잘못도 자신에게서 찾고 소인은 그것들을 타인에게서 찾는다. 그래서 군자는 스스로 만족하지만 소인은 남이 칭찬해줘야 만족한다.

그렇다고 군자는 남의 평가를 무시하거나 멋대로 행동하는 것은 아니다. 남의 평가에 연연하지 않지만 꾸준히 자기 자신의 역량을 키우고 인격을 닦는 게 군자의 자세이다.

공자께서 말했다. "남이 나를 알아주지 않는 것을 걱정할 것이 아니라, 나의 능력이 모자라는 것을 걱정해야 한다."(子曰 不患人之不知己 患其不能也 -헌문편 제32장)

공자께서 말했다. "지위가 없음을 걱정하지 말고 그 자리에 설 수 있는 능력이 있는지 걱정하며, 자기를 알아주지 않는 것을 걱정하지 말고 참으로 알려질 수 있기를 구하라."(子曰 不患無位 患所以立 不患莫己知 求爲可知也-이인편 제14장)

오로지 자신의 실력과 덕성을 기르는 데 힘을 써야지 남에게 인정을 받기 위해 연연해서는 안 된다는 가르침들이다. 남이 나를 알아주고 알아주지 않고는 나의 문제가 아니고 순전히 남의 문제이다.

반면 남에게 알려질 만한 실력을 갖추는 건 나의 문제이다.

누구나 출세하고 싶고 윗자리에 오르고 싶은 건 인지상정일 것이다. 하지만 다 때가 있는 법이다. 비록 때가 오더라도 내가 그 자리에 설 만한 능력이 없으면 때가 비켜가거나 운이 좋아 그 자리에 앉더라도 제 역할을 수행할 수가 없다. 높은 자리가 되레 사람을 망쳐놓는 경우를 얼마나 자주 보아왔던가!

낭중지추(囊中之錐)라는 말이 있다. '주머니 속의 송곳'이란 뜻으로, 뾰족한 송곳은 가만히 있어도 삐져나오듯 능력과 재주가 뛰어난 사람은 저절로 알려지게 된다는 의미이다. 스스로 덕을 닦고 실력을 쌓은 사람은 언젠가 반드시 중용될 것이다. 설령 끝까지 중용되지 못한다 해도 그동안 쌓은 실력과 덕성은 내 안에 남아 있으니 무엇이 문제이겠는가!

사람 다치지 않았느냐

허물(過)을 고치지 않는 게 허물이다

　　　　나는 2008년 5월 24일의 밤을 평생 잊지 못할 것이다. 비가 오던 그날 밤 일어난 음주 교통사고는 20여 년의 기자생활, 아니 나의 인생에 큰 오점을 남긴 사건으로 기록될 것이다. 그날 밤의 정신적 충격과 그 뒤의 여파를 생각하면 아직도 오금이 저린다. 피해자와 합의가 돼 약식기소로 사건은 마무리됐지만 나는 보직을 사퇴하고 1개월 정직이라는 징계도 받았다. 그 뒤 난생처음 생소한 업무부서로 발령을 받아 허둥댔고 선·후배들의 따가운 눈총도 감내해야 했다.

　한순간의 실수로 많은 것을 잃었다. 경제적 손실은 차치하고, 그동안 쌓아온 기자로서의 명예를 송두리째 빼앗겨버렸다. 아내와 아이들에게도 면목이 서지 않았다. 특히 나를 믿고 따르던 회사 후배들에게 실망을 안겨준 것이 가장 견디기 힘든 일이었다.

　그러나 전적으로 잃기만 한 것은 아니었다. 얻은 것도 있었다.

　무엇보다 이 사건은 정신없이 달려온 나의 삶을 되돌아보는 계기가 됐다. 그동안 내가 너무 자만하면서 살았구나, 옆은 보지 않고 앞만 보고 내달렸구나, 하는 자성을 하게 됐다. 어쩌면 음주 교통사고는 나의 자만이 부른 당연한 결과인지 모른다. 당시엔 스스로 하는 일에 도취돼 '오만과 편견'에 빠져 있었던 것 같다. 이 사건은 나의 내면을 다지는 소중한 기회가 되었다.

그리고 다시는 바보 같은 실수를 반복하지 않겠노라고 다짐을 하는 계기가 됐다. 명예는 쌓기는 어려워도 허물기는 한순간임을 깨달았다. 철저한 자기관리만이 명예를 지킬 수 있는 길임을 절감했다.

지금 생각해보면 물적 피해만 있고 인적 피해가 없었다는 점이 얼마나 다행스러운 일인지 모르겠다. 만약 그날 사고가 없었더라면 더 큰 사고가 기다리고 있었을지 누가 알겠는가? 무엇보다 음주운전 사고 이후 내 자신의 내적 성장으로 눈을 돌리게 된 것을 전화위복으로 생각하고 있다.

일생 동안 허물을 범하지 않는 사람은 그리 많지 않을 것이다. 다만 허물을 어떻게 받아들이느냐가 문제이다. 허물이란 잘못 저지른 실수를 뜻한다. 허물은 의도성이 없다는 측면에서 죄와 구별이 된다. 하지만 보는 관점에 따라 허물과 죄는 분명히 구분되지 않을 수도 있다. 자신은 허물이라 생각해도 남은 죄로 여길 수가 있고, 남은 허물이라고 변명해도 내가 보기에는 죄가 될 수도 있다. 대부분의 사람은 스스로에겐 관대하고 남에겐 엄격한 잣대를 들이대는 경향이 있기 때문이다.

군자라면 의도하지 않은 실수로 생긴 허물이라고 해도 변명을 하거나 핑계를 대선 안 된다. 그러면 더 이상 발전이 없다. 비록 허물이라고 해도 철저한 반성이 뒤따라야 한다. 자기반성을 통해 허물을 성장의 계기가 삼아야 한다. 똑같은 허물을 반복하는 건 군자의 자세가 아니다.

공자는 "군자는 허물이 있으면 고치기를 꺼리지 않는다(過則勿憚改)."라고 말했다.[1] 또 "허물을 고치지 않는 것이야말로 허물이다."라

     사람 다치지 않았느냐

고 말했다.(過而不改 是爲過矣-위령공편 제29장)

논어에는 유독 허물을 언급한 부분이 많다. 공자께서는 사람이 아무리 노력해도 실수를 할 수밖에 없는 인간적 한계를 잘 알고 있었기 때문일 것이다. 다만 공자는 허물에 대해 구차하게 변명하지 말아야 함을 강조했다.

자하가 말했다. "소인은 허물이 있으면 반드시 문식하려 든다."(小人之過也必文-자장편 제8장)

소인들은 잘못을 저지르고 난 뒤 반드시 핑계를 댄다는 뜻이다. 허물은 누구나 지을 수 있는데, 허물을 대하는 태도에서 군자와 소인으로 갈린다. 군자는 핑계를 대지 않고 과감하게 고치려 한다. 또 똑같은 실수를 절대 반복하지 않는다. 반면 소인은 온갖 치사한 언사로 핑계를 댄다. 진실로 반성하지 않으니 똑같은 실수를 반복할 수밖에 없다.

우리나라 정치인 중에 소인이 유독 많다. 온갖 비리로 감옥에 가면서도 자신의 잘못을 인정하는 꼴을 보기가 어렵다. 흔쾌하게 자신의 죄를 인정하지 않고 핑계를 대거나 남의 탓으로 돌린다.

자공이 말했다. "군자의 허물은 일식·월식과 같다. 허물이 있으면 사람들이 모두 쳐다볼 수가 있고 그 허물을 고쳤을 때에는 사람들이 모두 우러러본다."(子貢曰 君子之過也 如日月之食焉 過也 人皆見之 更也 人皆仰之-자장편 제21장)

너무나 아름다운 구절이다. 여기서 군자는 사회 지도자를 뜻한다. 지도자 자리는 해와 달처럼 누구나 쉽게 볼 수 있는 위치에 있다. 공직자의 허물은 일식과 월식처럼 쉽게 눈에 띈다. 아무리 은밀하게 비리를 저질러도 시간이 지나면 다 드러나게 돼 있다. 일·월식을 구름이 가린다고 사람들이 눈치채지 못하는 것은 아닌 것과 같은 이치이다.

그러나 공직자가 단 한 번의 실수를 과감하게 인정하고 환골탈태하면 국민들이 우러러보는 자리에 다시 설 자격이 주어진다. 물론 파렴치범이나 고의의 수뢰 행위는 절대 용납을 해선 안 될 것이다.

당신은 허물이 생길 때마다 솔직히 인정하고 고치려 노력하는 타입인가, 갖은 문식을 하면서 변명부터 하는 타입인가? 만약 전자라면 군자에 가깝고 후자라면 소인에 가깝다.

남의 작은 허물을 과장해 흉보거나 비난하기보다 자신의 작은 허물을 크게 생각해 고치는 데 힘쓴다면, 삶은 일신우일신(日新又日新)할 것이다.

사람 다치지 않았느냐

말이 운명을 만든다

대학 다닐 때 북한을 불법으로 방북했던 통합민주당 임수경 의원은 운동권 사이에서 한때 '통일의 꽃'이란 칭호를 얻은 스타였다. 2012년 4·11총선에서 민주당 비례대표 후보 공천을 받아 금배지를 단 임 의원은 그해 6월 탈북자 출신 대학생 백요셉 씨와 북한인권운동가 출신인 새누리당 하태경 의원에게 '탈북자 새끼, 변절자' 등의 막말을 퍼부었다가 여론의 뭇매를 맞았다. 임 의원이 신속히 사과를 하면서 사태는 일단락됐지만 '통일의 꽃' 이미지는 많은 손상을 입고 말았다.

인터넷방송 '나는 꼼수다'의 논객 김용민 씨는 2012년 총선에 민주당 후보로 출마했으나 선거 기간에 과거의 막말이 드러나면서 지지도가 급락, 결국 낙선의 쓴맛을 봐야 했다.

오락 프로그램을 휩쓸던 방송인 김구라 씨는 무명시절의 막말이 뒤늦게 밝혀지면서 방송계 은퇴를 선언했다.

말은 한마디로 천 냥 빚을 갚게도 하지만 패가망신시키기도 한다. 그동안 말 한마디 잘못해 많은 정치인들이 정치인생을 접기도 했고 연예인들은 급전직하로 추락해 무대에서 사라지기도 했다. 정치인이나 연예인만 그렇겠는가. 일반인도 누구나 말 한마디 잘못하는 바람에 곤욕을 치른 경험이 한두 번씩은 있을 것이다. 말이 싸움이 돼 살인을 부른 경우도 있다.

'침묵은 금', '말이 씨가 된다', '발 없는 말이 천리를 간다', '가는 말이 고와야 오는 말이 곱다', '말 많은 집안은 장맛도 쓰다', '말 안 하면 귀신도 모른다', '말로는 천당도 짓는다', '군말이 많으면 쓸 말이 적다'……. 말과 관련된 우리 속담이 부지기수인 것만 봐도 조상들은 말조심을 중요시했음을 알 수 있다.

"언어는 존재의 집이다"라고 일갈한 사람은 철학자 하이데거다. 사실 그렇지 않은가. 나라는 존재는 언어를 통해 표현되고 타인을 이해하기 위해서도 언어가 필요하다. 언어가 없다면 존재는 의미를 상실하고 말지도 모른다. 언어의 가치는 존재를 규정할 만큼 넓고 깊은 것이다.

그래서 성현들은 한결같이 말의 문, 즉 입을 조심할 것을 가르쳤다.

명심보감에는 '입과 혀라는 것은 화와 근심의 문(口舌者 禍患之門)'이라고 했다. 불교 경전 천수경의 첫머리는 '정구업진언(淨口業眞言)/수리수리 마하수리 수수리사바하'이다. 입으로 지은 죄업을 정화하는 일이 참회와 깨달음의 시발점이란 뜻이겠다. 성경 「야고보서」에는 '혀는 곧 불이요 불의의 세계라, 혀는 우리 지체 중에서 온몸을 더럽히고 생의 바퀴를 불사르나니'라고 돼 있다.

공자도 말을 조심할 것을 누차 강조했다. 말을 번지르르하게 잘하는 사람을 몹시 싫어했으며 말이 행동보다 앞서는 것을 철저히 경계했다.

"군자는 말을 어눌하게 하고 행동은 민첩하게 하려고 한다."(君子欲訥於言而敏於行-이인편 제24장)

　　　　　　　　　　　　사람 다치지 않았느냐

“교묘하게 꾸민 말은 덕을 어지럽히고 작은 것을 참지 못하면 큰 일을 도모하기 어렵다.”(巧言亂德 小不忍則難大謀-위령공편 제26장)

“교묘하게 꾸민 말과 알랑거리는 얼굴을 하는 사람 중에 어진 이는 드물다.”(巧言令色 鮮矣仁-학이편 제3장)

위 말씀들이 모두 가능하면 말을 적게 하는 것이 좋다는 의미이다.

심지어 남용(南容)이라는 자는 말을 신중히 하려고 노력하는 점이 공자의 눈에 띄어 공자 형님의 사위가 되는 행운(?)을 누렸다.

남용이 백규라는 내용의 시를 하루에 세 번 반복하여 외우니 공자께서 그 형님의 딸을 그에게 처로 삼게 했다.(南容 三復白圭 孔子 以其 兄之者 妻之-선진편 제5장)

‘백규’라는 시는 『시경』「대아 억」 편에 들어 있다. “백규 옥의 티는/그래도 갈아 없앨 수 있건만/발설한 말의 티는 갈아 없앨 수 없어라.”

남용이 「백규」를 하루에 세 번 읊었다는 것은 말을 삼가려 노력한 사람이라는 의미이다. 말은 행실의 표면이요 행실은 말의 실체이다. 그 사람의 말을 들어보면 무엇을 생각하고 있고 무엇을 꿈꾸는지 알 수가 있다. 말을 함부로 하면서 행동이 신실한 자는 없는 법이다. 공자는 남용의 이런 태도를 높이 평가했던 것이다.

공자는 말만 번지르르하게 하면서 행동은 따르지 위정자들을 특히 혐오했다.

공자께서 말했다. “말하는 것을 부끄러워하지 않으면 실천하는 것이 어렵다.”(其言之不怍則爲之也難-헌문편 제21장)

실천궁행의 중요성을 강조한 말이다. 선거 때만 되면 온갖 감언이

설로 표 구걸을 해놓고 당선되고 나면 언제 그랬냐는 듯 시치미를 뚝 떼는 이 땅의 정치인들 때문에 말이 혼탁해져버렸다. 말이 말로서 제 기능을 다하지 못하는 사회는 불신사회이다. 내 말을 상대가 믿지 못하고 상대의 말을 내가 믿지 못하면 소통은 불가능해진다. 소통부재의 사회가 된 데는 정치인들의 책임이 크다. 정치를 하기 전에 언행을 일치시키는 훈련부터 받아야 할 터이다.

공자께서 말했다. "말이란 뜻을 전달할 뿐이다."(辭 達而已矣-위령공편 제40장)

의미심장한 구절이 아닐 수 없다. 말의 궁극적 가치는 사람 사이의 의사소통을 가능하게 하는 데 있을 것이다. 풍성하고 화려한 말솜씨는 사실을 왜곡하거나 상대를 현혹시킬 가능성이 크다. 하물며 막말이나 거짓말은 논할 가치조차 없는 것이다.

고운 말을 신중하게 하는 사람의 삶은 잘 풀리고 순조롭게 되지만 거친 말을 함부로 내뱉는 사람의 삶은 꼬이고 험난하기 마련이다. 말이 그 사람의 운명을 좌우할 수도 있다. 한 사람의 말의 습관을 들여다보면 그 사람의 사람됨과 운명이 보인다.

술 권하는 사회

'월요일은 원래 마시는 날, 화요일은 화끈하게 마시는 날, 수요일은 수시로 마시는 날, 목요일은 목이 터져라 마시는 날, 금요일은 금방 마시고 또 마시는 날, 토요일은 토하도록 마시는 날, 일요일은 일어나지 못하도록 마시는 날.'

별로 재미없는 오래된 농담이지만 우리 사회의 음주문화를 단적으로 나타내는 우스개이다. 월요일부터 일요일까지 하루도 빠짐없이 술을 마신다 해도 그 이유는 다 있기 마련. 마실 이유는 9999가지지만 마시지 못할 이유는 단 한 가지뿐이라는 말이 있다. 술이 없기 때문이란다.

대한민국은 술에 미친 사회라고 해도 과언이 아니다. 남녀노소가 따로 없고 빈천부귀가 따로 없다. 온 사회가 알코올에 빠져 허우적대고 있다. 우리나라처럼 밤새도록 흥청망청하는 나라, 공공식당에서 식사를 하면서 술을 시켜 먹는 나라는 어디에도 없을 것이다. 밤에 모이기만 하면 술집이나 노래방으로 직행하고 심지어 대낮부터 술판을 벌이는 나라가 또 있을까?

한 통계에 따르면 우리나라 20세 이상 인구의 음주율은 78.5%이며 고도위험 음주자만도 900만 명에 달하는 것으로 나타났다. 2010년 기준으로 성인 1인당 소주 67병에 맥주 101병을 마셨다. 세계 최고 수준이다. 강력범죄의 10%, 교통사고의 13%, 가정폭력의 23%가 음주로 인해 발생하고 있다는 조사결과도 있다. 이 때문에 음주로 인한 사회·경제적 비용만 연 20조 990억 원으로 GDP 대비 2.9% 수준에 이르는 것으로 알려졌다.

2012년 초 한 중앙일간지에서 '주폭(酒暴, 주취폭력)'을 테마로 장기 시리즈물을 내보냈지만, 사실 '주폭' 문제는 심각한 수준이다. 술은 마시는 사람보다 옆에 있는 사람들이 더 큰 피해를 입을 수 있다는 점에서 사회악으로 접근할 필요가 있다.

우리 사회가 술에 빠진 건 무엇보다 술에 관대한 사회·문화적 영향 때문일 것이다. 유교사회에서 술은 빠질 수 없는 요소이다. 유교의 모든 예식은 술로 시작해 술로 끝난다고 해도 과언이 아니다. 술이 없으면 유교문화 자체가 성립되지 않는다. 그래서 술에 몹시 관대할 수밖에 없다.

특히 산업화 시대와 고도 성장기를 거치며 술은 우리 생활에 더욱 깊숙이 자리 잡았다. 직장 내 아래위의 단합을 위해, 회사 간 거래를 위해, 목표 달성을 축하하고 실패를 위로하기 위해 등 각종 명목으로 술이 소비됐다. 술을 잘 마셔야 유능한 사람으로 인정받아 출세가도를 달렸다. 술을 멀리하면 꽁생원 취급을 받아 조직에서 소외당하기 일쑤였다.

우리 사회가 경제적·양적으로는 비약적 발전을 했으나 문화적·질적으로는 지체되면서 많은 사람들이 술 외에 다른 취미를 가지기 힘든 사회 구조적 문제도 흥청망청 술 문화를 만드는 데 일조했다.

옛 성현들도 술로 인한 폐해를 경계했다.

공자께서 말했다. "밖에 나가서는 공경(公卿)을 섬기고 집에 들어

와서는 부형을 섬기며, 상사(喪事)는 감히 힘쓰지 않음이 없으며 술 때문에 곤란을 당하지 않는 것, 이 중에 어느 것이 나에게 있겠는가?"(子曰 出則事公卿 入則事父兄 喪事不敢不勉 不爲酒困 何有於我哉-자한편 제15장)

불위주곤(不爲酒困), 즉 '술 때문에 곤란을 겪지 않음'은 공자에겐 큰 문제가 아니었을 터. 대자유인인 성인에게 술은 예를 갖추기 위한 수단이었을 뿐이다. 위 표현은 사람이라면 누구나 술로 인한 곤경을 경계해야 한다는 간절한 마음의 표시일 것이다. 공자 시대에도 술의 폐해는 있었나 보다. 하긴 은나라 주(紂)왕은 주지육림(酒池肉林)에 빠져 허우적대다가 나라조차 주(周)나라에 빼앗기지 않았던가.

공자께서는 고기가 아무리 많아도 밥 기운을 이기도록 드시지는 않았다. 술은 일정량을 정해놓은 바는 없었으나 주정을 하거나 의식이 어지러워지는 데는 이르지 않았다.(肉雖多 不使勝食氣 唯酒無量 不及亂-향당편 제8장)

고기에 욕심을 부리지 않고 '불위주곤'을 실천한 성인의 경지를 잘 보여준다.

이 복잡다단한 세상살이에서 보통사람들이 술을 입에 전혀 대지 않고 살아가는 것은 불가능한 일인지 모른다. 술 한 잔에 시름을 덜고 쌓인 스트레스를 풀 수 있다면 이보다 바람직한 일이 또 있을까.

문제는 도를 넘는 데 있다. 과유불급(過猶不及)이다. 우리 조상들은 '향음주례(鄕飮酒禮)'라는 술 마시는 예법을 가지고 있었다. 향음주례란 향촌의 선비·유생들이 학교나 서원 등에 모여 학덕과 연륜이 높은 이를 주빈으로 모시고 술을 마시며 잔치를 하는 향촌의례의 하나였다. 술을 통해서 웃어른을 공경하고 술 마시는 절도를 가르치기 위한 행사였다. 그래서 옛날에는 어른 앞에서 주정 부리는 일은 감히 상상하기 힘들었다. 요즘도 일부 지자체나 향교 등에서 향음주례를 시연하는 행사가 가끔 열리곤 한다.

꼭 향음주례와 같은 격식을 갖춘 행사가 아니라도 어릴 때부터 음주 예법을 배울 필요가 있다. 술 마시는 방법은 가정에서 가르치는 것이 바람직하겠지만, 수많은 가장들이 이미 비뚤어진 음주문화에 젖어 있는 현실을 감안한다면 이는 어려운 일일지도 모른다. 대신 중·고교 도덕시간에 기본적인 음주 예절과 주폭 및 알코올 중독의 폐해 등에 대해 가르친다면 보다 효과가 있을 것이다.

이젠 우리 사회도 한 단계 도약할 때가 되었다. 음주의 양보다 질을 따질 때가 되었다. '술 마시고 한 일'에 대해서는 관대하게 봐주는 풍토에서 벗어나 남과 사회에 피해를 주는 주폭은 엄격하게 다스리는 사회적 공감대 형성이 필요한 때이다.

오십 즈음, 새롭게 각오를 다지다

영국의 세계적인 극작가 조지 버나드 쇼의 묘비명은 이렇게 쓰여 있다. "우물쭈물하다가 내 이럴 줄 알았다." 재기발랄한 풍자가의 묘비명답다. 버나드 쇼의 묘비명을 새삼 떠올리는 것은 나도 벌써 쉰의 초입에 성큼 들어섰기 때문이다. 우물쭈물하다 보니 이렇게 나이만 먹어버렸다.

30대까지만 해도 50대 선배들을 보면 까마득하게 높게 보였고, 깊고 넓은 경험의 세계에 감히 범접할 수 없을 것 같은 외경심이 들곤 했다. 쉰이 되면 삶에 대한 의혹도 없어지고 욕망도 자유자재로 제어할 수 있을 것만 같았다.

그러나 막상 쉰에 턱걸이를 하고 보니 광야에 홀로 버려진 어린아이처럼 막막할 뿐이다. 걸어온 길은 후회투성이이고, 갈 길은 안개 속이다. 이뤄놓은 것은 없고 새로운 일을 모색하기엔 용기가 나지 않는다. 마음은 20대인데, 머리카락은 빠지고 얼굴엔 팔자주름이 깊어졌다. 노화의 징후가 뚜렷하다.

공자는 말년에 자신의 삶을 이렇게 회고했다.

"나는 15세에 학문에 뜻을 두었고 30세에 홀로 섰으며 40세에 의혹됨이 없었다. 50세에 하늘의 명을 알았고 60세엔 귀가 순해졌으며 70세엔 마음이 내키는 대로 해도 법도에 어긋남이 없었다."(子曰 吾

十有五而志于學 三十而立 四十而不惑 五十而知天命 六十而耳順 七十而從心所欲不踰矩-위정편 제4장)

　아마도 논어 내용 중에서 가장 잘 알려져 있는 문구일 것이다. 쉰에 하늘의 명을 알았다(知天命)는 것은 무엇을 말함인가? 지금까지 주관적 확신에 따라 삶을 살아왔다면 쉰부터는 보편적인 하늘의 명령, 하늘의 소리에 따라 살았다는 의미이다. 누구나 하늘로부터 부여받은 임무나 소명이 있지 않겠는가?

　하지만 나는 여전히 하늘의 명이 무엇인지 알지를 못한다. 마흔에 도달해야 할 불혹(不惑)의 경지에도 이르지 못했으니, 지천명은 언감생심이다.

　중국 명대의 유학자 이지(호 탁오)는 '동심설'을 주창하고 전통의 권위에 도전한 급진적 유학자였다. 나이 쉰에 대한 이탁오의 독설이 신랄하다.

　"나이 오십 이전의 나는 정말로 한 마리 개에 불과했다. 앞의 개가 그림자를 보고 짖으면 나도 따라서 짖어댔던 것이다. 만약 남들이 짖는 까닭을 물으면 그저 벙어리처럼 쑥스럽게 웃기나 할 따름이었다."(『속분서』「성교소인」)

　쉰 이전에는 한 마리의 개처럼 살았다는 자기고백이 절절하게 와 닿는다. 이에 대해 철학자 강신주는 이렇게 해석했다. "50세 정도 되면 대부분의 사람들은 지금까지 자신이 살았던 삶이나 그로부터 얻은 학식이나 평판 등을 정당화하는 데 나머지 생을 할애하는 법이다. 그렇지만 이지는 비범했다. … 스스로 한 마리의 개처럼 살았다고 솔직하게 토로하는 순간 그는 드디어 다른 누구도 아닌 이지 그 자신으로서의 삶을 살 수 있게 되었다."

나는 과연 나 자신의 삶을 살아왔는가? 앞의 개가 그림자를 보고 짖어대면 이유도 모른 채 짖어대지는 않았던가?

공자가 드물게 칭송했던 사람 중에 춘추시대 위나라의 대부를 지낸 거백옥이 있다. 공자가 제자들을 데리고 천하를 주유할 때, 위나라에 가면 거백옥의 집에서 숙식을 신세지곤 했다.

여러 문헌에는 "거백옥은 50세에 49년 동안의 잘못을 깨달아 거듭 새롭게 태어나고자 하였고 60세에도 삶의 변화를 추구하였다"고 적혀 있다. 거백옥은 100세까지 장수한 사람이다. 그는 평생 허물 고치기를 꺼리지 않았고 변화를 두려워하지 않았다.

하루는 거백옥이 사자(使者)를 공자에게 보내 문안을 올렸다. 거백옥의 안부를 묻는 공자의 질문에 사자는 이렇게 대답했다. "저희 부자(夫子)께서는 허물을 적게 하려고 노력하시지만 아직 여의치 못합니다." 그러자 공자는 "정말 훌륭한 사자로구나" 하고 칭찬했다.[2]

말년에까지 자신의 허물을 고치기 위해 부단히 노력하고 있는 주인의 근황을 이처럼 겸손하게 알려주는 사자의 지혜로움을 칭찬한 것이다. 이는 곧 거백옥에 대한 칭송이나 다름없다.

보통 사람들은 쉰이 넘으면 더 이상의 변화를 모색하지 않는다. 도전에 나서기를 두려워하고 안주하기 쉽다. 자신의 경험이 전부인 양 가치관이나 인생관을 쉽게 바꾸려 들지 않는다.

이탁오나 거백옥 같은 현인들은 쉰을 기점으로 새로운 삶을 개척했다. 쉰을 단순히 청년기에서 노년기로 넘어가는 과도기로 여긴 것이 아니라, 삶을 새롭게 주체적으로 자각하는 획기적 전기로 삼았던 것이다.

일신우일신(日新又日新)이란 말이 있다. '나날이 새롭고 또 새로워진다'는 뜻이다. 중국 은나라 시조 탕왕이 자신을 경계하기 위해 세숫대야에 새겨 놓았다는 '구일신(苟日新) 일일신(日日新) 우일신(又日新)'이란 말에서 나온 말이다. 물이 고이면 썩듯이 마음도 고이면 썩기 마련이다. 요즘은 과거에 비해 평균수명도 획기적으로 늘어났다. 쉰은 아직 살아갈 날이 한참 남은 나이이다. 제2의 인생이 시작되는 시기이다.

무엇보다 50대는 지금까지의 관성대로 살아가려는 게으름과 내 경험·생각이 무조건 옳다고 여기는 아집으로부터 벗어나야 할 때이다. 그렇지 않으면 삶의 진보는 기대할 수 없다.

이와 함께 지금까지 '개처럼' 무소신으로 살아온 것은 아닌지, 내 허물은 없는지 자각하면서 일신우일신한다면, 쉰부터 진정한 삶이 시작된다고 해도 과언이 아닐 것이다.

오늘 아침 문득 거울 속을 들여다보니 조금 외로워 보이지만 입술을 굳게 다문 채 새롭게 의지를 다지는 중년 하나가 서 있다. 싫지만은 않다.

     사람 다치지 않았느냐

근심을 보면 사람이 보인다

'걱정도 팔자'라는 속담이 있다. 하지 않아도 될 걱정을 쓸데없이 하는 사람을 놀림조로 이르는 말이다. 이런 속담이 생겨난 것을 보면 옛날사람들도 불필요한 걱정을 많이 했나 보다. 하긴 불교에선 삶 자체가 '고해(苦海)'라고 했으니, 그 고통의 바다를 헤엄쳐 건너려면 얼마나 많은 근심·걱정의 파고를 넘어야 하겠는가?

지인 중에 종합병원 신경정신과 전문의 한 분이 있다. 이분과 일전에 식사를 하면서 들은 얘기이다. 소위 '건강염려증'이란 병이 있단다. 자신의 신체와 관련된 사소한 변화나 증상을 과도하게 해석해 스스로 심각한 병에 걸렸다고 믿고 이를 치료하기 위해 몰두하는 상태를 말한다. 그런데 날이 갈수록 건강염려증 환자가 늘어나고 있다는 것이다. 심각한 증상을 보이는 사람은 수백만 원을 들여 정밀검사를 해서 아무런 이상이 없다는 진단을 받고도 안심이 안 돼 다른 병원들을 전전한다는 것이다. 이 의사는 건강염려증 자체가 이미 심각한 질병이 되었다며 안타까워했다. 그야말로 걱정이 팔자인 셈이다.

어디 건강염려증뿐이겠는가. 현대인들은 하지 않아도 될 걱정을 달고 산다. 한번 뒤돌아보라. 삶에서 단 하루라도 걱정거리가 없었던 적이 있었는가? 그러나 그 많은 걱정거리가 실제로 나쁜 방향으로 일어난 경우는 몇 번이나 되었는가? 거의 1%도 되지 않을 것이다. 자고나면 변해 있는 현대사회에서 각종 스트레스에 시달리다 보니 마음의 평정을 잃어버린 것이 기우(杞憂)의 원인일 것이다.

그러나 사람마다 근심·걱정거리는 천양지차이다. 사람의 수만큼이나 걱정거리도 다양할 것이다. 한 나라의 대통령은 나랏일을 걱정할 것이지만 노숙자는 당장 한 끼의 식사가 걱정거리일 것이다. 경찰은 도둑을 놓칠까 걱정이지만 도둑은 경찰에 잡힐까 걱정일 것이다. 기업체 사장은 직원들을 먹여 살리는 일이 걱정이지만 직원들은 각자 가정을 꾸려가는 일이 걱정일 것이다.

한 사람의 근심이나 걱정거리를 파악해보면 그 사람의 덕성과 영적 수준도 가늠해볼 수 있겠다. 대체로 덕성과 영적 수준이 낮은 사람(소인)일수록 의식주 등 개인 및 가족에 한정된 문제와 관련한 걱정거리를 많이 가지고 있는 반면, 덕성과 영적 수준이 높은 사람(군자)일수록 의식주를 초월한 삶의 본질적인 문제나 자신이 속한 공동체와 관련한 걱정거리를 많이 가지고 있다.

공자께서는 스스로에 대해 "사람됨이 배움에 분발하면 식사하는 것도 잊고(發憤忘食) 배워 깨달으면 즐거워 근심을 잊어(樂而忘憂) 늙음이 장차 다가오는 것도 모른다"고 평가했다.[3]

호학자(好學者)인 공자는 새로운 것을 배우고 깨치는 데 평생을 바친 분이다. 배우고 깨닫는 일이 너무나 즐거워 다른 근심걱정이 없었다고 할 정도이니, 학문을 얼마나 좋아했는지 짐작이 간다.

공자께서는 또 이렇게 말했다. "현명한 자는 의혹됨이 없고 어진 자는 근심하지 않으며 용감한 자는 두려워하지 않는다."(子曰 知者不

　　　　　　　　　　　　　사람 다치지 않았느냐

惑 仁者不憂 勇者不懼-자한편 제28장)

그러나 공자인들 걱정거리가 없었겠는가.

공자께서 말했다. "덕을 닦지 못하는 것과 학문을 닦고 연마하지 못하는 것과 의를 듣고 옮겨 실천하지 못하는 것과 불선함을 고치지 않는 것, 이것이 나의 걱정거리이다."(子曰 德之不修 學之不講 聞義不能徙 不善不能改 是吾憂也-술이편 제3장)

공자는 평생 덕을 닦고(修德), 학문을 닦고 연마하며(講學), 의를 듣고 옮겨 실천하고(徙義), 불선을 고치는(改不善) 데 힘을 썼다. 이 네 가지를 잘 하지 못할까 걱정했다는 뜻이니, 소인들의 그것과는 차원이 다르다.

공자의 이 같은 걱정거리는 뒤에 맹자에 이르러 '우환의식(憂患意識)'으로 발전했다. 이웃과 사회를 걱정하며 내가 과연 무엇을 할 것인가를 고민하는 의식이다.

맹자는 "군자는 종신토록 세상을 걱정하나 하루아침에 왔다가 사라지는 걱정은 하지 않는다(君子 有終身之憂 無一朝之患)."라고 말했다. 군자는 평생 덕을 닦아 수기(修己)에 힘쓰면서 의를 행하지 못할까 걱정한다. 나보다 이웃과 공동체를 먼저 생각하며 내가 할 수 일이 무엇일까를 걱정한다. 이것은 삶이 끝날 때까지 해야 하는 걱정거리인 '종신지우(終身之憂)'이다.

반면 소인들은 하루아침에 왔다가 가버리는 걱정거리인 '일조지환(一朝之患)'에 전전긍긍한다. 비가 오면 어쩌나, 덥거나 추우면 어쩌나, 오늘 점심은 뭘 먹을까, 주가가 떨어지면 어쩌나, 상사에게 야단 들으면 어쩌나 따위의 자질구레한 걱정거리들이 일조지환이다. 수양이나 의로움의 실천과는 별 관련이 없고 삶의 본질과도 한참 동떨어진 것들이다.

군자라면 삶이란 무엇인지, 어떻게 사는 것이 잘 사는 것인지, 어떻게 하면 이웃과 더불어 잘 살 수 있는 사회를 만들 수 있을 것인지 따위의 '종신지우'를 가슴에 품고 고민하는 자세가 필요하다 하겠다.

공자께서 말했다. "군자는 평탄하여 느긋하지만 소인은 늘 근심하고 초조해한다."(子曰 君子 坦蕩蕩 小人 長戚戚—술이편 제36장)

군자는 하늘의 뜻에 따라 전체와 조화를 이루며 살아간다. 남과 경쟁하기보다는 자신의 내면을 닦는 데 열중한다. 그러니 마음이 원만하고 편안하다. 반면 소인은 외물에 이끌리어 항상 경쟁하고 눈치 보는 삶을 살아간다. 그러니 한시라도 마음이 편할 날이 없다. 한마디로 걱정이 팔자다.

여러분의 걱정거리는 무엇인가?

때를 기다릴 줄 아는 지혜

'철부지'라는 말이 있다. '철없는 어린아이' 또는 '철없어 보이는 어리석은 사람'을 뜻한다. 이 단어는 '시기나 때'를 의미하는 한글 '철'과 '알지 못함'을 의미하는 한자어 '不知(부지)'의 합성어이다. '철'이란 절기(節氣)를 말한다. 우리 조상들은 1년을 24등분하여 24절기로 나누고 각 절기를 3개의 후(候)로 나누어 도합 72후로 구분했다. 이 절기에 따라 농부는 농사를 짓고 어부는 고기를 잡았다. 철부지란 철, 즉 때(時)를 모르는 사람이니 전통사회에선 아무 데도 쓸모없는 인간이었을 것이다.

현대사회에선 철을 몰라도 살아가는 데 별 지장이 없다. 도시 생활에서 철의 중요성은 그렇게 크지 않기 때문이다.

그러나 나이가 들면서 '때'를 아는 것이 여전히 중요하다는 것을 새롭게 깨닫게 된다. 계절적 의미의 때가 아니라, 삶의 때를 말한다. 사업을 하든 직장생활을 하든, 다 때가 있기 마련이다. 오르막이 있으면 내리막이 있고, 성공이 있으면 실패가 있고, 나아감이 있으면 물러섬이 있고, 만날 때가 있으면 헤어질 때가 있다.

내 개인적으로도 24년간의 직장생활을 돌이켜보면 다 때가 있었음을 뒤늦게 깨닫는다. 내가 아무리 잘하고자 용을 써도 터무니없는 결과가 나올 때가 있었고, 마음을 비우고 있어도 이루어질 일은 이루어졌던 것 같다. 일이 술술 풀릴 때도 있었고 자꾸만 꼬였던 때도 있었다.

문제는 나처럼 어리석은 사람은 그 때를 잘 모른다는 데 있다. 시간이 지나고 나면 "아, 그 때가 그 때였구나" 하고 깨닫게 되지만 정작 현실에선 닥쳐온 상황을 순순히 받아들이기가 여간 어렵지 않다. "나는 항상 남보다 잘돼야 하고 앞서야 한다"는 강박관념과 욕심이 지혜의 눈을 가리기 때문일 것이다.

공자는 나아갈 때와 물러날 때를 잘 알아야 함을 누누이 강조했다.

공자께서 안연에게 이렇게 말했다. "써주면 나아가 적극 행하고(用之則行), 버려지면 물러나 조용히 숨어 지내는 것(舍之則藏), 오직 너와 나만이 그렇게 할 수 있을 것이다."

춘추전국시대는 제후의 전성시대였다. 정치에 참여해 뜻을 펼치려면 반드시 어느 제후국 군주의 마음에 들어야 했다. 비록 어진 인재라 해도 그를 알아보지 못하면 초야에 묻혀 지낼 수밖에 없었다. 등용되면 나아가 열심히 일을 하는 건 어려운 일이 아니었다. 하지만 군주로부터 버림받으면 조용히 물러나 자기 수양에 몰두하는 사람은 드물었다. 보통 버림받으면 자포자기하거나 자리에 연연해 끝없이 유세를 계속했던 것이다. 공자는 자리에 연연하지 않고 자기 수양에 몰두하는 수제자 안연의 자세를 칭찬했다. 공자는 나아감과 물러남이 분명했던 위나라 대부 거백옥에 대해서도 칭찬을 아끼지 않았다.

공자께서 말했다. "곧도다 사어여, 나라에 도가 있어도 화살 같고 나라에 도가 없어도 화살 같구나. 군자답도다 거백옥이여, 나라에

    사람 다치지 않았느냐

도가 있을 때는 벼슬하고 나라에 도가 없을 때는 뜻을 거두어 감출 수 있구나.”(子曰 直哉 史魚 邦有道如矢 邦無道如矢 君子哉 蘧伯玉 邦有道則仕 邦無道則可卷而懷之-위령공편 제6장)

나라에 도가 있다는 것(邦有道)은 위정자가 인(仁)과 덕(德)으로 조화롭게 나라를 잘 다스리는 상태를 말하며 도가 없다는 것(邦無道)은 위정자가 독선과 아집으로 패권이나 추구하면서 백성들을 도탄에 빠뜨리는 상태를 말한다.

‘用之則行 舍之則藏(용지즉행 사지즉장)’, ‘邦無道則 可券而懷之(방무도즉 가권이회지)’의 자세는 요즘 시대에도 여전히 유효하다. 공직자든 회사 직원이든, 쓰일 때도 있고 버려질 때도 있다. 그런데 영전하거나 승진하면 세상을 다 얻은 듯 의기양양하고 좌천하거나 승진에 누락하면 세상에 버림받은 듯 의기소침해지는 사람들이 많다. 이는 군자답지 못한 자세이다. 비록 좋은 자리에 있다 해도 멸사봉공의 자세로 최선을 다해야 하고 한직에 머물러 있어도 비관하지 않고 오히려 자신의 실력과 덕성을 쌓는 기회로 삼는 것이야말로 군자다운 자세이다.

공자께서는 “나라에 도가 있을 때는 가난하고 천한 것(貧且賤)이 부끄러움이요, 나라에 도가 없을 때는 부하고 귀한 것(富且貴)이 부끄러움이다”라고 말했다.[4]

나라가 덕치로써 잘 운영되고 있는데도 가난하고 천한 것은 자신의 역량이 부족하기 때문이며, 나라가 혼란스러워 백성들은 도탄에 빠져 있는데도 부유하고 높은 자리에 앉아 있는 것은 녹만 축내는 무위도식꾼에 불과하다는 의미이다. 나라 경제가 어려워 수많은 서민들이 고통을 받고 있을 때, 높은 자리에 앉아 호의호식하는 것을 부끄럽게 여기지 않는 것은 공직자의 자세가 아니라는 뜻이다.

나라를 회사나 조직으로 축소해도 같은 이치이다. 회사가 흑자를 내면서 잘 돌아갈 때 인정을 받지 못하는 것은 자신의 무능력 때문이지만 회사가 적자를 내면서 존립이 흔들릴 때 높은 자리에 앉아 희희낙락하며 봉급을 축내는 것은 염치없는 짓임을 알아야 한다.

때가 아직 아닌데 억지로 자리를 탐하거나 물러나야 할 때 자리에 연연하다 보면 치욕이 따르기 마련이다.

그렇다고 노력하지 않고 때만 기다리면 된다는 얘기는 결코 아니다. 때는 누구에게나 오지만 때는 준비된 자만의 것이다. '불비불명(不飛不鳴)'이라는 고사성어가 있다. '재능 있는 자가 재능을 발휘할 때를 기다린다'는 뜻이다. 때가 왔을 때, 준비가 돼 있지 않으면 때는 되돌아가 버린다. 설령 운이 좋아 때를 잡았다 해도 준비가 돼 있지 않으면 결과는 자멸뿐이다.

가을날 떨켜가 주는 교훈

가는 시간은 누구도 막을 수 없다. 찌는 듯한 삼복더위도 추분이 지나고 나면 슬며시 꼬리를 내리고 아침저녁 일기는 선득해진다. 벌레들은 땅 속으로 숨어들고 대지의 물은 마르기 시작한다. 곧 가을비라도 내리고 나면 비거스렁이에 나뭇잎들이 우수수 떨어져 스산함을 더한다.

나무의 겨울나기 채비는 잎을 떨어뜨리는 것으로 시작한다. 물이 부족하고 살을 에는 한겨울을 넘기기 위해서는 무성한 잎을 벗어버리고 벌거숭이가 되어야만 한다. 여름 내내 동고동락했던 이파리들과 때가 되면 가차 없이 이별하는 나무의 생리는 사뭇 비정하게 느껴지기도 하지만, 회자정리(會者定離)의 천리를 터득한 지혜가 외려 경이롭다.

잎이 나무와 결별하는 데는 기막힌 자연의 원리가 숨어 있다. 낙엽은 잎의 잎자루와 가지가 붙어 있는 부분에 '떨켜'라는 특별한 조직이 생겨나 잎이 툭 떨어진 결과이다. 떨켜는 잎이 떨어진 자리를 코르크화해 수분이 증발하거나 해로운 미생물이 침입하는 것을 막는 역할도 한다고 하니, 나무의 지혜가 놀랍기만 하다.

떨켜가 주는 교훈은 바로 비움과 이별의 미학이다. 나무 중에서도 떡갈나무는 떨켜를 만들어내지 못한다. 떡갈나무는 원래 사계절 더운 지방 태생이라 일찍이 잎을 떨어뜨리는 방법을 배우지 못했기 때문이라고 한다.

떡갈나무는 다른 나무들이 성자처럼 깊은 겨울잠에 빠져 있을 때 찬바람에 따귀를 맞으며 부들부들 떨어야 한다. 자연의 순리를 비우지 못한 대가를 톡톡히 치르는 셈이다.

노년기는 삶의 떨켜를 준비해야 하는 시기이다. 마음을 비우고 자연으로 돌아갈 준비를 하는 시기이다.

공자께서 말했다. "군자에게는 세 가지 경계해야 할 것이 있다. 어려서는 혈기가 안정되지 않았으니 색을 경계하고, 장년에는 혈기가 강건해지니 다툼을 경계하고 노년에는 혈기가 쇠약해지니 얻으려는 마음을 경계해야 한다."(君子 有三戒 少之時 血氣未定 戒之在色 及其壯也 血氣方剛 戒之在鬪 及其老也 血氣旣衰 戒之在得 -계시편 제7장)

젊어서는 성욕을 잘 다스려야 하고 나이가 들면 얻으려는 마음(得)을 경계하라는 가르침이다. '得(득)'이란 뭔가를 얻으려는 탐욕을 말한다. 그것이 명예일 수도, 권력일 수도, 돈일 수도 있다. 권력과 돈을 탐하다가 노년에 감방 신세를 지는 정치인과 관료들을 숱하게 봐왔다. 명예에 눈이 어두워 자리에 연연하다가 쫓겨나는 목불인견의 단체장들도 주변에 얼마나 많은가.

2012년 7월 경남 통영의 한 마을에서 60, 70대 노인들이 같은 마을의 지적장애 여성을 수년간 지속적으로 성폭행한 사실이 밝혀져 사회적 파장을 낳았다. 2011년에는 전남 장흥에서 동네 지적장애 여성을 성폭행한 10여 명의 노인들이 줄줄이 기소됐고 부산에선 독거 노인이 여자 초등학생을 4년에 걸쳐 상습적으로 성폭행한 혐의로 경찰에 구속되기도 했다.

사람 다치지 않았느냐

　노인들의 성범죄가 심각한 사회문제로 부상하고 있다. 20, 30년 전만 해도 환갑이면 남자들은 노인 취급을 받았으나 최근 10여 년 새 운동과 의술의 발달, 식생활 개선 등 여건이 좋아지면서 60세가 넘어도 신체적으로 왕성한 활동을 보이는 남성들이 크게 증가한 때문일 것이다. '비아그라'니 '자이데나'니 하는 강정약물의 보급도 한 몫을 하고 있다.

　그러나 성범죄는 어떤 명분으로도 정당화될 수가 없다. 더욱이 정신지체여성이나 미성년자 등 사회적 약자를 대상으로 하는 성범죄는 파렴치하기 짝이 없다.

　탐욕과 마찬가지로 노년의 성도 경계해야 할 대상이다. 과거와 달라진 노인의 성 욕구와 사회적 고립 문제에 대한 사회적 해결책을 모색할 필요가 있겠지만, 궁극적으로 노인들 스스로 성 에너지를 다른 곳으로 돌리려는 인식의 전환이 필요하다. 배움이나 봉사, 운동 등 건전한 활동으로 성 에너지를 발산하는 방법은 얼마든지 있을 것이다.

　공자께서 말했다. "태어나면서 아는 자가 최상의 인간이며 배워서 아는 자가 그 다음의 인간이며 곤란함을 겪고서 배우는 자는 또 그 다음의 인간이며 곤란함을 겪고도 배우지 않는 자는 최하의 인간이다."(孔子曰 生而知之者 上也 學而知之者 次也 困而學之 又其次也 困而不學 民斯爲下矣-계씨편 제9장)

　인간의 네 등급 중 '태어나면서 아는 자(生而知之)'는 최상이다. 성인들이 이에 해당한다. 반면 대부분의 필부필부들은 '곤란함을 겪고서 배워 아는 자(困而學之)'일 것이다. 나이가 든다는 것은 이래서 소중하다. 젊어서 숱한 시행착오와 곤란함을 겪은 후 돈으로는 살 수 없는 삶의 지혜를 배우고 비로소 삶이 무엇인지를 깨닫게 되는 시기이기 때문이다.

그런데 노년에 뇌물죄로 법정에 서거나 부도덕한 행태로 후배들에 의해 제 자리에서 쫓겨나거나 성범죄를 저질러 패가망신한다면, 이보다 더 큰 곤란함이 어디 있겠는가? 새롭게 배워 깨우치기엔 이미 때가 너무 늦은 것이다.

가을에 떨켜를 만들어내지 못한 떡갈나무는 겨울에 혹독한 시련을 겪어야 하듯, 노년에 욕망을 내려놓지 못하는 사람도 그 대가를 톡톡히 치르게 돼 있다.

정년 이후에는 자꾸만 뭔가를 얻으려 애쓰지 말고, 젊어서 겪은 경험과 곤란함을 자산으로 삼아 지혜를 새롭게 하고, 사회에 그동안 받은 은혜를 봉사나 기부로 되돌려주고, '영원한 고향'인 자연으로 돌아갈 준비를 잘하라는 것이, 가을날 떨켜가 주는 교훈이 아니겠는가!

사람 다치지 않았느냐

기자, 시인을 꿈꾸다

나는 25년째 기자노릇을 하고 있지만, 학창시절 꿈은 시인이 되는 것이었다. 중학교 때 교내 백일장에 시 작품을 응모해 몇 번 입선하면서 시를 좋아하게 됐다.

대구 대건고등학교 입학과 함께 문예반 '태동기'에 가입해 본격적으로 시를 배우려 했다. 그러나 그 꿈은 몇 달 만에 접어야 했다. 그 사연이 별나다.

내가 '태동기'에 들어갔을 때, 거기에는 안도현이란 '거물'이 버티고 있었다. 안도현은 당시 3학년이었는데, 대구지역을 넘어 전국적으로 이미 명성이 자자한 터였다. 안도현은 전국 각 대학의 고교생 대상 백일장뿐만 아니라 각종 현상공모의 상이란 상은 모조리 휩쓸고 있었다. 시인 안도현의 천재성은 고교 때 이미 드러났었다. 당시 안도현은 소설도 잘 썼다.

내가 태동기에 가입하고 몇 주 지나지 않아 안도현은 신입생들에게 시를 한 편씩 써 오라고 했다. 나는 며칠 간 끙끙대다가 시 한 편을 완성해 가져갔다. 안도현은 한참 들여다보더니 아무 말 없이 종이를 구겨 쓰레기통에 휙 던져버리는 것이었다. "다시 써오라"는 말만 남긴 채.

경산 촌놈이었던 나는 그만 기가 죽고 말았다. 자존심도 상했다.

그러면서 "아, 나는 시재(詩材)가 없나 보다" 하는 생각이 들어 그 다음 날부로 태동기를 탈퇴하고 말았다.

그러나 그 뒤로도 시는 계속 읽었다. 국어시간에도 시를 공부할 때가 제일 재미있었다.

당시 내가 다니던 학교에는 이성재 국어선생님이 계셨다. 이분의 수업은 시간 가는 줄 모를 정도로 흥미진진했다. 환갑을 바라보시던 선생님은 현대시뿐만 아니라 시조, 한시 등 모든 시에 두루 능통했고 시 낭송을 즐기셨다.

"파도야 어쩌란 말이냐/파도야 어쩌란 말이냐/임은 뭍같이 까딱 않는데/파도야 어쩌란 말이냐/날 어쩌란 말이냐." 교실 창밖을 지그시 응시하며 청마의「그리움」이란 시를 열정적으로 읊으시던 선생님의 모습이 30년이 더 지난 지금도 눈에 선하다.

이 선생님은 철두철미하게 수업을 하시면서도 학생들이 지루할 즈음에 꼭 시를 읊으시고 감상도 곁들이셨다. 학생들은 이 선생님을 통해 시의 매력에 흠뻑 젖어들 수 있었다. 요즘의 주입식 교육과는 확연한 차이가 있었다.

나는 대학에 진학하며 영어영문과를 선택했다. 시인에 대한 꿈을 키울 작정이었다. 하지만 대학 1, 2학년 동안 데모하고 술 마시고 노는 데 정신이 팔려 시 공부와는 담을 쌓고 말았다. 2학년 마칠 즈음에는 학점이 형편없는 바람에 '졸업정원제' 탈락 위기에 처했다. 결국 군대를 갈 수밖에 없었다.

군 제대 후 복학을 해서는 언론사 입사 공부에 매달리면서 시를 잊고 지냈다. 기자가 되어서는 '별 보고 출근, 별 보고 퇴근'하는 바쁜 나날을 보내면서 영원히 시를 잊는 듯했다.

그런데 어느 날 문득 시가 찾아왔다. 집 나갔다 돌아온 자식처럼, 어느 날 밤 불현듯 시가 내 영혼의 방문을 두드렸다. 시를 쓰고 싶다는 욕망이 불같이 일어났다. 불과 1, 2년 전의 일이다. 그래서 시집을 사 모으고 시를 마구 읽기 시작했다. 시를 마구 쓰기 시작했다. 지금은 수십 편의 습작을 정리해두고 있다.

이상한 일이다. 왜 갑자기 시가 생각난 걸까? 가만히 생각해보면 기자생활에 대한 회의감 내지 삶에 대한 권태감 같은 것이 작용했기 때문이 아닌가 싶다. 기자는 현실을 직시해야 하는 직업이다. 상상력과 감성보다는 현실과 이성을 딛고 서 있어야 한다. 부드러움보다 날카로움을 지녀야 한다.

그러나 현실, 이성, 날카로움 같은 것이 내 삶을 풍요롭게 하기보다 갉아먹는 듯한 느낌이 들기 시작했다. 내 삶의 변화를 모색하지도 못하면서 남의 삶의 변화를 도모해야 하는 기자라는 직업에 회의감이 들기 시작했다.

나는 삶을 은유적으로 보고 싶어졌다. 신문기자에서 전문시인이 된 정일근의 시 「즐거운 직업병」을 읽으며 가슴이 뜨거워졌다.

"신문기자라는 일을 놓아버리고/시 쓰는 일이 내 천직이 되고부터/나의 새로운 직업병은/눈만 뜨면 세상만사를 은유하는 것/틈만 나면 말씀과 말씀 사이의/침묵의 비밀을 캐내려는 것/그래서 꽃이 피는 이유가 궁금하고/바람이 불어오는 것이 궁금하고/바람이 불어오는 곳이 알고 싶어진다."

나는 기자를 하면서 세상의 현상을 바라보는 눈을 길렀다. 거짓과 진실을, 선과 악을 구별하는 법을 배웠다. 하지만 삶은 그것이 다가 아니라는 생각을 하게 되었다. 현상 바깥에도 또 다른 세계가 있고,

거짓과 진실, 선과 악의 경계는 명쾌하지 않을 수도 있음을 느끼기
시작했다.

　기자생활이 끝나고 신이 나에게 조금의 시간을 더 주시어 제2의
삶을 산다면, 삶과 사물을 깊이 관조할 수 있는 시, 마음의 고향으로
돌아갈 준비를 하는 시를 쓰며 시인으로 살고 싶다.

　졸시 한 편을 소개하는 것으로 내 의지를 다질까 한다.

　솔갈비

　어머니는 꼭 솔갈비로 밥을 지었지
　솔갈비는 마디기 때문이라고
　마디고 불땀 좋은 솔갈비로 불을 때야
　질지도 되지도 않는
　고슬고슬한 밥이 된다고 하셨지

　어머니 부엌에서 아침밥 짓는 동안
　새벽 잠결에 먼바다 파도처럼 밀려오는
　솔갈비 타닥타닥 타는 소리
　무쇠솥 밥물 끓어 넘치는 소리
　달그락 달그락 그릇 부딪히며
　어둠에 금 긋는 소리

　어머니의 고슬고슬 고봉밥 받아먹으며
　따박따박 의식의 등뼈 키우던

　　　　　　　　　　　　　　　사람 다치지 않았느냐

유년의 푸른 정원이여

*솔갈비: 땅에 떨어진 마른 솔잎을 뜻하는 경상도 방언

주

1부 배움의 즐거움

1 공자께서 말했다. "배우고 때에 맞춰 익히니 또한 기쁘지 아니한가. 멀리서 친구가 찾아오니 또한 즐겁지 아니한가. 사람들이 알아주지 않아도 노여워하지 않으면 또한 군자가 아닌가." 子曰 學而時習知 不亦說乎 有朋自遠方來 不亦樂乎 人不知而不慍 不亦君子乎-학이편 제1장

2 자장이 덕을 높이고 미혹됨을 분별하는 방법에 대해 여쭈었다. 이에 공자께서 말했다. "충과 신을 근본으로 삼아 의로 옮겨 가는 것이 덕을 높이는 것이다. 사랑하면 그것이 살기를 바라고 미워하면 그것이 죽기를 바라는 법인데, 이미 잘 되기를 바라면서 또 죽기를 바라는 것이 바로 미혹이니라. 진실로 부유하게도 하지 못하고 또한 다만 기이한 것을 취할 뿐이다." 子張問 崇德辨惑 子曰 主忠信 徙義 崇德也 愛之欲其生 惡之欲其死 旣欲其生 又欲其死 是惑也 誠不以富 亦祇以.-안연편 제10장

3 子貢問曰 孔文子何而爲之文也 子曰 敏而好學 不恥下問 是以謂之文也-공야장 제14장

4 중궁이 인에 대해서 여쭈었다. 이에 공자께서 말했다. "집 밖을 나가면 남을 큰 손님 뵙듯 하고 백성을 부릴 때는 큰 제사를 받들듯 하라. 내가 원하지 않는 것은 남에게 베풀지 말라. 그러면 나라에 있어도 원망을 듣지 않고 집에 있어도 원망을 듣지 않느니라." 이에 중궁이 대답했다. "제가 비록 민첩하지 못하나 이 말씀을 받들도록 하겠습니다." 仲弓 問仁 自曰 出門如見大賓 使民如承大祭 己所不欲 勿施於人 在邦無怨 在家無怨 仲弓曰 雍雖不敏 請事斯語矣-안연편 제2장

5 "선비는 도량이 넓고 뜻이 굳세지 않으면 안 된다. 책임은 무겁고 길은 멀기 때문이다. 인을 어깨에 메는 나의 짐으로 삼으니 무겁지 아니한가. 죽은 뒤라야

끝날 길이니 또한 멀지 아니한가?" 曾子曰 士不可以不弘毅 任重而道遠 仁以爲
己任 不亦重乎 死而後已 不亦遠乎-태백편 제7장

6 "'어여쁜 웃음 보조개 짓고 아리따운 눈동자 흑백이 분명하니, 흰 것으로
광채를 내도다' 하니 무엇을 말함입니까?" 공자께서 대답했다. "그림 그리는 일
은 흰 것을 뒤로 한다." 자하가 말했다. "예가 제일 뒤로 오는 거겠군요?" 공자께
서 말했다. "나를 깨우치는 자는 상(자하의 이름)이로다. 비로소 너와 더불어 시
를 말할 수 있겠구나." 子夏問曰 巧笑倩兮 美目盼兮 素以爲絢兮 何爲也 子曰 繪
事後素 曰 禮後乎 子曰 起予者 商也 始可與言詩已矣-팔일편 제8장

7 宰予晝寢 子曰 朽木 不可雕也 糞土之牆 不可杇也於予與 何誅 子曰 始吾
於人也 聽其言而信其行 今吾於人也 聽其言而觀其行 於予與 改是-공야장편
제9장

8 안연이 한숨 쉬며 탄식하여 말하길, "(스승의 도는) 우러러볼수록 더욱 높
아지고 뚫을수록 더욱 견고할 뿐, 바라보니 앞에 계시더니, 홀연히 뒤에 계시네.
스승님은 차근차근 사람을 잘 이끌어 앞으로 나아가게 하시는구나. 나를 문으
로 넓혀주시고 예로써 집약시켜주셨다. 공부를 그만두고자 하여도 그만둘 수
없어 나의 재능을 다하고자 하나 스승님은 어느샌가 또 새롭게 우뚝 서 계시는
구나. 내 비록 스승님을 따르고자 하나 어디서 그 실마리를 잡아야 할지 알 수
가 없네." 顔淵喟然歎曰 仰之彌高 鑽之彌堅 瞻之在前 忽焉在後 夫子循循然善
誘人 博我以文 約我以禮 欲罷不能 旣竭吾才 如有所立卓爾 雖欲從之 末由也已
-자한편 제10장

9 顔淵死 子哭之慟 從者曰 子慟矣 曰 有慟乎 非夫人之爲慟而誰爲-선진편
제9장

1 섭공이 정치에 대해 묻자 공자께서 대답했다. "가까이 있는 자들이 기뻐하며 멀리 있는 자들이 오도록 하는 것이다." 葉公問政 子曰 近者說 遠者來-자로편 제16장

2 자로가 말하였다. "위나라의 군주가 선생님을 모셔다가 정치를 하려 한다면 선생님께서는 무엇을 먼저 하시겠습니까?" 공자께서 말했다. "반드시 이름을 바로잡는 정명을 할 것이다." 자로가 말하였다. "역시나 했더니 선생님은 참 세상물정을 모르시는군요. 왜 하필 이름을 바로잡는다고 하십니까?" 공자께서 말했다. "저속하구나, 자로야. 군자는 알지 못하는 일에는 입을 다물고 있는 법이거늘. 이름이 바르지 않으면 말이 이치에 맞지 않게 되며 말이 이치에 맞지 않으면 일을 이룰 수 없으며, 일이 이루어지지 않으면 예악이 흥하지 않고, 예악이 흥하지 않으면 형벌이 공정해질 수 없다. 형벌이 공정하지 않으면 백성들이 손발을 둘 곳이 없어지게 된다. 그러므로 군자는 명분을 세우면 반드시 말을 할 수가 있고 말을 하면 반드시 실행할 수 있으니, 군자는 그 말에 구차함이 없을 뿐이다." 子路曰 衛君待子而爲政 子將奚先 子曰 必也正名乎 子路曰 有是哉 子之迂也 奚其正 子曰 野哉 由也 君子於其所不知 蓋闕如也 名正則言不順 言不順則事不成 事不成則禮樂不興 禮樂不興則刑罰不中 刑罰不中則民無所措手足 故君子名之必可言也 言之必可行也 君子於其言 無所苟而已矣-자로편 제3장

3 제경공이 정치에 대해 묻자 공자께서 말했다. "임금은 임금답고 신하는 신하답고 아버지는 아버지답고 아들은 아들답게 되는 것이오." 제경공이 기뻐 말했다. "좋구나, 그대의 말이여! 진실로 임금이 임금답지 못하고 신하가 신하답지 못하고 아버지가 아버지답지 못하고 아들이 아들답지 못하다면 곡식이 쌓여 있다 한들 내 어찌 그것을 먹고 즐기는 삶을 살 수 있겠는가." 齊景公問政於孔子 孔子對曰 君君臣臣 父父子子 公曰 善哉 信如 君不君 臣不臣 父不父 子不子 雖

4 季康子問政於孔子曰 如殺無道 以就有道 何如 孔子對曰 子爲政 焉用殺 子欲善而民善矣 君子之德風 小人之德草 草上之風 必偃-안연편 제19장

5 樊遲問仁 子曰 愛人 問知 子曰 知人 樊遲未達 子曰 擧直錯諸枉 能使枉者直 樊遲退 見子夏曰 鄕也吾見於夫子而問知 子曰 擧直錯諸枉 能使枉者直 何謂也 子夏曰 富哉言乎 舜有天下 選於衆 擧皐陶 不仁者遠矣 湯有天下 選於衆 擧伊尹 不仁者遠矣-안연편 제22장

6 계강자가 물었다. "백성으로 하여금 경건하고 충직하여 스스로 권면하게 하려면 어떻게 해야 합니까?" 공자께서 말했다. "자신을 장엄케 하여 사람을 대하면 백성이 경건하게 되고 자신이 효성스러움과 자비로움을 실천하면 백성이 충직하게 되고 선한 자들을 등용하고 능력이 부족한 자들을 잘 교화시키면 백성들이 스스로 권면하게 될 것이오." 季康子問 使民敬忠以勸 如之何 子曰 臨之以莊則敬 孝慈則忠 擧善而敎不能則勸-위정편 제20장

7 子貢問政 子曰 足食足兵民信之矣 子貢曰 必不得已而去 於斯三者何先 曰去兵 子貢曰 必不得已而去 於斯二者何先 曰 去食 自古皆有死 民無信不立-안연편 제7장

8 자장이 인에 대해 묻자 공자께서 대답했다. "천하에 능히 다섯 가지를 행할 수 있으면 인이 된다." 자장이 그 세목을 묻자 공손께서 답변했다. "공손하면 업신여김을 받지 않고 너그러우면 많은 사람들을 얻고 신의가 있으면 사람들이 신임하고 민첩하면 이룸이 있고 은혜로우면 족히 사람을 부릴 수 있다. 子張問仁於孔子 孔子曰 能行五者於天下 爲仁矣 請問之 曰 恭寬信敏惠 恭則不侮 寬則得衆 信則人任焉 敏則有功 惠則足以使人-양화편 제6장

9 子曰 道千乘之國 敬事以信 節用而愛人 使民以時-학이편 제5장

10 子華使於齊 冉子爲其母請粟 子曰 與之釜 請益 曰 與之庾 冉子 與之粟五秉 子曰 亦之適齊也 乘肥馬 衣輕裘 吾聞之也 君子 周急 不繼富 原思爲之宰 與之粟九百 辭 子曰 毋以與爾鄰里鄉黨乎-옹야편 제3장

11 공자께서 말했다. "부유함과 높은 지위는 사람들이 모두 원하는 바이지만 정당한 방법으로 얻지 않으면 누리지 않는다. 가난함과 천한 자리는 사람들이 모두 좋아하지 않는 바이지만 정당한 방법이 아니면 버리지 않아야 한다. 군자는 밥을 먹는 동안이라도 인을 어김이 없어야 하며, 황급한 상황에서도 반드시 인해야 하고, 위급한 상황에 처했을 때도 반드시 인해야 한다. 子曰 富與貴 是人之所欲也 不以其道得之,不處也 貧與賤 是人之所惡也 不以其道得之 不去也 君子 無終食之間違仁 造次必於是 顚沛必於是-이인편 제5장

12 계씨가 장차 전유를 치려 하자, 염유와 계로가 공자에게 찾아와 말했다. "계씨가 전유에서 일을 벌이려 합니다." 공자께서 말했다. "구(求)야, 네가 잘못하지 않았느냐? 저 전유는 옛적에 선왕께서 동몽산의 제주(祭主)로 삼으셨고, 또 우리나라의 영역 안에 있으니, 이는 사직을 담당하는 신하이다. 쳐서 무엇을 하려느냐?" 염유가 말했다. "그 사람이 하려는 것이지, 우리 두 신하는 하고자 하지 않았습니다." 공자께서 말했다. "구야, 주임이 말하기를 '능력을 펴서 대열에 나아가 할 수 없는 자는 그만두어야 한다'고 하였다. 위태로운데도 붙들지 않고 넘어지는데도 붙들지 않는다면 장차 저 재상을 어디에 쓰겠느냐? 또 너의 말이 잘못되었다. 범과 코뿔소가 우리에서 뛰쳐나오고 거북의 등껍질과 옥이 궤짝 속에서 망가졌다면, 이는 누구의 잘못이겠느냐?" 염유가 말했다. "지금저 전유는 견고하여 비읍에 가까우니, 지금 탈취하지 않으면 후세에 반드시 자손들의 걱정거리가 될 것입니다." 공자께서 말했다. "구야, 군자는 하고 싶다고말하는 것을 놓아두고, 반드시 그것을 위하여 변명을 하는 것을 미워한다. 내가 듣자하니 '나라를 소유한 제후나 집(家)을 소유한 대부는 가난한 것을 걱정

하지 않고 고르지 못한 것을 걱정하며 인구가 적은 것을 걱정하지 아니하고 경내 민심이 불안한가를 걱정한다' 했다. 대체로 재부가 고르면 빈곤이 없고, 경내가 조화로우면 (인구가)부족함이 없으며, 편안하면 기울어짐이 없는 것이다. 이와 같으므로 먼 지방 사람들이 복종하지 않으면 문덕을 닦아서 그들을 오게 하고 이미 오고나면 편안하게 해주는 것이다. 지금 유(由)와 구(求)는 그 사람을 돕되, 먼 지방 사람들이 복종하지 않는데도 오게 하지 못하고, 나라가 분열되고 무너져 흩어지는데도 지키지 못하면서 방패와 창을 나라 안에서 움직이기를 꾀하니, 나는 계손의 걱정거리가 전유에 있지 않고 담장 안에 있을까 두렵다." 季氏將伐顓臾 冉有季路見於孔子曰季氏將有事於顓臾 孔子曰求 無乃爾是過與 夫顓臾 昔者 先王以爲東蒙主 且在邦域之中矣 是社稷之臣也 何以伐爲 冉有曰夫子欲之 吾二臣者 皆不欲也 孔子曰 求 周任有言曰陳力就列 不能者止 危而不持 顚而不扶則將焉用彼相矣 且爾言 過矣 虎兕出於柙 龜玉毁於櫝中 是誰之過與 冉有曰今夫顓臾 固而近於費 今不取 後世 必爲子孫憂 孔子曰求 君子 疾夫舍曰欲之 而必爲之辭 丘也聞 不患貧而患不均 不患寡而患不安 蓋均 無貧 和 無寡 安 無傾 夫如是故遠 遠人不服則修文德以來之 旣來之則安之 今由與求也 遠人不服而不能來也 邦分崩離析而不能守也 而謀動干戈於邦內 吾恐季孫之憂不在顓臾而在蕭墻之內也-계씨편 제1장

13 자장이 공자께 물었다. "어떻게 해야 정치에 종사할 수 있습니까?" 공자께서 대답했다. "다섯 가지 아름다운 일을 존중하고 네 가지 추악한 일을 물리치라. 그러면 정치에 종사할 수 있다." 자장이 말했다. "무엇이 다섯 가지 아름다운 일입니까?" 공자께서 대답했다. "군자는 은혜를 베풀어도 낭비하지 않으며 백성에게 노역을 시켜도 원망을 사지 않으며 포부는 펼치되 탐욕을 부리지 않으며 태연하면서도 교만하지 않으며 위엄이 있으면서도 사납지 않은 것이다." 자장이 말했다. "무엇을 은혜를 베풀어도 낭비하지 않는 것입니까?" 공자께서 말했다. "백성들이 이롭게 생각하는 바를 따라 이롭게 해주니 이 또한 은혜를 베풀어도 낭비하지 않는 것이 아니겠느냐? 마땅히 노역을 할 만한 것을 골라서 노역을 시키니 또한 누구를 원망하겠느냐? 인을 욕을 내어 인을 얻을 뿐이니 또 어

찌 탐욕이 있겠느냐? 군자는 많고 적음을 가리지 않고 감히 오만하게 대하는 것이 없으니 이것이 또한 태연하면서도 교만하지 않은 것이 아니겠는가? 군자는 의관을 바르게 하며 시선을 높게 고정함으로써 근엄하여 사람들이 우러러보고 두려워하니, 이것이 또한 위엄이 있으면서도 사납지 않은 것이 아니겠는가?” 자장이 말했다. “무엇을 네 가지 추악한 일이라 합니까?”“가르치지 않고 (잘못했다고) 죽이는 것을 학(虐)이라 하고, 미리 통고하지도 않고 완성된 것을 보이라고 하는 것을 폭(暴)이라고 하고, 명령하는 것을 게을리하고 기일 내에 이루려고 하는 것을 적(賊)이라고 하고, 오히려 남에게 나누어 줄 것인데도 출납하는 것에 인색한 것을 유사(有司)라 한다.” 子張問於孔子曰 何如斯可以從政矣 子曰 尊五美 屛四惡 斯可以從政矣 子張曰 何謂五美 子曰 君子 惠而不費 勞而不怨, 欲而不貪 泰而不驕 威而不猛 子張曰 何謂惠而不費 子曰 因民之所利而利之 斯不亦惠而不費乎 擇可勞而勞之 又誰怨 欲仁而得仁 又焉貪 君子無衆寡 無小大 無敢慢 斯不亦泰而不驕乎 君子正其衣冠 尊其瞻視 儼然人望而畏之 斯不亦威而不猛乎 子張曰 何謂四惡 子曰 不敎而殺謂之虐 不戒視成謂之暴 慢令致期謂之賊 猶之與人也 出納之吝謂之有司-요왈편 제2장

14 요임금이 말씀하셨다. “아, 너 순아! 하늘의 역수가 너의 몸에 있으니, 진실로 그 중을 잡도록 하라. 사해가 곤궁하면 천록이 영원히 끊어질 것이다.” 순임금도 또한 이 말씀으로써 우임금에게 명하였다. (은나라 시조인 탕왕이) 말씀하셨다. “나 소자 리는 감히 검은 소의 희생물을 써서 감히 거룩하신 하느님께 밝게 아룁니다. 죄 있는 사람을 감히 용서하지 못하겠으며 하느님의 신하는 폐하지 못하겠으며 간택하심은 하느님의 마음에 달려 있습니다. 내 몸에 죄가 있는 것은 만방의 백성들 때문이 아니며 만방의 백성들에게 죄가 있다면 그 죄의 책임은 오직 저의 몸에 있는 것입니다.” 주나라에 큰 은사가 있었으니, 선인을 많게 해준 것이다. “왕실에 비록 두루 친척이 있어도 어진 사람이 있는 것만 같지 못하니, 백성들에게 허물이 있는 것은 그 책임이 오직 저 한 사람에게 있습니다.” 저울과 도량형을 신중히 하고 법도를 살피며 폐지된 관직을 다시 설치하니, 사방의 정치가 제대로 시행되었다. 멸망한 나라를 일으켜주고 끊어진 세대를 이

어주고 숨은 인재를 등용하니, 천하의 백성들이 그에게 마음을 주었다. 소중히 여긴 것은 백성이요, 식생활이요, 상례요, 제례였다. 너그러우면 대중의 마음을 얻고 신의를 지키면 백성들이 의지하고 민첩하면 업적이 있고 공정하면 백성들이 기뻐한다. 堯曰咨爾舜 天之歷數在爾躬 允執其中 四海困窮 天祿永終 舜亦以命禹 曰 予小子履 敢用玄牡 敢昭告于皇皇后帝 有罪不敢赦 帝臣不蔽 簡在帝心 朕躬有罪 無以萬方 萬方有罪 罪在朕躬 周有大賚 善人是富 雖有周親 不如仁人 百姓有過 在予一人 謹權量 審法度 脩廢官 四方之政 行焉 興滅國 繼絶世 擧逸民 天下之民 歸心焉 所重 民食喪祭 寬則得中 信則民任焉 敏則有功 公則說-요왈편 제1장

3부 의로운 사회

1 子貢問曰 何如斯可謂之士矣 子曰 行己有恥 使於四方不辱君命 可謂士矣 曰敢問其次 曰宗族稱孝焉 鄕黨稱弟焉 曰敢問其次 曰言必信 行必果 硜硜然小人哉 抑亦可以謂次矣 曰今之從政者 何如 子曰噫 斗筲之人 何足算也-자로편 제20장

2 자로가 완성된 인간[成人]에 대해 묻자 공자께서 이렇게 답했다. "만약 장문중의 지혜와 맹공작의 무욕과 변장자의 용기와 염구의 재예를 갖추고 그 위에 예악으로써 문채를 발하게 한다면 또한 성인이라 할 수 있을 것이다." 공자께서 다시 말했다. "요즘의 성인으로 말할 것 같으면 어찌 꼭 그래야만 하겠는가. 이(利)를 보면 의로운지 생각하고 위태로움을 보면 목숨을 바칠 수도 있으며 곤궁한 생활을 오래 견디면서도 평소의 약속을 저버리지 않는다면 또한 성인이라고 말할 수 있을 것이다." 子路問成人 子曰 若臧武仲之知 公綽之不欲 卞莊子之勇 冉求之藝 文之以禮樂 亦可以謂成人矣 曰 今之成人者 何必然 見利思義 見危授命 久要不忘平生之言 亦可以謂成人矣-헌문편 제13장

3 공자께서 말했다. "제사를 지내야 할 대상이 아닌데도 제사를 지내는 것은

아첨하는 것이요, 의를 보고도 실천하지 않는 것은 용기가 없는 것이다." 子曰
非其鬼而祭之 諂也 見義不爲 無勇也-위정편 제24장

4 정공이 물었다. "한마디 말로써 나라를 일으킬 수 있다고 하니, 그런 말이
있습니까?" 공자께서 대답했다. "말이 그 효과가 이와 같기를 기약할 수는 없습
니다만, 세상 사람들이 말하길 '임금 노릇 하기가 어렵다. 신하 노릇도 쉽지 않
다'고 하였으니, 만약 임금 노릇 하기가 어렵다는 것을 안다면 바로 이 한마디
가 나라를 흥하게 하는 말에 가깝지 않겠습니까?" 정공이 또 물었다. "단 한마디
의 말로써 나라를 망하게 할 수도 있다고 하니. 그런 말이 있습니까?" 공자께서
대답했다. "말이 그 효과가 이와 같기를 기약할 수는 없습니다만, 세상 사람들
이 말하길 '나는 임금 노릇 하는 것을 즐기지 않는다. 오로지 내가 말하는 것을
어기지 않는 것이 즐거울 뿐이다'라고 했는데, 임금의 말이 착해서 어기는 사람
이 없다면 또한 좋지 않겠습니까? 만일 착하지 않은데 아무도 어기지 않는다면
이 한마디가 나라를 망하게 하는 말에 가깝지 않겠습니까?" 定公問 一言而可以
興邦 有諸 孔子對曰 言不可以若是其幾也 人之言曰 爲君難 爲臣不易 如知爲君
之難也 不幾乎一言而興邦乎 曰 一言以喪邦 有諸 孔子對曰 言不可以若是其幾
也 人之言曰 予無樂乎爲君 唯其言而莫予違也 (知)如其善而莫之違也 不亦善乎
如不善而莫之違也 不幾乎一言而喪邦乎-자로편 제15장

5 子貢曰 如有博施於民而能濟衆 何如 可謂仁乎 子曰何事於仁 必也聖乎 堯
舜其(有)猶病諸 夫仁者 己欲立而立人 己欲達而達人 能近取譬 可謂仁之方也已
-옹야편 제28장

6 宰我問曰 仁者雖告之曰 井有仁焉 (基)其從之也 子曰 何(謂)爲其然也 君子
可逝也 不可陷也 可欺也 不可罔也-옹야편 제24장

7 공자께서 말했다. "군자는 먹음에 배부름을 구하지 아니하고, 거주함에 편
안함을 구하지 아니하며, 일에는 민첩하고 말에는 삼갈 줄 알며, 항상 도가 있

는 자에게 나아가 자신을 바르게 한다. 이만하면 배움을 좋아한다 이를 만하다." 子曰 君子食無求飽 居無求安 敏於事而愼語言 就有道而正焉 可謂好學也已 -학이편 제14장

8 互鄕 難與言 童子見 門人惑 子曰與其進也 不與其退也 唯何甚 人潔己以進 與其潔也 不保其往也 -술이편 제28장

9 태재가 자공에게 물었다. "공자는 성인인가, 어찌 그리 능력이 많은가?" 자공이 대답했다. "본래 하늘이 내보낸 큰 성인이어서 또한 재주가 많은 것이다." 이 말을 듣고 공자께서 말했다. "태재가 나를 아는구나. 나는 젊었을 때 미천했기 때문에 미천한 일에 능한 것이 많은 것이다. 군자는 잘하는 것이 많은가? 많지 않다." 제자인 뢰도 말했다. "선생님은 '내가 쓰이지 않았기 때문에 재주가 많다'고 말씀하신 적이 있다." 大宰問於子貢曰 孔子聖者與 何其多能也 子貢曰 固天縱之將聖 又多能也 子聞之曰 大宰知我乎 吾少也賤故 多能鄙事 君子 多乎哉 不多也牢曰 子云吾不試 故藝 -자한편 제6장

4부 예악과 염치

1 子貢 欲去告朔之餼羊 子曰 賜也 爾愛其羊 我愛其禮 -팔일편 제17장. 곡삭(告朔)은 제후들이 매월 초하루에 종묘에서 책력을 놓고 지내는 제사. 주나라가 쇠퇴하면서 과거 나라 질서를 유지해오던 예법들이 많이 무너졌는데 곡삭지례도 그중의 하나였다.

2 재아가 물었다. "3년상은 기간이 너무 깁니다. 군자가 3년 동안 예를 행하지 않으면 예가 반드시 무너지고 3년 동안 음악을 익히지 않으면 음악이 반드시 무너질 것입니다. 묵은 곡식이 다 없어지고 새 곡식이 오르며 불씨 만드는 나무도 다 바뀌니, 1년이면 그칠 만합니다." 공자께서 말했다. "그 기간에 쌀밥을 먹고 비단옷을 입는 것이 너에게는 편안하냐?" 재아가 대답했다. "편안합니다."

공자께서 말했다. "편안하면 그리 해라. 대저 군자가 거상할 때에는 기름진 것을 먹어도 달게 느껴지지 않고 음악을 들어도 즐겁지 않으며 처소에 있어도 편안하지 않은 법이다. 그래서 하지 않는 것이다. 지금 네가 편안하면 그렇게 해라." 재아가 밖으로 나가자 공자께서 말했다. "여(재아)는 참으로 불인(不仁)한 자로다. 자식은 태어나서 3년이 지난 연후에 부모의 품에서 벗어난다. 대저 3년상은 천하에 공통된 상례이거늘, 재아는 그 부모에게서 3년 동안의 사랑을 받음이 있었는가?" 宰我問三年之喪 期已久矣 君子三年不爲禮 禮必壞 三年不爲樂 樂必崩 舊穀旣沒 新穀旣升 鑽燧改火 期可已矣 子曰 食不稻 衣不錦 於女安乎 曰安 女安則爲之 夫君子之居喪 食旨不甘 聞樂不樂 居處不安 故 不爲也 今女安則爲之 宰我出 子曰 予之 不仁也 子生三年然後 免於父母之懷 夫三年之喪 天下之通喪也 予也有三年之愛於其父母乎-양화편 제21장

3 季路問事鬼神 子曰 未能事人 焉能事鬼 曰敢問死 曰 未知生 焉知死 -선진편 제11장

4 자공이 여쭈었다. "가난하면서도 아첨하지 않고 부유하면서도 교만하지 않으면 어떻습니까?" 이에 공자께서 말했다. "괜찮지. 그러나 가난하면서도 즐길 줄 알고 부유하면서도 예를 좋아하는 것만 같지는 못하니라." 자공이 말했다. "시경에 '자른 듯, 다듬은 듯, 쫀 듯, 간 듯'이라는 말이 있습니다. 바로 이것을 두고 한 말이겠군요?" 공자께서 말했다. "사야, 이제 비로소 너와 시를 말할 수 있겠구나. 지난 것을 일러주니 올 것을 알아차리는구나." 子貢曰 貧而無諂 富而無驕 何如 子曰 可也 未若貧而樂 富而好禮者也 子貢曰 詩云 如切如磋 如琢如磨 其斯之謂與 子曰 賜也 始可與言詩已矣 告諸往而知來者-학이편 제15장

5 안연이 인에 대해 여쭈었다. 이에 공자께서 대답했다. "자기를 극복하고 예로 돌아가는 것이 인이다. 하루라도 자기를 극복하여 예로 돌아갈 수 있다면 천하가 모두 인으로 돌아간다. 인을 실천하는 것은 오로지 자기로 말미암는 것이니, 어찌 타인으로 말미암아 인을 실천할 수 있겠는가?" 안연이 말했다. "그 세

목을 여쭙겠습니다." 공자께서 말씀했다. "예가 아니면 보지도 말고 예가 아니면 들지도 말고, 예가 아니며 말하지 말고, 예가 아니면 움직이지도 말지어다." 안연이 대답했다. "제가 민첩하지 못하지만 청컨대 이 말씀을 받들어 따르겠습니다." 顔淵問仁 子曰 克己復禮爲仁 一日克己復禮 天下歸仁焉 爲仁由己 而由人乎哉 顔淵曰 請問其目 子曰 非禮勿視 非禮勿聽 非禮勿言 非禮勿動 顔淵曰 回雖不敏 請事斯語矣-안연편 제1장

6 공자께서 말했다. "공손하되 예가 없으면 수고롭고, 신중하되 예가 없으면 두려움을 갖게 되고, 용맹하나 예가 없으면 난을 일으키고, 강직하되 예가 없으면 박절해진다. 군자가 부모와의 관계가 돈독하면 백성들은 인에서 흥하고, 옛 친구를 버리지 않으면 백성들은 각박해지지 않는다." 子曰 恭而無禮則勞 愼而無禮則葸 勇而無禮則亂 直而無禮則絞 君子篤於親則 興於仁 故舊不遺則民不偸 -태백편 제2장

7 공자께서 말했다. "군자의 도는 세 가지인데, 나는 할 수 있는 것이 없다. 인자는 근심하지 않고 지자는 의혹됨이 없으며 용자는 두려움이 없다." 자공이 말했다. "선생님께서 스스로를 말씀하신 것이다." 子曰 君子道者三 我無能焉 仁者不遇 知者 不惑 勇者 不懼 子貢曰 夫子 自道也-헌문편 제30장

5부 험한 세상의 오아시스, 가정

1 공자께서 말했다. "안평중은 남과 잘 사귄다. 시간이 오래 지나도 공경으로 사람을 대한다." 子曰 晏平仲 善與人交 久而敬之-공야장편 제16장

2 유자가 말했다. "그 사람 됨됨이가 효성스럽고 공손하면서 윗사람 범하기를 좋아하는 자는 드물다. 윗사람을 범하기를 좋아하지 않으면서 난을 일으키기를 좋아하는 자는 없다. 군자는 근본에 힘쓴다. 근본이 서면 도가 끝이 없이 생성된다. 효과 공경은 인을 실천하는 근본일 것이다." 有子曰 其爲人也孝弟 而

好犯上者鮮矣 不好犯上 而好作亂者 未之有也 君子務本 本立而道生 孝弟也者
其爲仁之本與-학이편 제2장

3 안연이 죽자 안로가 공자의 수레를 팔아 관 밖의 곽을 만들어줄 것을 청
했다. 이에 공자께서 말씀하셨다. "재주가 있거나 없거나 간에 또한 각각 자기
의 아들을 말할 것이니, 나는 내 아들 리가 죽었을 때 관은 만들어주었으나 곽
은 만들어주지 않았다. 내가 걸어 다니고서 안연에게 곽을 만들어주지 아니하
는 것은 내가 대부의 뒤를 따르고 있으므로 걸어 다닐 수 없기 때문이다." 顏淵
死 顏路請子之車 以爲之槨 子曰才不才 亦各言其子也 鯉也死 有棺而無槨 吾不
徒行以爲之槨 以吾從大夫之後 不可徒行也-선진편 제7장

4 공자께서 안연을 앞에 두고 말했다. "세상이 써주면 나아가 적극 행하고 버
려지면 물러나 조용히 숨어 지내는 것, 오직 너와 나만이 그렇게 할 수 있을 것
이다." 자로가 말했다. "선생님께서 세 군단의 대군을 이끌고 전장에 나가야 한
다면 누굴 데리고 가시겠습니까?" 공자께서 말했다. "호랑이를 맨손으로 잡으려
하고 큰 강을 맨몸으로 건너려 하면서 죽어도 후회가 없다고 외치는 자하고는
난 같이 가지 않겠다. 일에 임하면 두려워할 줄 알고 계획하기를 좋아하여 성공
하는 자와 함께 할 것이다." 子謂顏淵曰 用之則行 舍之則藏 惟我與爾有是夫 子
路曰 子行三軍則誰與 子曰 暴虎馮河 死而無悔者 吾不與也 必也臨事而懼 好謀
而成者也-술이편 제10장

5 유자가 말했다. "약속이 의로움에 가까워야 그 말이 실천될 수 있다. 공손
함이 예에 가까워야 치욕을 멀리할 수 있다. 그렇게 함으로써 가까운 사람들을
잃지 않으면 또한 본받을 점이 많다. 有子曰 信近於義 言可復也 恭近於禮 遠恥
辱也 因不失其親 亦可宗也-학이편 제13장

6부 아름다운 관계

1 자공이 여쭈었다. "백성들에게 널리 베풀어 대중들을 구제할 수 있다면 어떻겠습니까, 그러면 인(仁)하다고 할 수 있겠습니까?" 공자께서 말했다. "어찌 인하다고만 하겠는가. 반드시 성인이라 할 만하다. 요순도 그것을 오히려 병통으로 여겼을 정도이다. 대저 인한 자는 자기가 서고자 하면 남도 서게 하고, 자기가 달성코자 하면 남도 달성케 해준다. 능히 자기에게서 미루어 남까지 이해할 수 있다면 그것은 인을 실천할 수 있는 방법이라 할 수 있다." 子貢曰 如有博施於民而能濟衆 何如 可謂仁乎 子曰 何事於仁 必也聖乎 堯舜其猶病諸 夫仁者 己欲立而立人 己欲達而達人 能近取譬 可謂 仁之方也已-옹야편 제28장

2 자공이 여쭈었다. "군자도 미워함이 있습니까?" 공자께서 말했다. "있고말고. 남의 나쁜 점을 들추어내는 자를 미워하며 아랫사람이 윗사람을 비방하는 자를 미워하며 용감하기만 하고 예의가 없는 자를 미워하며 과감하기는 하나 꽉 막힌 자를 미워한다." 그리곤 말했다. "사(賜)야, 너도 미워하는 것이 있느냐?" 자공이 대답했다. "네, 있습니다. 남의 생각을 알아내어 안다고 여기는 것을 미워하며 불손한 것을 용감하다고 여기는 것을 미워하며 남의 비밀을 캐내어 공격하는 것을 정직하다고 여기는 것을 미워합니다." 子貢曰 君子亦有惡乎 子曰有惡 惡稱人之惡者 惡居下流而訕上者 惡勇而無禮者 惡果敢而窒者 曰賜也亦有惡乎 惡徼而爲知者 惡不孫而爲勇者 惡訐而爲直者-양화편 제24장

3 진항이 백어에게 물었다. "당신은 (공자의 아들이니) 역시 좀 특별한 것을 배우는 것이 있겠군요." 이에 백어가 대답했다. "아무것도 없다. 아버지께서 일찍이 홀로 서 계실 때 내가 빠른 걸음으로 집 뜰을 지나가는데 아버지가 물었지. '시를 배우고 있느냐?'라고. 내가 '아직 배우지 못했습니다'라고 말씀드렸더니 '시를 배우지 않으면 말을 제대로 할 수 없다'고 하시더군. 그래서 나는 물러나자마자 시를 배웠지. 또 다른 날에 뜰을 지나가는데 아버지께서 물었지. '예를 배우고 있느냐'라고. 내가 '아직 배우지 못했습니다'라고 말씀드렸더니 '예를 배

우지 않으면 홀로 설 수 없다'고 말씀하시더군. 그래서 나는 물러나자마자 예를 배웠지. 이 두 가지를 아버지로부터 들었노라." 진항이 물러나와 기뻐하면서 말하였다. "하나를 물어 셋을 들었으니 아니 기쁜가! 시를 들었고 예를 들었고, 또한 군자는 아들을 멀리함을 들었노라." 陳亢問於伯魚曰 子亦有異聞乎 對曰 未也 嘗獨立 鯉趨而過庭 曰 學詩乎 對曰 未也 不學詩 無以言 鯉退而學詩 他日 又獨立 鯉趨而過廷 曰 學禮乎 對曰 未也 不學禮 無以立 鯉退而學禮 聞斯二者 陳亢退而喜曰 問一得三 聞詩聞禮 又聞君子之遠其子也-계씨편 제13장

7부 자족하는 삶

1 공자께서 말했다. "군자가 무게가 없으면 위엄이 없으니 배워도 견고하지 않다. 충성과 신의를 으뜸으로 하라. 나만 못한 사람을 벗으로 사귀지 말라. 허물이 있으면 고치기를 꺼리지 않는다." 子曰 君子不重則不威 學則不固 主忠信 無友不如己者 過則勿憚改-학이편 제8장

2 거백옥이 사람을 보내어 공자께 문안 드렸다. 공자께서는 그에게 방석을 주며 앉으라 하시고 물었다. "부자께서는 어떻게 지내시나?" 이에 사자가 대답했다. "저희 부자께서는 허물을 적게 하려고 노력하시지만 아직 여의치 못합니다." 사자가 나가자 공자께서 말했다. "아, 정말 훌륭한 사자로구나, 정말 훌륭한 사자로구나!" 蘧伯玉使人於孔子 孔子與之坐而問焉曰 夫子何爲 對曰 夫子欲寡其過而未能也 使者出 子曰 使乎使乎-헌문편 제26장

3 섭공이 자로에게 공자에 대해 물었으나 자로는 대답하지 못했다. 그러자 공자께서 말했다. "자로야, 너는 왜 말하지 않았느냐, 그 사람됨이 배움에 분발하면 식사하는 것도 잊고 배워 깨달으면 즐거워 근심을 잊어 늙음이 장차 다가오는 것도 모를 뿐이라고." 葉公 問孔子於子路 子路不對 子曰 如奚不曰 其爲人也 發憤忘食 樂而忘憂 不知老之將至 云爾-술이편 제18장

4 공자께서 말했다. "독실하게 믿으면서 배우기를 좋아하며 죽음을 무릅쓰고 지켜서라도 도를 잘 행한다. 위태로운 나라에는 들어가지 않으며 어지러운 나라에는 거주하지 않는다. 천하에 도가 있으면 나타나고 천하에 도가 없으면 은거한다. 나라에 도가 있을 때에는 가난하고 천한 것이 부끄러움이요, 나라에 도가 없을 때는 부유하고 귀한 것이 부끄러움이다. 子曰 篤信好學 守死善道 危邦不入 亂邦不居 天下有道則見 無道則隱 邦有道 貧且賤焉恥也 邦無道 富且貴焉恥也-태백편 제13장